Diogenes Taschenbuch 24329

detebe

HANSJÖRG SCHNEIDER, geboren 1938 in Aarau, arbeitete als Lehrer und als Journalist. Mit seinen Theaterstücken, darunter *Sennentuntschi* und *Der liebe Augustin,* war er einer der meistaufgeführten deutschsprachigen Dramatiker, seine *Hunkeler*-Krimis führen regelmäßig die Schweizer Bestsellerliste an. 2005 wurde er mit dem Friedrich-Glauser-Preis ausgezeichnet. Er lebt als freier Schriftsteller in Basel.

Hansjörg Schneider

Hunkeler und die goldene Hand

Der siebte Fall

ROMAN

Diogenes

Die Erstausgabe erschien 2008 im Ammann Verlag, Zürich
Covermotiv: Foto von Roy McMahon (Ausschnitt)

Veröffentlicht als Diogenes Taschenbuch, 2015

info@diogenes.ch · www.diogenes.ch
In Fragen zur Produktsicherheit (GPSR):
truepages UG (haftungsbeschränkt)
Westermühlstraße 29, 80469 München
info@truepages.de
ASR/25/852/4
ISBN 978 3 257 24329 1

Peter Hunkeler, Kommissär des Kriminalkommissariats Basel, ehemaliger Familienvater, jetzt geschieden, lag im Solebad des Hotels Marina in Rheinfelden/Schweiz und hatte eine Depression. Er lag im Außenbecken an der Massagedüse vier, die ihm warmes Salzwasser gegen die Lendenwirbel spritzte, heraufgepumpt aus tausend Metern Tiefe, wo früher der Meeresboden gelegen hatte.

Hunkeler versuchte, ans Meer zu denken. An sich brechende Wogen, an ihr Ausrollen auf Kies oder Sand, an den Geruch von Tang. Es gelang ihm nicht, es roch nicht nach Meer hier, sondern nach Solebad.

Rechts von ihm, und das ärgerte ihn besonders, suhlten sich zwei alte Frauen, direkt vor Düse fünf. Schon gut zehn Minuten lagen sie dort, ohne Anstalten zu treffen, sich weiter zu Düse sechs bewegen zu wollen, wie man eigentlich hätte erwarten dürfen. Niemand hatte das Recht, eine Düse für längere Zeit zu blockieren. Es gab noch andere Kunden hier, die es vielleicht gerade auf diese Düse fünf abgesehen hatten. Aber darum scherten sich die beiden nicht. Die eine trug eine Badekappe mit roten Blumen, die andere eine mit blauen Schuppen. Lächerlich war das. Und natürlich redeten sie einen Dialekt aus dem Badischen. Hotzenwald vielleicht oder Dinkelberg, dachte Hunkeler mit verstecktem Ingrimm. Die schauten genau so aus, als wären sie von den einsamen Höhen jenseits des Rheins extra heruntergekommen, um Düse fünf zu blockieren. Als ob es drüben keine Heilquellen gegeben hätte.

Draußen in der Mitte des Bassins crawlte ein junger Mann, von links nach rechts, dann wieder von rechts nach links. Er hatte ein beachtliches Tempo drauf, das musste man anerkennen. Am linken Oberschenkel trug er ein Tauchermesser. Auf seinen Oberarmen waren Tätowierungen zu sehen, irgendetwas Vogelartiges. Gut, der musste sich austoben. Aber musste das unbedingt hier sein, in diesem Reservat für ältere Menschen, die der Ruhe bedurften?

Hunkeler beschloss zu handeln. Er stellte die Fußsohlen hinten gegen die Bassinwand, holte Luft und stieß sich ab. Tauchend gedachte er, die beiden Hotzenwälderinnen zu umschwimmen. Da fuhr ihm der Schmerz in den Rücken, wie immer genau über den Lendenwirbeln. Fast hätte er geschrien, aber das ging nicht gut unter Wasser. Er tauchte auf und atmete durch.

»Geht's Ihnen nicht gut?«, fragte die mit den roten Blumen auf dem Kopf. »Können wir helfen?«

»Danke Madame«, sagte Hunkeler hart und knapp, »es geht immer noch.«

Langsam ruderte er sich Richtung Düse sechs, steif wie ein Brett, sorgsam darauf achtend, dass er den Rücken nicht bewegte. Nur keine Schwäche zeigen, vor den beiden alten Frauen schon gar nicht. Er erreichte Düse sechs, hielt sich an der Querstange fest und versuchte, ruhig zu atmen.

Es war der 13. August, ein für die Jahreszeit kühler Montagmorgen, kurz nach neun. Das warme Wasser des Solebads dampfte. Nebel trieb vorbei, ein Vorbote des nahen Herbstes. Ein verregneter Sommer war es gewesen. Erst ein brütend heißer Juni, dass man es in Basel kaum mehr aushielt. Dann Kälte und Regen. Eines Morgens auf dem Vita Parcours, als er sich an einer Reckstange hatte hochziehen wollen, der plötzliche Schmerz. Seither war er krankgeschrieben, abkommandiert zur Kur auf Kosten der Krankenkasse, bis auf weiteres. Was das hieß, war Hunkeler sofort klar gewesen. Man wollte ihn abschieben, direkt in die Rente.

Er gehörte also zum alten Eisen. Zu den alten Knackern, die sich in der Umkleidekabine kaum mehr selber umziehen konnten. Zu den unförmigen Leibern, die ängstlich zur Dusche tappten. Zu den Hinkebeinen, die es nur noch mit Mühe ins Schwimmbecken schafften. Und seine Gespielinnen würden fortan alte Hotzenwälderinnen mit Blumen und Schuppen auf dem Kopf sein.

Zum Glück hatte er Hedwig, dachte er. Aber hatte er sie tatsächlich? Sie war nicht an seiner Seite, sie war zur Kur in der Schönheitsfarm Helena in Todtnauberg oben auf tausend Metern Höhe, in der frischen Schwarzwaldluft. Bloß die letzte Woche der Ferien, hatte sie gesagt, zur Erholung, bevor der Kindergarten wieder aufmachte. Von was musste sie sich denn erholen? Vielleicht von Hunkeler, von seinen Altersgebrechen, von seinem Altersstarrsinn gar? Aber nein, er war noch immer beweglich, mobil in Körper und Geist. Jedenfalls fühlte er sich so, bis auf den Rücken natürlich. Aber den würde er schon wieder hinkriegen.

Er verließ Düse sechs und stakte hinüber zu einer Stelle, wo er sich hinsetzen konnte. Er lehnte sich zurück und schaute hoch ins Geäst einer Tanne. Dort oben saßen zwei Krähen, reglos, als würden sie nichts sehen und nichts hören. Der junge Crawler tauchte auf aus dem Nebel, er steuerte genau auf Hunkeler zu. Im letzten Moment drehte er ab, schlug an und wendete mit kräftigem Stoß. Er trug Badehosen mit Leopardenmuster, eine Schwimmbrille und im rechten Ohr einen Brillanten.

Hunkeler hasste sich. Was tat er hier, auf was wartete er? Die warme Salzbrühe würde nichts nützen, da war er sich sicher. Sein Rücken war nun einmal kaputt. Die beiden Wirbel, die ihn plagten, hatten zu lange aneinander geschabt, da war kein Knorpel mehr dazwischen.

»Das Rückgrat ist nicht gemacht für den aufrechten Gang«, hatte ihm Dr. Neuenschwander erklärt, nachdem er ihn untersucht hatte. »Es ist im Grunde keine tragende Säule. Eher ist es konstruiert wie eine Hängebrücke, für den Gang auf allen vieren. Wenn es dazu noch einen Bierwanst tragen muss, wie Sie einen haben, nützt es sich ab, bevor Sie sterben. Damit müssen Sie leben.«

Sollte er sich vielleicht auf allen vieren durch Basels Straßen bewegen, als wandelnde Hängebrücke? Woher hatte er überhaupt den Schaden? War nicht die jahrzehntelange Arbeit auf dem Kommissariat schuld daran? Das öde Sitzen auf hartem Stuhl während der Rapporte? Hatten nicht die verschiedenen Neu- und Umstrukturierungen des Kommissariats, die sich folgten wie die Jahreszeiten, an seinem Rückgrat geschabt wie die Feile am Eisen? Wo war sein Charakter, seine Persönlichkeit geblieben? War es überhaupt noch möglich, in dieser leerlaufenden Maschinerie Rückgrat zu zeigen? Er zweifelte daran. Hier wurde mit dem groben Hobel gearbeitet, mit der elektrischen Fräse, die jede Verwachsung, jedes Astloch in Sekundenschnelle wegfraß. Ziel war einzig und allein das gut geölte Laufen der Maschine, die sich Kriminalkommissariat nannte. Die Beamten waren die Rädchen darin. Wenn ein Rädchen nicht mehr einwandfrei funktionierte, wurde es ausgewechselt.

Hunkeler fand sich zum Kotzen. Warum hatte er so lange ausgeharrt in diesem üblen Männerverein? Er hätte den Dienst schon längst quittieren müssen, spätestens dann, als ihm der Schmerz zum ersten Mal so richtig in den Rücken gefahren war. Auswandern in sein Haus im Elsass hätte er sollen. Gurken und Tomaten anpflanzen. Ein paar Schweine halten, ihren Speck und Schinken in die Rauchkammer auf dem Estrich oben hängen. Behutsam Scheite in den Ofen schieben, damit stets ein bisschen Rauch im Kamin war und die Fliegen vertrieb. Ab und zu ein paar Wacholderbeeren in die Glut streuen, damit der Speck den richtigen Geschmack bekam.

Bald war Herbst, dachte er. Bald würden Eicheln und Rosskastanien von den Bäumen fallen, ein gefundenes Fressen für jede Sau. Und Hunkeler beschloss, sein Leben zu ändern.

Er schaute hinüber zu den beiden Frauen. Sie hatten sich noch keinen Meter weiterbewegt. Die eine redete, die andere hörte zu. Vermutlich waren sie bloß hier, um sich ungestört unterhalten zu können.

Rechts, gegen den Kurpark hin, tauchte hin und wieder ein Männerkopf mit rot-weiß gestreifter Badekappe aus dem Nebel auf. Er trug einen dunklen Schnauzbart, er schien zu schlafen. Er bewegte sich auch nicht, als ein alter Mann dicht an ihm vorbeischwamm, das Gesicht im Wasser. Ein geübter Taucher offenbar, der es lange ohne zu atmen aushielt. Seine Badehose schimmerte rot.

Etwas später lag Hunkeler im Ruheraum, geduscht und schamponiert, mit einem vorgewärmten Badetuch um den Leib. Vor sich hatte er die Glasfront aufs Außenbecken hinaus. Im Ohr leise Musik, wie sie in Flughäfen und Pissoirs üblich war, endlos und langweilig wie die Ewigkeit. Im Rücken, dort, wo der Schmerz saß, spürte er den Knick des Liegestuhls, den irgendein Idiot konstruiert hatte, um ein rückenfreundliches Liegen zu garantieren. Davon hielt Hunkeler gar nichts, er hätte sich lieber flach auf den Boden gelegt. Aber das ging wohl nicht in diesem noblen Etablissement.

Nebenan lag ein Dutzend weiterer Badegäste auf den Stühlen, griesgrämig vor sich hin dösend. Auch der junge Crawler war da. Hunkeler hatte beim Hereinkommen genau hingeschaut. Die Vögel auf den Oberarmen waren Adler mit ausgebreiteten Schwingen.

Da hörte er Frauenstimmen kreischen. Sie kamen von draußen, vom Schwimmbecken her. »Um Gottes willen, Hilfe, Hilfe!«

Er war sofort auf den Beinen. Er trat an die Glasfront und schaute hinaus. Er sah die beiden Frauenköpfe vor Düse fünf, rote Blumen und blaue Schuppen, darunter schreckensstarre Gesichter. Ausgestreckte, kräftige Frauenarme, die etwas, das bei ihnen andocken wollte, wegstießen in die Strömung hinein. Es war ein Mann, der auf dem Bauch trieb, den Kopf im Wasser. Rote Badehose, um den Hals ein rötlicher Schimmer.

Hunkeler zögerte nicht und ging hinaus. Er sah den Mann davontreiben, mit seltsam verrenkter Kopfhaltung. Er sah eine Blutspur, er wusste sogleich, dass da eine Leiche im Wasser trieb.

»So helfen Sie doch«, sagte die mit den blauen Schuppen, »tun Sie was, der ist am Ertrinken.«

Er schüttelte den Kopf und schaute hinüber, ob der Mann mit dem Schnauzbart noch dort war. Er war nicht mehr dort.

Da erschien der Crawler am Beckenrand. Er fasste den treibenden Körper ins Auge. Er sprang kopfüber hinein, tauchte bei der Leiche auf, umschlang sie mit beiden Armen. Er stieß einen Schrei aus, eigentümlich und wild. Es standen inzwischen mehrere Menschen am Beckenrand, niemand war im Ruheraum geblieben. Niemand rührte sich, die Szene war zu erschreckend, zu ergreifend. Schweigend sahen sie zu, wie der junge Mann die Leiche zum Ufer trug.

Später saß Hunkeler in der Lobby mit dem schwarzen Klavier. Ein nobler Raum vormals, mit roten Sesseln und Liegebetten, die Fenster gingen auf den Park hinaus. Jenseits der Bahngeleise lag das Städtchen Rheinfelden, dahinter der Dinkelberg. Er war nicht zu sehen, der Nebel hatte ihn eingehüllt. Eine Spur von alter Herrlichkeit war hier zu ahnen, von Kurkonzert und Gigolos.

Er schaute, ob er einen Aschenbecher fand. Es war keiner da, selbstverständlich nicht. Da man der Auto-Abgase nicht Herr wurde, wollte man wenigstens das Rauchen verbieten. Immerhin etwas, und immer gegen die Minderheiten.

Er hatte zwei Sirenen gehört, die der Polizei und das Martinshorn der Ambulanz. Weitere Autos waren vorbeigerollt, sie fuhren ihr ganzes Arsenal auf. Vermutlich war auch das

Kriko Basel schon da, Detektivwachtmeister Madörin vielleicht mit Korporal Lüdi und Haller.

Es war eine eigentümliche Leere im Saal, die fast mit Händen zu greifen war. Eine geradezu aufdringliche Stille, bis ein Schnellzug vorbeirollte. Er dachte an den Schrei. Der war gewaltig gewesen, der hatte bestimmt alle im Hotel erschreckt. Was verbarg er, aus welchen Tiefen war er hochgestiegen?

Eine junge Frau brachte ihm den Cappuccino, den er bestellt hatte. Sie war wohl noch keine 18 Jahre alt. Offenbar war sie die Einzige, die nicht zum Tatort gerannt war.

»Danke«, sagte er. »Wie heißt du?«

»Irina Hausova«, sagte sie. »Und du?«

»Ach so. Entschuldigen Sie bitte die unpassende Anrede. Sind Sie aus Tschechien?«

»Nein, aus Bratislava.«

Er roch den Kakao, spürte den Milchschaum an den Lippen, schob eine Schmerztablette in den Mund und trank einen Schluck.

Sie blieb neben ihm stehen, verlegen, sie hatte etwas auf dem Herzen.

»Ich habe gehört«, sagte sie, »dass Sie von der Polizei sind. Stimmt das?«

Er betrachtete neugierig das Dekolleté, das sie ihm darbot. Schön war das, ohne Zweifel.

»Ich bin zur Kur hier«, sagte er, »nicht beruflich. Ich habe einen kaputten Rücken.«

Sie versuchte ein Lächeln, sie war wirklich süß.

»Sind Sie von der Fremdenpolizei?«

»Nein, vom Kriminalkommissariat. Warum?«

Sie schaute sich um, ob sie beobachtet wurde.

»Eigentlich bin ich zu jung, um hier arbeiten zu dürfen. Er hat es gemerkt.«

»Wer hat es gemerkt?«

»Der Chef, Dr. Neuenschwander. Er hat mir gedroht, mich zurückzuschicken. Aber ich gehe nicht zurück. Hier, ich habe etwas für Sie.«

Sie nestelte an ihrem Kleid herum und holte eine Tube hervor. Es war Mastix, ein Leim, mit dem man sich falsche Bärte ankleben konnte. Die Tube war nur noch zur Hälfte voll.

»Woher haben Sie das?«, fragte er, plötzlich hellwach.

Sie errötete leicht. Sie flüsterte.

»Aus der hinteren Toilette im Bad. Die Tube lag am Boden. Ich habe sie aufgehoben. Ich weiß nicht, was drin ist.«

»Und was machen Sie auf der Toilette im Bad?«, fragte er streng.

»Ich habe geraucht.«

Ihr Gesicht war jetzt rot angelaufen. Eine schnelle, überraschende Veränderung, die ihn faszinierte.

»Rauchen ist strengstens verboten«, sagte sie. »Wenn es rauskommt, werde ich gefeuert.«

Sie versuchte, noch einmal zu lächeln. Dann verschwand sie nach hinten.

Hunkeler erhob sich und ging nach draußen. Er traf auf den dicken Hauser, die schnellste Kamera Basels, der vor seinem gelben Kastenwagen stand.

»Verdammte Scheiße, der Nebel«, sagte Hauser, »wie soll ich da arbeiten? Weißt du etwas?«

»Nein. Außer, dass du hier nicht fotografieren darfst.«

»Ich bin ja schon wieder weg. Du weißt etwas, gell? War es Rebsamen?«

»Wer ist Rebsamen?«

Hauser grinste. Er zog ein Taschentuch hervor und wischte sich das Gesicht ab. Er schwitzte immer, wenn er fotografierte.

»Ach komm, Hunki, verkauf mich nicht für blöd. Roger Ris, der reiche Basler Kunsthändler aus besten Kreisen, von seinem Bubi erdolcht. Eine richtig geile Geschichte. Nur leider stimmt sie nicht.«

Er packte seine Gerätschaft in den Wagen.

»Valentin Burckhardt war auch da, habe ich gehört. Stimmt doch, oder? Du brauchst nichts zu sagen, ich weiß es auch so. Ein bisschen viel Geld war da zusammen, findest du nicht? Und ein Tscheche sei auch dabeigewesen. Der sei verduftet, einfach so. Da steckt doch etwas dahinter. Aber was?«

Er wartete, ob Hunkeler etwas sagte. Aber der sagte nichts.

»Gut, meinetwegen. Wir sehen uns. Bis bald.«

Er stieg in sein Auto und fuhr davon.

Hunkeler setzte sich an ein Tischchen unter den Bäumen. Er zündete sich eine Zigarette an und schaute zum Schwimmbecken hinüber, wo sich die Polizei zu schaffen machte. Die Leiche lag auf einer Bahre. Der Notarzt unterhielt sich mit Dr. Neuenschwander. Der junge Crawler trug Handschellen, und zwar auf dem Rücken. Der übliche Schwachsinn, dachte Hunkeler. Aber was sollten die Männer auch anderes tun?

Korporal Leimgruber von der Regionalpolizei Unteres Fricktal kam herüber. Er holte eine Rolle aus einem der

Wagen, um das Areal abzusperren. Reichlich spät, dachte Hunkeler, es standen an die dreißig Gaffer herum.

»Du hier?«, fragte Leimgruber. »Was tust denn du hier?«

»Kuren«, sagte Hunkeler, »wegen des Rückens.«

»Daraus wird nichts. Wir müssen die Schwimmbecken leeren, innen und außen. Aber erst, wenn die Taucher alles abgesucht haben.«

Er schaute sich um, kam dann näher heran.

»Erdrosselt«, sagte er, »mit einem Stahlkabel oder Ähnlichem. Das sieht man auf den ersten Blick. Die Gurgel ist aufgerissen, der Nacken ist entzwei. Er hat geblutet wie ein Schwein. Ich habe ihm eine verpasst, direkt in die Fresse.«

»Wem?«

»Der jungen Schwuchtel natürlich. Ich habe ja nichts gegen Schwule. Aber sie sollen uns bitte nicht das Bad versauen. Es war Notwehr, er hat sich widersetzt.«

Leimgruber holte einen Stumpen hervor und steckte ihn umständlich in Brand.

»Er ist ein Kunsthändler aus Basel«, sagte er, »alt, reich und schwul. Eine angesehene Persönlichkeit offenbar, Dr. Neuenschwander hat ihn gekannt. Das ist ein Skandal. Wir sind angewiesen auf die reichen Basler.«

»Ich habe damit nichts zu tun. Es ist ein Fall für die Aargauische Kantonspolizei. Für Polizei-Hauptmann Mauch, nehme ich an.«

»Aber er hat in Basel gewohnt. Also geht es auch die Kripo Basel etwas an. Er heißt übrigens Roger Ris.«

»Tut mir leid, ich bin krankgeschrieben.«

Leimgruber schaute ihn böse an und tippte ein bisschen Asche auf den Boden.

»Das darfst du nicht«, sagte Hunkeler, »das ganze Arsenal gehört zum Tatort.«

»Hau ab«, sagte Leimgruber, »verschwinde.«

Hunkeler schaltete sein Handy aus und ging nach hinten zum Parkplatz, wo eine Menge Polizeifahrzeuge standen. Er setzte sich in sein Auto und wollte losfahren. Ein junger Mann hielt ihn an, er war von der aargauischen Kantonspolizei.

»Niemand verlässt den Tatort, bevor wir es erlauben. Wer sind Sie?«

Hunkeler holte seinen Ausweis hervor.

»Und was suchen Sie hier?«, fragte der junge Kerl. »Wir sind hier im Aargau und nicht in Basel.«

»Ich weiß. Deshalb fahre ich ja weg. Wenn Sie die Güte hätten, mich durchzulassen.«

Weiter vorn sah er seine Kollegen Lüdi, Madörin und Haller neben ihrem Wagen stehen. Sie hatten in einer Rosenrabatte geparkt. Typisch Madörin, der kannte nichts, der wäre wohl am liebsten ins Schwimmbecken hineingefahren.

Er steuerte langsam das Bahngeleise entlang, dann durch das Areal der Brauerei. Er kam auf die Straße Richtung Magden. Im Nebel erkannte er eine Panzersperre aus dem Zweiten Weltkrieg, tonnenschwere Betonblöcke, von Büschen überwuchert. In Magden wurde es hell, man sah den blauen Himmel. Ein typisches Juradorf. Jahrhundertealte Gehöfte aus Kalkstein, Scheunentor, Stall, Wohnhaus. Er fuhr langsam, grinste fröhlich. Endlich der Knochenmühle entkommen, keine Spurensicherung mehr, keine provisorische Befragung, kein Kompetenzgerangel mit den Aargauer Kollegen. Er schob sich zwei Schmerztabletten in den Mund, kaute sie, würgte sie hinunter.

Ein sanft geschwungenes Juratal. In der Niederung Wiesen und Maisfelder, ein schmaler Flusslauf mit Eschen und Erlen, darüber Wald. Als er die Grenze zum Baselland passierte, steckte er sich eine an. Er blies den Rauch in den Fahrtwind hinaus, aus voller Lunge. Er bog ab Richtung Farnsburg.

Er war allein auf der schmalen Straße, rollte an feuchten Schattenwiesen vorbei, in denen Bäume standen mit grünen, harten Äpfeln. Ein Waldrand mit Farnen und Brennnesseln, ein verlassener Steinbruch mit einem verrosteten Traktor. Ein Bauernhaus mit Biberschwanzziegeln und Scheiterbeige neben dem Eingang. Es war bewohnt, Rauch kam aus dem Kamin.

Dann stieg der Weg an. Er fuhr im zweiten Gang und schaute zu, wie sich die Landschaft öffnete. Weite Weidewiesen mit einzelnen Wettertannen. Kuhherden mit Glocken, das Gebimmel war durchs offene Seitenfenster zu hören. Ein Hof mit Nussbaum und neuem Schweinestall. Zwei Mädchen im Sonnenlicht mit Puppen im Arm. Ein Sennenhund rannte heran und kläffte.

Oben auf der Buuser Egg parkte er. Er holte die Wanderschuhe aus dem Kofferraum und zog sie an. Gutes, altes Schuhwerk, darauf war Verlass. Er ging über eine Wiese. Er hob einen Apfel auf und biss hinein, doch der war hart wie Stein. Eine Renette vielleicht, sie würde erst Ende September reifen. Er warf sie weit in die Weide hinein.

Er folgte der Krete, die sich flach gegen Westen hinzog. Im Halbkreis gegen Süden lagen die Hügel im Sonnenlicht, teils von Wald bestanden, teils frei, besetzt von einzelnen Höfen. Fern am Horizont ahnte er die Schneeberge. Zu sehen waren sie nicht, der Herbstdunst verbarg sie.

Wie früher, fiel ihm ein. Wie in der leibhaftigen Jugend, als er mit einem Mädchen über Jurahöhen gegangen war, bis hin zu einer Stelle, wo sie sich umarmten und von der Sonne bescheinen ließen. Fast fünfzig Jahre waren seither vergangen, und noch immer lagen die Höhen im Licht.

Weiter vorn stieg das Gelände an. Er keuchte, er spürte sein Herz hämmern. Er folgte dem Pfad, den die Kühe getreten hatten, rechts die Flanke entlang, die sich ins Tal senkte. Er sah Silberdisteln, mehrere Fliegenpilze, die unglaublich rot aufglänzten. Er beschloss zu gehen, bis er an ein Ziel kam, das er nicht kannte.

Vorne am Waldrand sah er eine kleine Herde. Sie stand ruhig, als ob sie Ausschau gehalten hätte. Sie war von einem unerwartet kräftigen Braun. Kurze, gedrungene Körper, dichtes Fell auf dem Rist. Links von der Gruppe ein mächtiger Schädel, das musste der Stier sein.

Hunkeler blieb stehen und schaute hinüber, mehrere Sekunden lang, vielleicht waren es Minuten. Kein Mensch war zu sehen, kein Auto. Unten im Wald heulte eine Motorsäge auf, erstarb und begann aufs Neue zu heulen.

Dann setzte sich die Herde in Bewegung. Überraschend, aus dem Stand heraus. Nicht die einzelnen Tiere, sondern gemeinsam, als würde ein kompaktes Lebewesen losrennen.

Er bewegte sich noch immer nicht. Er blieb stehen und schaute zu, was geschah. Kräftige Schädel, sich hebend, sich senkend. Wilde Augen, böse, wie es schien. Schlanke Läufe, die Riste sich wiegend wie Dünung im Meer. Er hörte das Trommeln der Hufe, sah vorne die Leitkuh, dahinter Rinder, links außen den Stier.

Sie rannten direkt auf ihn zu, als wollten sie ihn überrollen.

Dann waren sie vorbei. Es waren neun Stück, er roch ihren scharfen Geruch. Die Hinterteile erstaunlich schlank, Leib an Leib, als hätte sie nichts trennen, nichts aufhalten können. Weiter unten rissen sie einen Weidezaun mit, die Pfähle wirbelten durch die Luft. Sie rannten über die ganze Krete, bis sie jenseits der Straße in einem Waldstück verschwanden.

Wieder heulte die Motorsäge auf, sehr schrill diesmal, das ging durch Mark und Bein. Dann erstarb sie ganz, es war Stille.

Er merkte, wie seine Knie zitterten. Er wollte es erst nicht wahrhaben, er senkte den Kopf und schaute nach, ob es so war. Tatsächlich, er stand auf schlotternden Beinen. Es zitterten auch seine Hände, es vibrierte sein ganzer Körper, sein Bauch, sein Rücken. Es war nichts zu machen dagegen, es musste so sein. Langsam, als ob etwas hätte zerbrechen können, ging er in die Hocke und setzte sich hin. Er musterte seine Umgebung. Einzelne Steine lagen auf dem Pfad, gelbliche Kalkbrocken, rötliche Erde. Ein gelbgestreifter Käfer kroch darüber, schön anzuschauen. Daneben allerlei Gräser, winzige Blumen von einem matten Blau. Etwas entfernt die Reste einer Heckenrose mit Hagebutten. Die waren von einem unwirklichen Orange. Er schaute in den Himmel hinauf und sah einen Jet gegen Osten ziehen, lautlos, von der Sonne beschienen. Er schaute ziemlich lange hinauf, bis er den fernen Vogel aus den Augen verlor. Dann rollte er sich zusammen und schlief ein.

Eine Stunde nach Mittag war er wieder bei seinem Auto. Es war ihm kalt, er musste sich beim Schlafen in der Wiese verkühlt haben. Es war ihm, als wäre er ein anderer geworden. Irgendetwas hatte sich verschoben, irgendetwas hatte sich in die Wirklichkeit hineingedrängt.

Er fuhr nach Westen über die Krete Richtung Farnsburg. Drüben lag die Stelle, wo er geschlafen hatte. Zwei Frauen kamen ihm entgegen, mit langen Stöcken. Dann Obstbäume eines Baumgartens, Kälber in der Wiese, Schweine im Auslauf. Rechts oben drei gedrungene, tiefbraune Rinder.

Es war ein mächtiger Hof mit Ställen, Scheune und Schuppen. Daneben der Landgasthof Farnsburg. Eine Linde stand in der Hofstatt, mit einem Durchmesser von fast drei Metern. Er sah, dass sie hohl war. Man hätte hineinschlüpfen können, es gab eine größere Öffnung. Er fragte sich, ob er das tun sollte, er zögerte. Vermutlich war das etwas für Kinder.

»Das ist eine Wunschlinde«, sagte eine Stimme, als er ausgestiegen war. Es war eine Frau in roten Stiefeln. Verwaschene Jeans, helle Bluse, wirres, rötliches Haar.

»Ach so«, sagte Hunkeler. »Guten Tag. Darf man wünschen?«

Sie nickte fröhlich, sie führte gern ein Gespräch.

»Am besten kriechen Sie gleich hinein, legen beide Hände

gegen das Holz und sprechen Ihren Wunsch aus. Aber bitte leise, dass es niemand hört. Dann wird er erfüllt.«

Sie hatte graugrüne Augen, sie war um die vierzig.

»Nein«, sagte Hunkeler, »ich wünsche nicht. Ich wüsste nicht, was.«

»Vielleicht gute Gesundheit?«

Er überlegte, ob er sich Gesundheit wünschen sollte. Er fasste sich an den Rücken, dorthin, wo der Schmerz gesessen hatte. Dort war etwas geschehen, er spürte es deutlich.

Er bückte sich und kroch in den Baum hinein. Er sah dunkles, abgestorbenes Holz, das an einigen Stellen blankgescheuert war. Einzelne Buchstaben waren hineingeschnitten, vor Jahren, Jahrzehnten oder Jahrhunderten musste das geschehen sein. Einige waren kaum mehr lesbar. Ganze Namen, Vreni, Anita, Uli. Mehrere Herzen, Zeugnisse der Sehnsucht nach Liebe.

Zwei Buchstaben fielen ihm auf, die neu waren. Er sah es am hellen Holz. LR. Daneben ein Kreis mit fünf Strichen dran. Es war nicht zu erkennen, was diese Figur bedeuten sollte.

Er kroch wieder heraus und stützte eine Hand in den Rücken. Es wäre nicht nötig gewesen, es war kein Schmerz mehr da.

»Und?«, fragte die Frau.

»Ich glaube, es hat schon gewirkt. Gibt es hier in der Gegend eigentlich Bisons?«

»Ja natürlich. Wir hatten zwölf Stück. Vor einer Woche hat jemand das Gatter eingerissen. Vielleicht waren es die Tiere selbst, wir wissen es nicht genau. Neun sind auf und davon, samt dem Big Boss. Das ist der Stier. Wir haben versucht, sie einzufangen. Die Jäger haben geholfen. Aber das geht nicht, es sind wilde Tiere. Wahrscheinlich müssen wir sie erschießen.«

»Sie sind an mir vorbeigerannt«, sagte er, »so nahe, dass ich sie hätte berühren können.«

»Wo war das?«

»Da vorn, Richtung Buuser Egg. Kurz vor Mittag. Ich habe nachher am ganzen Körper gezittert.«

»Das verstehe ich gut. Die meisten Menschen fürchten sich vor ihnen. Weil man merkt, dass es Wildtiere sind. Obschon sie noch niemanden angegriffen haben. Das würden sie nie tun. Außer man stellt sich ihnen in den Weg.«

Sie holte ein Handy hervor, wählte eine Nummer.

»Hör mal, Walter. Da ist ein Mann, der hat die Bisons gesehen. Vor zwei Stunden, auf der Buuser Egg. Ja, er wartet.«

Sie versorgte das Handy wieder.

»Bleiben Sie hier. Der Bauer kommt gleich. Er will wissen, wo sie sind. Er ist selber Jäger. Vielleicht muss er sie tatsächlich erschießen.«

»Das wäre schade. Eine Bisonherde, die über den Jura prescht, wie schön. Und hintendrein die Indianer.«

»Sagen Sie das nicht. Die Indianer jagen keine Bisons mehr. Sie hocken in Spielsalons, kassieren und verblöden.«

»Hier oben nicht«, widersprach er. »Hier oben reitet der Sioux auf edlem Mustang über die Höhen der aufgehenden Sonne entgegen. Ist es nicht so?«

Sie lächelte ein bisschen, sie unterdrückte es gleich wieder.

»Ach hören Sie auf. Sie heißen nicht Sioux, sie heißen Lakota.«

»Was tragen Sie eigentlich am Hals?«, fragte er und zeigte

auf das Amulett, das sie an einer Lederschnur um den Hals trug. Es sah aus wie ein abgeschnittener Finger.

»Das geht Sie nichts an.«

Sie wandte sich ab und ging Richtung Stall. Dann kam sie noch einmal zurück.

»Was wollen Sie hier oben? Wer sind Sie überhaupt?«

»Hunkeler Peter«, sagte er, »Alt-Kommissär aus Basel. Ich suche Linderung meiner Rückenschmerzen. Ich glaube fast, eine Bisonherde hat sie weggetrommelt.«

»Das ist gut möglich«, sagte sie und ging weg.

Er trat an den Rand der Hofstatt, wo man weit nach Süden sah. Knapp über dem Dunst glänzten ein paar weiße Gipfel der Alpen. Oder waren es die Rocky Mountains?

Er drehte sich um und sah vor sich einen kleinen, feingliedrigen Mann stehen, der überhaupt nicht wie ein Bauer aussah.

»Leutwiller Walter«, sagte er. »Sie haben die Bisons gesehen?«

»Ja. Ich bin von der Buuser Egg aus nach Westen über die Krete gegangen. Sie sind direkt auf mich zugerannt. Sie haben mich fast gestreift. Sie sind im Wald jenseits der Straße verschwunden.«

Ein Flackern war in den Augen des Bauern, nur kurz. Aber Hunkeler sah es.

»Wer hat denn das Gatter aufgemacht?«, fragte er.

»Was weiß ich? Es gibt viele, die dagegen sind, dass hier oben Bisons leben. Sie wollen, dass ich Milchwirtschaft betreibe. Aber wie soll ich im Winter die Kühe durchfüttern? Die Bisons können im Winter draußen bleiben. Außerdem sind sie schön.«

»Stimmt. Wenn man von ihnen nicht gerade über den Haufen gerannt wird.«

»Sie haben noch niemanden über den Haufen gerannt. Sind Sie von der Presse?«

»Nein, ich bin ein ausgedienter Kommissär aus Basel. Aber ich ermittle nicht.«

»Bloß aus Neugier?«

»Bloß aus Neugier. Großes indianisches Ehrenwort.«

»Hören Sie auf. Ich habe genug von dem Zeug.«

»Was für Zeug? Haben Sie eine Ahnung, wer das Gatter geöffnet haben könnte? Indianer vielleicht? Wie heißt übrigens die Dame mit dem abgeschnittenen Finger am Hals?«

»Die heißt Angela Bruggisser. Die ist schon recht. Nein, da habe ich eine andere Vermutung. Gegen Bisons auf meinem eigenen Grund und Boden kann man nichts unternehmen. Gegen wild herumziehende Bisons schon. Aber ich will niemanden zu Unrecht verdächtigen. Deshalb sage ich nichts.«

Hunkeler ging zum Landgasthof hinüber und setzte sich an einen Tisch auf der Terrasse. Ein wunderschöner Ort, windgeschützt, von der Sonne beschienen. Er schaute zur Linde zurück, auf ihren mächtigen Stamm, über den sich eine erstaunlich kleine Laubkrone wölbte. Er fragte sich, wie so ein Baum funktionierte, wie er die Jahrhunderte überstand. Der lebte in seinen Rändern, schob sich nach außen Jahr für Jahr. Was innen war, seine Geschichte und Erinnerungen, ließ er in sich zusammenfallen. So hatte er es geschafft, die lange Zeit seines Daseins zu überstehen.

Und er selber, wie hatte er es geschafft? Er kam sich innen nicht hohl vor. Auch waren seine Erinnerungen nicht in sich zusammengefallen. Im Gegenteil, sie rumorten in ihm, sie meldeten sich immer mehr zu Wort, je älter er wurde. Vielleicht war das der Unterschied zwischen ihm und dem Baum. In Hunkeler konnte niemand hineinkriechen und sich etwas wünschen. Er bestand selber aus Wünschen. Jedenfalls war es lange Jahre so gewesen. Vielleicht war es ein Zeichen des Alters, dass das Wünschen aufhörte.

Er war herbstlich gestimmt, ein bisschen melancholisch halt. Das passte gut zur Landschaft hier oben, dachte er. Er schaute zu den Schweinen hinüber, die sich in einer Wiese suhlten. Ob die auch Rosskastanien fraßen? Er würde es herausfinden.

Er musste geschlafen haben. Jedenfalls wusste er nicht, wo er war, als er erwachte. Ein junger Mann in roter Radfahrermontur stand vor ihm. Der hatte ihn geweckt. Er war hochaufgeschossen, sein Haar fiel ihm bis auf die Schultern. Auf der Oberlippe war eine kleine Hasenscharte zu erkennen.

»Ach so«, sagte Hunkeler, »Entschuldigung. Ich muss eingeschlafen sein.«

»Macht nichts«, sagte der Mann, »hier können Sie schlafen, so lange Sie wollen. Heute haben wir Wirtesonntag, und morgen auch. Ich bin übrigens Ali Grieshaber.«

»Hunkeler Peter. Die Schweine dort drüben, fressen die auch Rosskastanien?«

»Die fressen alles, was von den Bäumen fällt. Die verdauen alles, die haben einen Saumagen.«

Er öffnete das Schloss eines roten Fahrrades, das an der Mauer lehnte.

»Halt, nicht so schnell, junger Mann«, sagte Hunkeler. »Wir wär's mit Speck und Brot? Und einem Zweier Buuser? Und wenn Sie eine Zeitung aus der Gegend haben, hätte ich nichts dagegen.«

»Sie sind nicht schlecht. Aber der Ali macht alles, den Ali kann man schicken, auch am Wirtesonntag.«

Er ging hinein und holte das Gewünschte. Nachdem er kassiert hatte, setzte er sich aufs Bike und spurtete den Wanderweg hinauf.

Hunkeler schnitt sich den Speck zurecht und aß. Herrlich. Er trank einen Schluck Buuser. Himmlisch. Er liebte den hiesigen Landwein über alles.

Er griff zur Zeitung, es war die *Basellandschaftliche.* Er blätterte zu den Lokalseiten. In Therwil war ein alkoholisierter Autolenker beim Kreisel auf der Benkerstraße in eine Hecke gefahren. Verletzt worden war niemand. Jedoch war beträchtlicher Sachschaden entstanden. In Seewen hatte ein roter Kastenwagen eine Katze überfahren. Der Fahrer hatte sich aus dem Staub gemacht. Die Katze hatte eingeschläfert werden müssen. Der FC Pratteln hatte gegen Pruntrut aus dem Kanton Jura null zu drei verloren. »Zum ersten Mal in dieser Saison war der Gegner klar besser«, hatte Prattelns Spielertrainer Krähenbühl erklärt.

Er blätterte weiter auf die letzte Seite, das Leserforum. Hier gab es ein einziges Thema, die Bisons auf der Farnsburg. Lasst bitte die prächtigen Tiere leben, schrieb eine Frau aus

Wintersingen, auch sie sind Gottes Kinder. Ein Mann aus Rothenfluh meinte, früher hätten hier auch Auerochsen gelebt, und Bisons seien die legitimen Nachfolger. Jemand aus Ormalingen äußerte den Wunsch, aus den Jurahöhen einen Naturschutzpark zu machen, die Landwirtschaft rentiere ja ohnehin nicht mehr.

Die Gegner waren indessen in der Mehrzahl. Wer schützt unsere Kinder?, fragte jemand. Schluss mit dem grünen Gefasel. Nachdem naive Weltverbesserer uns schon den Luchs vor die Nase gesetzt haben, wollen sie nun auch den Büffel ansiedeln. Bald werden Wolf und Bär folgen. Schlussendlich wollen sie auch noch die Saurier, die in der Fricktaler Tonerde begraben liegen, klonen und zum Leben erwecken. Wollen sie tatsächlich aus unserer einheimischen Landschaft einen Jurassic Parc machen? Eine besorgte Stimme aus dem Fricktal (Name der Redaktion bekannt) ließ sich sogar zu einer Drohung hinreißen. Wenn der Staat nicht zum Rechten schaut, so muss es der freie Bürger tun. Hier ist der freie Schütze Tell gefragt!

Welch wunderbares Land war doch die Schweiz, dachte Hunkeler. Hier wurde öffentlich über neun entlaufene Bisons gestritten, die anderswo längst erlegt und aufgegessen worden wären.

Es dämmerte bereits, als er wieder in Rheinfelden war. Der Nebel hatte sich auch hier unten verzogen, das schlossähnliche Gebäude der Brauerei war beleuchtet. Als er zum Marina hochfahren wollte, versperrte ihm Leimgruber den Weg.

»Kein Zutritt hier«, sagte er, »scher dich zum Teufel.«

»Ich habe im Hotel ein Zimmer gemietet. Da habe ich meine Sachen drin. Außerdem erwartet mich Hauptmann Mauch.«

Leimgruber wurde unsicher. Er war eben nur von der Regionalpolizei.

»Das soll ich dir glauben?«

»Ruf ihn an.«

Leimgruber trat zur Seite und gab den Weg frei.

Der Wagenpark hatte sich gelichtet. Die Ambulanz war weg, auch der Basler Pikettwagen fehlte. Neu standen zwei Autos des Technischen Dienstes aus Aarau da. Die Männer hatten Scheinwerfer aufgebaut und waren an der Arbeit. Zwei Taucher saßen an einem Tischchen im Kurpark nebenan, ihre Ausrüstung lag im Gras.

Hunkeler betrat das Hotel und ging in die Lobby. Hauptmann Mauch saß da, Wachtmeister Senn, eine junge Dame. Aus Rheinfelden Untersuchungsrichter Marti. Aus Basel Dr. de Ville und Detektivwachtmeister Madörin. Die interkantonale Zusammenarbeit hatte also sehr schnell geklappt.

Auch Dr. Neuenschwander war anwesend.

»Wo steckst du denn die ganze Zeit?«, fragte Mauch.

Er war ein schmaler Mann mit weißem Kraushaar, ein paar Jahre jünger als Hunkeler. Sie hatten schon mehrmals zusammengearbeitet, sie mochten sich gut.

»Ich bin privat hier«, sagte Hunkeler, »zur Kur.«

»Ich habe dich mehrmals anrufen wollen.«

»Ach so.« Hunkeler holte sein Handy hervor und schaltete es ein. »Manchmal ist es besser, wenn man nicht erreichbar ist.«

»Ich werde mich doch noch mit dir unterhalten dürfen. Oder geht das nicht?«

»Mit dir immer«, sagte Hunkeler und steckte sich eine Zigarette an.

»Hier ist das Rauchen verboten«, sagte Madörin böse. »Im Übrigen bin ich Verfahrensleiter auf Basler Seite, und nicht du.«

»Da bin ich aber froh«, sagte Hunkeler und zog eine leere Kaffeetasse heran, um sie als Aschenbecher zu benutzen.

»Bitte keine Ausnahme«, sagte Dr. Neuenschwander, »bitte nicht diesen karzinogenen Rauch.«

»Wollen Sie mich auf die Toilette schicken? Ich habe übrigens ein Fundstück abzugeben. Eine Tube Mastix, die auf einer Toilette des Bades gefunden wurde, von einer Ihrer rauchfreien Mitarbeiterinnen.«

Er legte die Leimtube auf den Tisch.

»Es könnte ja sein«, sagte er, » dass sich jemand einen falschen Bart angeklebt hat. Es könnte auch sein, dass der Chef dieses Betriebes nicht gerade freundlich umgeht mit seinen Mitarbeiterinnen. Vielleicht versucht er sogar, ihre Abhängigkeit auszunützen. Das wäre strafbar.«

Dr. Neuenschwanders Gesicht lief ein bisschen rot an.

»Sie reden in Rätseln«, sagte er. »Wenn Sie die Güte hätten, sich näher zu erklären?«

Hunkeler blies ihm Rauch ins Gesicht.

»Kommt Zeit, kommt Rat«, sagte er.

»Gut, meinetwegen. Da keine Patienten, außer Ihnen, im Raum sind, gebe ich Ihnen die Erlaubnis, eine zu rauchen.«

Er schaute kurz nach hinten, wo Frau Hausova einen Tisch abräumte.

»Woher hast du die Tube?«, fragte Mauch. »Das ist übrigens meine Assistentin Barbara Richner. Sie kommt aus Zürich.«

Er zeigte auf die junge Frau, eine Schönheit mit schwarzem Haar und hellen Augen. Hunkeler nickte ihr zu.

»Die Tube hat in der hinteren Toilette auf dem Boden gelegen«, sagte er.

Madörin platzte der Kragen.

»Wie bitte? Du betrittst ohne Befugnis den Tatort?«

»Nein. Ich war nicht dort. Die Tube wurde mir überreicht.«

»Und du steckst sie in die Tasche und gehst weg?«

»Ich habe sie soeben auf den Tisch gelegt. Mauch war ja noch gar nicht da.«

»Messieurs, s'il vous plaît«, sagte de Ville, der Elsässer war. »Wo sind wir denn? Im Kindergarten?«

»Ich frage mich«, sagte Dr. Neuenschwander, »wer mir den Ausfall bezahlt. Im weiteren frage ich mich, ob es notwendig ist, die Sole ausfließen zu lassen. Wegen der paar Tropfen Blut, das merkt doch niemand.«

»Und wenn es sich herumspricht«, sagte Wachtmeister Senn, »dass eine Leiche im Wasser gelegen hat? Wer will dann noch schwimmen darin?«

Wieder lief Dr. Neuenschwanders Gesicht rot an. Offenbar war er doch nicht so abgebrüht, wie er sich gab.

»Aber der Kur- und Hotelbetrieb läuft weiter. Anders geht es nicht.«

»Bis auf die dritte Etage«, sagte Mauch, »bis auf die Zimmer Ellington, Chopin, Beethoven und Armstrong.«

»Ich wohne im Ellington«, sagte Hunkeler. »Und ich

möchte hierbleiben, zwei Wochen insgesamt, bis es wieder besser ist mit dem Rücken.«

»Ich frage mich«, sagte Madörin, »ob du nicht simulierst. So wie du dasitzt, scheint es dir gutzugehen.«

Hunkeler schnitt eine Grimasse, fasste sich an den Rücken und stöhnte auf.

»Aua. Ich weiß nicht, ob das je wieder gut wird.«

»Also«, sagte Mauch, »ich informiere kurz. Ich tue das in Anwesenheit von Kollege Hunkeler, obschon er nicht offiziell mitarbeitet. Immerhin ist er Tatzeuge.«

Madörin hatte den Blick gesenkt, er sagte nichts.

»Gut. Der Ermordete heißt Roger Ris. Er war 76 Jahre alt, Galerist und Kunsthändler von Beruf, wohnhaft in Basel an der Karl-Jaspers-Allee. Sein Geschäft liegt am St.-Alban-Rheinweg. Er ist mit einem mit großer Kraft geführten Messerstich ins Genick getötet worden. Aller Wahrscheinlichkeit nach ist die Tat im Wasser verübt worden. Das Opfer war sofort tot. Ist das korrekt?«

»Jawohl«, sagte Madörin.

»Roger Ris«, fuhr Mauch weiter, »hatte sich mit Kurt Rebsamen für eine Nacht im Marina eingemietet, und zwar im Zimmer mit dem Namen Chopin. Rebsamen ist wohnhaft direkt über der Galerie am St.-Alban-Rheinweg. Er hat eine bewegte Vergangenheit hinter sich, er hat früher den Strich gemacht. Vor sieben Jahren war er involviert in ein Tötungsdelikt in Schwulenkreisen, ist aber mangels Beweisen freigesprochen worden. Er hat die letzten fünf Jahre in einer festen Beziehung mit Roger Ris gelebt.«

»Sie sind jeden Sonntagabend hergekommen«, sagte Dr. Neuenschwander, »immer ins Chopin. Sie haben gebadet, getafelt und sich dann zurückgezogen. Am andern Morgen sind sie wieder eine halbe Stunde geschwommen, haben gefrühstückt und sind abgereist. Ein ruhiges, hochanständiges Paar.«

»Anzumerken ist«, sagte Mauch, » dass er beim Schwimmen jeweils ein Tauchermesser an den linken Oberschenkel geschnallt hatte.«

»Er hat Tarzan unter Krokodilen gespielt«, sagte Dr. Neuenschwander.

»Die Leiche von Roger Ris«, fuhr Mauch weiter, »wurde ins Bezirksspital Rheinfelden gebracht und zur Obduktion freigegeben. Kurt Rebsamen wurde ins Bezirksgefängnis Rheinfelden verbracht.«

Er überlegte eine Weile. Dann hieb er mit aller Kraft auf den Tisch, so dass die leeren Kaffeetassen hüpften.

»Und etwas will ich mit aller Deutlichkeit sagen: Es geht nicht an, dass irgendein Idiot von der Regionalpolizei irgendjemandem, den er festnehmen muss, ins Gesicht schlägt. Wo leben wir denn? In Chicago?«

Alle schwiegen betreten. Der Wutausbruch war völlig überraschend gekommen.

»Es ist niemand von der Regionalpolizei hier«, sagte die Assistentin Richner endlich.

»Ach so, ja. Entschuldigung. Aber dieser Leimgruber treibt mich zur Weißglut. Also, fahren wir weiter. Das Hotel war zur Tatzeit wenig ausgelastet. Stimmt doch, oder?«

»Ja, das stimmt. Die Nacht auf Montag ist schlecht für uns, besonders im August. Die üblichen Kurgäste halt. Die saßen alle noch beim Frühstück.«

»Interessant ist vielleicht«, sagte Mauch, »dass die neben

dem Chopin liegenden Beethoven und Armstrong ebenfalls belegt waren. Armstrong von einem Dr. Valentin Burckhardt, wohnhaft am Batterieweg auf dem Bruderholz. Beethoven von einem Jan Slupetzky aus Prag und einer Frau unbekannten Namens. Slupetzky spricht einwandfrei Deutsch. Über die Dame ist nichts Näheres bekannt. Stimmt doch, oder?«

»Da ab und zu Leute zu uns kommen«, sagte Dr. Neuenschwander, »die wir auf den ersten Blick als Liebespaare für eine Nacht erkennen, genügen uns in der Regel Name und Adresse des Mannes.«

»Slupetzky hatte einen deutschen Pass, nicht wahr?«

»Ja. Er hat sich ordnungsgemäß eingetragen.«

»Nur gibt es leider im deutschen Register keinen Jan Slupetzky mit entsprechendem Jahrgang. Von der Dame wissen wir nur, dass sie ungefähr vierzig Jahre alt und schön sein soll. Auch die Autonummer des Paares kennen wir nicht. Wir wissen nur, dass es ein Mietwagen aus dem Landkreis Lörrach war, ein beiger Mercedes. Und dass etwas draufstand, Name und Adresse des Vermieters wohl. Aber welcher Name und welche Adresse, das wissen wir nicht.«

»Wir sind nicht verpflichtet, die Autonummern unserer Gäste zu notieren«, sagte Dr. Neuenschwander.

»So? Dann gehen Sie diesen Mietwagen mal suchen. Wissen Sie, wie viele beige Mercedes-Mietwagen es gibt im Landkreis Lörrach?«

»Ich bin nicht verpflichtet, das zu wissen.«

Wieder drohte Mauch zu explodieren. Aber er beherrschte sich.

»Jetzt brauche ich ein Bier«, sagte er. »Mein Mund ist so trocken. Aber bitte mit einem schönen Schaumkragen.«

Dr. Neuenschwander ging nach hinten, um das Bier zu bestellen. Er war wohl froh, der giftigen Fragerei zu entkommen.

»Ich habe einen etwa fünfzigjährigen Mann gesehen«, sagte Hunkeler, »mit schwarzem Schnauzbart. Er lag wie schlafend am Beckenrand.«

»Das war Dr. Valentin Burckhardt«, sagte Madörin. »Der trägt einen schwarzen Schnauz. Er hat eine angesehene Kanzlei an der Dufourstraße. Eine weit herum geschätzte Persönlichkeit.«

»Im weiteren habe ich ein Paar gesehen, welches das Paar Slupetzky sein könnte. Der Mann trug einen hellen Bart, der mir seltsam vorkam.«

»Warum seltsam?«, fragte Senn.

»Weil der Bart irgendwie nicht zum Gesicht gepasst hat.«

»Zum Wohl«, sagte Mauch und kippte sich das Bier, das ihm Frau Hausova gebracht hatte, in die Kehle. »Wo ist denn unser Arzt? Ist er abgehauen?«

»Dann habe ich zwei ältere Frauen gesehen«, sagte Hunkeler, »die sich sehr lange vor Düse fünf aufgehalten haben. Ihrem Dialekt nach waren sie aus dem Hotzenwald.«

»Das waren Frau Frieda Wissler und Frau Helga Rentschler aus Dossenbach«, sagte Senn, »gleich jenseits der Grenze. Die beiden haben nichts gesehen, außer der Leiche.«

»Warum haben sie nichts gesehen?«, fragte Hunkeler.

»Wegen des Nebels, haben sie gesagt. Und auch wegen des Dampfes. Überhaupt würden sie nicht mehr so gut sehen ohne Brille. Aber eine Brille könne man nicht gut mitnehmen ins Bad. Die wollten nichts wie weg nach Hause.«

»Die hocken jetzt also drüben in Dossenbach«, sagte Madörin. »Und wir kommen nicht an sie ran.«

»So ist es«, sagte Mauch und leerte sein Glas.

»Ich habe einen Schrei gehört«, sagte Hunkeler, »der war tatsächlich wie von Tarzan.«

»Den Schrei haben alle gehört im Hotel«, sagte Senn. »Nur, was sollte dieser Schrei bedeuten?«

Hunkeler setzte sich in den Speisesaal zum Abendessen. Er fühlte sich gut. Obschon die Wirkung der Pillen abgeklungen sein musste, war der Rückenschmerz nicht zurückgekehrt. Zudem hatte er durchgesetzt, dass er sein Zimmer behalten konnte, und zwar für die verabredeten zwei Wochen.

Als Entree gab es Birnensaft. Darauf verzichtete er und bestellte ein Bier. Die Geflügelcremesuppe löffelte er mit gemischten Gefühlen, sie roch nach Krankenhaus. Die glacierte Kalbsbrustschnitte mit Parmesansauce und Couscous verzehrte er mit Genuss.

»Schmeckt's?«, fragte er die Frau, die schräg gegenüber am gleichen Tisch saß. Sie hatte sich schön zurechtgemacht, mit violettem Schimmer im weißen Haar. Sie musste gegen achtzig sein.

»Warum?«, fragte sie misstrauisch.

»Weil wir am gleichen Tisch sitzen. Ich bin zur Kur hier. Und wenn man zur Kur ist, braucht man einen Kurschatten.«

Sie überlegte, was sie dazu sagen sollte. Sorgfältig schob sie sich ein Stück vom gebratenen Lachsfilet in den Mund, sie konnte nicht mehr gut beißen. Dann entschloss sie sich zu lächeln.

»Sie sind mir einer, nein.«

Sie hieß Bertha Kunz, war in der Basler Breite aufgewachsen, verwitwet und wohnte in Kleinbasel an der Alemannengasse. Sie hatte ein neues Kniegelenk, nachdem sie sich vor Jahren schon ein Hüftgelenk hatte einbauen lassen. Ihr Stock war an den Tisch gelehnt. Sie war schon über zwei Wochen hier, sie musste jeden Morgen in der Sole das Knie trainieren.

»Die plagen mich richtig«, sagte sie, »obschon es nichts nützt, weil ich zu alt bin. Immerhin habe ich keine Schmerzen mehr. Das ist wichtig für mich, weil ich nachts meist wach liege.«

Sie löffelte das zweite Holundermousse aus, es war das von Hunkeler.

»Und Sie, Monsieur, wo drückt Sie der Schuh?«

»Der Rücken«, sagte er, »aua, ich glaube, der ist kaputt.«

Sie lächelte schelmisch, sie war bezaubernd.

»Merkwürdig. Als ich Sie hereinkommen sah, habe ich gedacht: Was sucht der junge Mann hier? Der geht richtig beschwingt.«

»Der Schmerz ist drin, tief innen. Von außen sieht man ihn nicht.«

»Machen Sie morgen ayurvedische Rückenmassage, junger Mann. Sie dauert bloß eine Stunde. Übermorgen machen Sie eine tibetische Energie-Ganzkörpermassage. Sie dauert zwei Stunden. Das ist richtig sexy. Und Sie werden tanzen.«

»Gut, vielleicht mache ich das. Trinken Sie noch ein Bier mit mir, Madame?«

»Mit Vergnügen, Monsieur.«

Sie waren die Letzten im Saal, als Frau Hausova das Bier brachte. Sie prosteten sich zu.

»Eigenartig«, sagte er und zeigte nach draußen, wo die beleuchtete Brauerei stand, »die einzige phantasievolle Architektur des 19. Jahrhunderts sind die Pissoirs und Brauereien.«

»Ach so, Sie sind ein gebildeter Mann. Was sind Sie von Beruf?«

»Beamter im Ruhestand.«

»Sie haben studiert, das habe ich gleich gemerkt. Die dort, die Slowakin, die ist übrigens eine arme Maus. Die wird nach Strich und Faden ausgenützt.«

»Warum meinen Sie?«

»Die ist schon morgens um acht hier. Sie hat bis jetzt gearbeitet.«

»Vermutlich hat sie eine Pause gemacht.«

»Nein, hat sie nicht. Ich sehe alles, junger Mann. Weil ich mich kaum mehr bewegen kann. Ich weiß auch, dass Sie Polizist sind, ich habe Sie mit Herrn Mauch reden sehen. Ich weiß noch einiges mehr.«

»Was zum Beispiel?«

»Ich weiß, dass Dr. Neuenschwander Frau Hausova erpresst, damit sie mit ihm schläft. Ich weiß auch, dass der Mann mit dem tschechischen Namen und seine Begleiterin kein Liebespaar waren.«

»Woher wollen Sie das wissen?«

»Mir macht niemand etwas vor. Ich bin zu alt zum Theaterspielen. Von mir aus dürfen Sie ruhig eine rauchen, wir sind die Einzigen im Saal.«

Er steckte sich eine an, überlegte fieberhaft.

»Und die beiden Schwulen? Haben Sie die auch beobachtet?«

»Ja klar. Die beiden waren ein wunderschönes Liebespaar. Die ganz große Liebe.«

Mitten in der Nacht war es Hunkeler, als hätte er einen Schrei gehört. Es war der Schrei von Tarzan, der von einem Baum herunter die Waldtiere warnte, dass der Feind im Anzug war.

Er schaute zum Wecker, es war kurz vor zwei. Er hatte wohl geträumt. Da fiel ihm Rebsamen ein.

Er trat auf den Balkon hinaus, der die ganze Hotelfront entlanglief. Es fiel ihm auf, dass man von diesem Balkon aus in alle vier Zimmer eindringen konnte. Ins Ellington, ins Chopin, ins Beethoven und ins Armstrong.

Er ging zur Brüstung und schaute hinunter. Das Schwimmbecken war halb leer, sie ließen es ausfließen. Im Lichte eines Scheinwerfers waren zwei Männer vom Technischen Dienst daran, eine Plane auszubreiten. Sie schauten beide über das Becken in den Kurpark hinüber, wo auf einer freien Fläche ein Mann mit dunkler Kapuze stand. Weiter hinten, kaum erkennbar in der Dunkelheit, stand ein zweiter Kapuzenmann. Beide waren jung, man sah es an der Art, wie sie dastanden. Der vordere Mann machte einen Schritt Richtung Becken, blieb stehen, kauerte sich nieder und legte etwas auf den Rasen. Es musste ein Blumenstrauß sein. Er verharrte eine Weile, als ob er gebetet hätte. Dann huschten die beiden Gestalten zurück in die Dunkelheit.

Hunkeler hatte sich nicht gerührt. Die Szene war zu feierlich, zu bewegend gewesen, als dass er hätte eingreifen können. Den beiden Männern vom TD musste es gleich gegangen sein. Sie standen und schauten hinüber in die schwarze Nacht.

»Los«, rief Hunkeler, »lauft ihnen nach. Packt sie.«

Die beiden schauten hoch und schüttelten die Köpfe. Deutlich war das Gurgeln des Abflusses zu hören. Sonst war Stille, bis in der Ferne ein Auto gestartet wurde. Das Geräusch entfernte sich und erstarb.

»Holt jemanden vom Kommissariat«, rief Hunkeler hinunter, und er wunderte sich über den lauten Klang seiner Stimme. »Wir müssen wissen, was die beiden wollten.«

Einer der beiden nickte, ging ums Schwimmbecken herum und verschwand unter dem Vordach zum Eingang. Eine Eule war zu hören, dann eine zweite, das Rollen eines Zuges. Es war ein Schnellzug, der ohne abzubremsen vorbeiraste.

Endlich erschien der Mann wieder, er war in Begleitung von Leimgruber. Er schien verschlafen zu sein, winkte kurz zu Hunkeler hinauf und ging hinüber zur Stelle, wo der Kapuzenmann etwas niedergelegt hatte. Er hob es auf und kam zurück auf den Vorplatz.

»Weiße Gladiolen«, rief er hinauf, »und ein Zettel. Da steht drauf: Rache für Dragon!«

Am anderen Morgen wäre eigentlich progressive Muskelrelaxation auf dem Programm gestanden. Da Hunkeler nicht wusste, was das war, beschloss er, Rheinfeldens Altstadt einen Besuch zu machen.

Es war schon halb zehn, als er das Hotel verließ. Draußen stand Wachtmeister Senn von der Aargauischen Kantonspolizei.

»Was war denn los heute Nacht?«, fragte er. »Es sollen zwei merkwürdige Typen mit Kapuzen aufgetaucht sein. Haben Sie die beiden gesehen?«

»Ja, mit einem Strauß Gladiolen. Es war wie eine schwarze Messe.«

»Warum haben Sie nicht eingegriffen?«

»Wie denn? Ich war im dritten Stock oben. Die beiden Männer vom TD hätten das tun müssen.«

»Die sagen, es sei nicht ihre Aufgabe, Leute zu verhaften.«

Sie schauten zum leeren Schwimmbecken hinüber, wo drei Männer in hüfthohen Gummistiefeln Boden und Wände schrubbten. Sonst war niemand zu sehen.

»Was ist los?«, fragte Hunkeler, und er spürte eine Wut in sich aufsteigen. »Habt ihr die Arbeit eingestellt?«

»Nur ruhig, Kollege«, sagte Senn, »soviel ich weiß, sind Sie nicht involviert.«

»Ihr habt ja noch gar nichts gefunden. Oder wie ist das?«

»Was sollen wir finden, was meinen Sie? Haare, Zähne, Spermaspuren? Der ist in dieser verdammten Solebrühe erstochen worden. Das ist eine Salzlösung, da finden Sie nichts, auch an Rebsamens Messer nicht. Das ist längst blitzsauber wie ein Kinderarsch.«

»Ich habe gesehen, wie Rebsamen den toten Ris herausgeholt hat. Ich habe seinen Schrei gehört. Der hat ihn doch nicht umgebracht.«

»Polizei-Oberstleutnant Hartmeier ist aber genau dieser Meinung. Er meint, wir sollen Rebsamen schikanieren, bis er singt. Dann sei der Fall gelöst.«

»Herrgottsack«, sagte Hunkeler.

»Was haben Sie denn, Kollege? Da muss Gras drüber wachsen, möglichst schnell. Damit das Marina wieder funktionieren kann. Ein Lustmord im warmen Pfuhl der Rheinfelder Natursole ist übrigens gar keine schlechte Werbung.«

»Was ist mit Slupetzky?«

»Was soll mit dem schon sein? Er wäre nicht der erste Hurenbock, der einen falschen Ausweis vorlegt.«

»Es ist zum Kotzen.«

»Stimmt«, sagte Senn. »Aber so ist es eben. Die Kleinen hängt man, und die Großen lässt man laufen.«

»Wer ist eigentlich Dragon?«

»Das ist der Übername des Kunsthändlers: Roger Ris, der feuerspeiende Drache.«

Er grinste bitter und spuckte auf den Boden. Er hatte wohl keine Illusionen mehr.

»Nein«, sagte Hunkeler langsam, »Roger Ris, der Drache, der in seiner Höhle einen Schatz behütet.«

»Wie kommen Sie da drauf?«

Hunkeler versuchte, sich zu erinnern. Es gelang ihm nicht, es war wohl ein schräger Einfall gewesen.

»Ein Märchen, ich weiß nicht mehr, welches.«

»Das ist kein Märchen«, sagte Senn, »heute Morgen um elf machen sie eine Pressekonferenz.«

Hunkeler ging zum Bahnhof, durchschritt die Unterführung und querte die Hauptstraße. Es war neblig, doch das Licht brach bereits durch. Ein schöner Morgen im Spätsommer, dachte er. Was hatte er eigentlich mit Rebsamen und Ris zu tun, was gingen die ihn an? Die waren doch alle gleich, diese Staatsanwälte, ob in Aarau oder Basel. Die dachten bloß an ihre Karriere, an ihren Ruf. Und natürlich versuchte Hartmeier, den Mord den Baslern in die Schuhe zu schieben.

Er ging durch ein kleines Tor in der Ringmauer, er kam in eine andere Welt. Eine schattige Gasse, die sich nach dreißig Metern teilte. Haus an Haus, zwei- oder dreistöckig, organisch gewachsen wie ein Wald, Oleander und Schaukelpferde vor der Tür, Rosmarin und Thymian auf den Simsen, Doppelnamen neben den Klingeln. Natale-Meier, Tomscyk-Casali, Hunziker-Kupferschmid.

Er ging kreuz und quer den Gassen nach, ließ sich führen durchs Fuchsloch, Jagdgasse, Propstgasse. Er stieg die abfallende Tempelgasse hinunter zum Rhein und kam zum Schweizer Zoll. Durchfahrt für Autos von 8 bis 17 Uhr, für Radfahrer frei rund um die Uhr. Dahinter die Brücke, leicht ansteigend zu einer Insel, die schroff aus dem Fluss ragte, ein Eiland aus Kalk. Burgstell hieß es, wie auf einer Tafel zu lesen war. Hier hatte Rudolf von Rheinfelden im 11. Jahrhundert seine Burg gehabt. Es war nichts mehr zu sehen von Mauerresten, nur Buchen, Eichen, Kastanien.

Er überquerte die Insel und sah unten eine Landzunge liegen. Erlen und Weiden, links eine Sandbank, rechts der reißende Fluss. Inseli hieß dieses Stück Land, auch das stand auf der Tafel. Ein Paradies für Badende wohl. Er beschloss, in den nächsten Tagen hier schwimmen zu gehen.

Er kehrte um zur Brücke, die nach rechts abknickte zum deutschen Ufer hin. In der Mitte blieb er stehen und schaute zurück auf das Städtchen, das durch den Nebel schimmerte.

Zurück in der Marktgasse glaubte er, in einem südlichen Land in den Ferien zu sein. Die Geschäfte hatten geöffnet, Laden an Laden, Metzgerei, Schuhladen, Blumengeschäft, Hotel Schiff, Wirtschaft zur doppelten Sichel, zum Meerhafen. Diese Poesie gefiel ihm, er beschloss einzukehren. Er holte drinnen zwei Zeitungen, bestellte einen Espresso und setzte sich an ein Tischchen auf der Gasse.

In der *Basler Zeitung* stand eine knappe Notiz auf der Lokalseite, dass der bekannte und allseits beliebte Kunsthändler Roger Ris in einem Rheinfelder Solebad zu Tode gekommen sei. Die näheren Tatumstände seien noch nicht bekannt. Man warte auf Informationen der Aargauischen Kantonspolizei.

Auf der Titelseite des Zürcher Boulevardblattes stand die Schlagzeile: Basler Milieumord im Heilbad! Auf Seite zwei war folgendes zu lesen: Stadtbekannter Basler Opfer eines Lustmordes. Ehemaliger Strichjunge mit Dolch bewaffnet im Schwimmbecken. Heimtückischer Dolchstoß ins Genick. Mutmaßlicher Täter nach heftiger Gegenwehr ohnmächtig zusammengebrochen. Solebad vom Blut der Leiche verpestet. Sind unsere Heilbäder noch sicher? Wir bleiben dran. Unterschrieben war der Artikel von Hauser.

Hunkeler schaute die Gasse hinunter, die sich parallel zum Rhein hinzog. Er sah die Wirte, die ihre Tische für die Gäste bereitmachten. Die Händler, die ihre Waren auslegten. Schräg gegenüber stand ein mächtiges, rötlich gestrichenes Haus. Es war die Brasserie zum Salmen, wie auf der Frontseite zu lesen war. Bis 1884 Braustätte vom Rheinfelder Urbräu, vormals Dietschys Bierhaus, begründet von Franz Dietschy 1799.

Was für ein vernünftiger Mann, dieser Dietschy, dachte er. Der hatte im Kiesbett des Rheins nach altem, gutem Wasser gesucht, heraufgepumpt und daraus Bier gebraut, ein Labsal für Jung und Alt. Er hatte damit so viel Geld verdient, dass er mitten in Rheinfelden dieses große Haus bauen und seinen Namen draufschreiben konnte.

Und er, Peter Hunkeler, Alt-Kommissär kurz vor der Pensionierung? Mit wundem Rücken und maroden Gedanken? Zur Kur befohlen in ein heruntergekommenes Solebad, weil man ihn nicht mehr ertrug? Wie weit hatte er es gebracht? So weit, dass er sich von Gestalten wie Hauser in den Arsch treten lassen musste.

Er griff zum Handy und stellte Hedwigs Nummer ein. Es meldete sich der Beantworter. »Hör mal«, sprach er, »ich bin zu nichts mehr zu gebrauchen. Nimmst du mich noch, wenn ich zu dir hochfahre? Dein seniler Trottel Peter.«

Er ging hinein, bezahlte und machte sich auf den Weg zum Auto. Er hatte genug von Solebad, Ayurveda und weißen Gladiolen.

Da sah er, wie eine Schar Leute die Gasse heraufkam, Touristen mit Sonnenbrillen, Strohhüten, Fotoapparaten. Voraus schritt eine jüngere Dame mit kurzem Haar und strengem Blick. Sie steuerte auf das Fricktaler Museum neben Dietschys Brasserie zu. Sie hatte ein Kärtchen an ihre Bluse geheftet, worauf etwas zu lesen war.

Hunkeler ging zu ihr hin und las. Stadtführerin Lisa Wullschleger, stand da. Das war es genau, was er brauchte. Eine fröhliche Stadtführung in Gesellschaft lustiger Leute.

»Darf ich mitkommen?«, fragte er.

»Meinetwegen«, sagte sie, »das macht zehn Franken.«

Er bezahlte und ging mit. Es waren Leute aus Süddeutschland, Schwaben vermutlich.

»Fricktaler Museum«, sprach Frau Wullschleger, »hier werden die Kulturschätze des ehemals österreichisch-habsburgischen Fricktals aufbewahrt. Drei Stockwerke, mit dem Kellergeschoss sind es vier. Die Exponate sind beschriftet. Wenn jemand eine Frage hat, soll er mich fragen. In einer Viertelstunde ist Weitermarsch.«

Im Erdgeschoss stand eine Muttergottes aus dem Jahre 1720, von Hans Freitag, wie angeschrieben war. Die gefiel Hunkeler gut. Sie stand auf drei Engelsköpfen, die aus einer Wolke schauten. Sie trug ein nacktes Jesuskind im Arm. Das Jesuskind hatte einen Heiligenschein, die Muttergottes eine goldene Krone.

Hunkeler liebte Abbildungen der Muttergottes. Er fand schon das Wort Muttergottes wunderbar. Er fand es tröstlich, dass auch Gott eine Mutter gehabt hatte.

Er betrachtete die Sandalen der Frau. Ihre nackten Zehen, ihr wie vom Winde bewegtes Kleid, ihre tänzerisch ausgestreckte Hand. Er hörte ein leises Schnarchen.

Er drehte sich um und sah einen alten Mann an einem Pult sitzen. Er saß in einem bequemen Lehnstuhl, den Kopf nach hinten gelegt, den Mund offen. Die Hände hatte er auf dem Pult liegen, neben Kasse und Eintrittskarten. Eine Flasche Wein und ein Glas standen auf dem Pult. Das Schnarchen steigerte sich, schwoll zu bedrohlicher Lautstärke an, das Gesicht verfärbte sich violett. Dann hörte das Schnarchen auf, der Mann erwachte.

»Was schauen Sie mich so saublöd an?«, fragte er.

»Entschuldigung«, sagte Hunkeler, »ich habe Sie nicht wecken wollen. Aber es stand zu befürchten, dass demnächst Ihr Gesicht zerplatzt.«

»Habe ich Gäste?«

»Ja. Aber die sind in den oberen Stockwerken.«

»Warum sind denn Sie hier?«

»Weil mir diese Muttergottes gefällt.«

»Ach so«, sagte der Mann. »Dann dürfen Sie bleiben.«

Er schenkte sich Wein ein und trank.

»Spätburgunder vom Tüllinger Hügel«, sagte er, »ein Gedicht. Wollen Sie auch?«

»Am Morgen nicht, danke. Am Abend schon.«

»Was haben Sie soeben als Grund für Ihr Hiersein angegeben? Ich habe es vergessen.«

»Ich möchte etwas über Rheinfelden erfahren.«

»Gut, so bin ich der richtige Mann. Gottlieb Moser heiße ich. Kommen Sie nach 20 Uhr in die Pizzeria Salmegg gleich jenseits der Brücke. Ich bin jeden Abend dort, der Wein ist billiger.«

Er setzte sich wieder bequem hin und schlief ein.

Nächste Station der Führung war das Rathaus. Die Gruppe stieg eine Treppe hoch, kam in einen Vorraum und betrat den Saal aus dem Jahre 1531. Eine prächtige Holzdecke, Spätgotik oder frühe Renaissance je nach Bewertung, wie die Stadtführerin militärisch knapp durchgab. Originale Glasmalerei aus derselben Zeit. An den Wänden Bildnisse der Habsburger Herrscher, darunter die Kaiserin Maria Theresia, die eine Wohltäterin des Städtchens gewesen war. Alles prunkvoll gebaut und gemalt zu Ehren der Rheinfelder Notabeln.

Zurück im Vorraum blieb Frau Wullschleger vor einem schmalen Bild stehen, das gegen Norden an der Wand hing. Ein junger Mann in weißem Hemd war zu sehen, mit langem Haar und Bart. Rechts unten ein alter Mann, kniend, die Hände gefaltet. Daneben ein junger Mann, ebenfalls anbetend. Links oben wieder ein alter Mann, auch er hatte die Hände gefaltet.

»Die Verklärung Christi«, sprach die Stadtführerin. »Die Apostel Johannes und Petrus zu Füßen und Moses links oben. Es fehlt die rechte Seite, vom Zuschauer aus gesehen, mit dem Propheten Elias und dem Apostel Jakobus. Ankauf 1951 durch die Stadt Rheinfelden vom Kunsthändler Lion in New York. Das Bild ist ein Teil des Lösel-Altars.«

Hunkeler schaute genau hin. Die Verklärung war auf ein Holzbrett gemalt, das leicht nach außen gewölbt war. In der Mitte war es beschädigt, wohl deshalb, weil es zu lange auf dieser Stelle aufgelegen hatte. Ein Bild aus dem Mittelalter offensichtlich, gemalt vor Dürer, der den Menschen ihr eigenes Gesicht gegeben hatte. Im goldenen Hintergrund eingraviert Ornamente und Nelken. Mit Sicherheit ein wertvolles Kunstwerk, das sich in diesem Raum eigenartig exotisch ausnahm.

»Warum fehlen Elias und Jakobus?«, fragte er.

»Weil es Herr Dietschy im 19. Jahrhundert entzweigesägt hat, um es besser verkaufen zu können.«

»Warum sind eigentlich nur Männer auf dem Bild?«, fragte eine Dame aus der süddeutschen Gruppe.

»Weil wir Frauen nichts zu sagen haben.«

Das kam messerscharf.

»Ist es an der Wand festgeschraubt?«, fragte die Dame.

»Nein. Wenn Sie wollen, können Sie es abhängen und mitnehmen.«

Hohn und Spott waren in ihrer Stimme. Und eine Spur von Hass. Das verblüffte alle, sie schwiegen betreten.

»Warum machen Sie eigentlich Stadtführungen«, fragte jemand, »wenn Sie Ihre Stadt nicht lieben?«

»Weil ich Geld verdienen muss. In drei Minuten ist Weitermarsch. Wir besuchen als nächstes die Johanniterkapelle.«

Die Kapelle stand in einer Seitenstraße gegen den Rhein zu. Ein allerliebster Bau in spätgotischem Stil.

»Erbaut 1456 von Johannes Lösel«, sagte die Stadtführerin, »Komtur der Johanniterkomturei zu Rheinfelden und Ordensmeister in Deutschland.«

Das klang wie ein militärischer Tagesbefehl. »Er hat auch den Lösel-Altar in Auftrag gegeben. Die Kommende wurde 1803 aufgelöst, als das Fricktal zum neugegründeten Kanton Aargau kam. Zu beachten sind das Jüngste Gericht von 1490 an der Lettnerwand, die Statue von Johannes dem Täufer und die Grabplatte von Rudolf von Rheinfelden, der 1077 zum Gegenkönig von Heinrich dem Vierten gewählt wurde. König Rudolf gewann zwar 1080 die Entscheidungsschlacht an der Elster in Sachsen, verlor aber im Kampf seine rechte Hand und starb. Er wurde im Dom zu Merseburg bei Leipzig beigesetzt. Seine Grabplatte ist das früheste Werk romanischer Bronzegießerei in Deutschland. Vor rund sechzig

Jahren hat ein hiesiger Industrieller einen Abguss davon machen lassen und nach Rheinfelden gebracht. Sie steht dort drüben gleich neben dem Eingang. Und jetzt entschuldigen Sie mich bitte, meine kleine Tochter wartet auf mich.«

Die Stadtführerin verbeugte sich leicht, was allen sehr eigenartig erschien, da ihr bisheriger Auftritt gar nicht zu einer Verbeugung passte. Sie ging wortlos hinaus.

Hunkeler hörte sich die Kommentare der Reisegruppe an. Blöde Kuh, freche Metze, widerliche Emanze. Was die denn gegen die Schwaben habe?, fragte einer, der das ausgemergelte Gesicht eines pensionierten Geschichtslehrers hatte. Schließlich sei Rudolf von Rheinfelden nicht nur Herzog von Burgund gewesen, sondern auch Herzog von Schwaben, zu dem auch Rheinfelden gehört habe.

Als sich der Raum geleert hatte, trat Hunkeler zur Bronzeplatte. Ein wunderschönes Stück Romanik. König Rudolf mit Szepter und Reichsapfel, den Blick auf den Beschauer gerichtet. Ein ornamental stilisiertes Gewand, riesige Sporen an den Füßen. Die rechte Hand scharf abgewinkelt. Die Stelle, wo sie abgetrennt worden war, war genau gekennzeichnet. Das Ganze umrandet von einer lateinischen Inschrift. Auf einer Tafel war die Übersetzung zu lesen.

»König Rudolf, für das Gesetz der Väter gefallen, mit Grund zu beklagen, ist in diesem Grabe bestattet. Hätte er in einer Zeit des Friedens geherrscht, kein König seit Karl wäre ihm an Weisheit und Tapferkeit gleichgekommen.«

Hunkeler las dieses Epitaph mit großem Interesse, ja fast mit Rührung. Er war ursprünglich selber Aargauer, wenn auch nicht aus dem Fricktal. Was wäre geschehen, dachte er, wenn Rudolf in der Schlacht an der Elster seine Hand nicht verloren hätte? Wäre dann Rheinfelden Königspfalz und Residenz geworden wie Aachen unter Karl dem Großen?

Er las den Grabspruch noch einmal. Dann las er ein Wort, das jemand mit rotem Stift auf die weiße Wand daneben geschrieben hatte. Lidirenki. Was das wohl war? Norwegisch, Schwedisch oder Dänisch?

Er ging durch Geißgasse und Fuchsloch zurück zum Hotel, stieg ins Auto und fuhr los. Er gedachte, den beiden Damen aus Dossenbach einen Besuch abzustatten. Er schob sich durch den Stau auf der Hauptstraße, bog nach rechts ab und rollte über die alte Brücke. Der Zöllner ließ ihn mit einem knappen Wink passieren. Auf der deutschen Seite war wieder Stau, alles, was vier Räder hatte, schien unterwegs zu sein. Das war Hunkeler egal, er hatte Zeit.

Kurz vor Schwörstadt stand rechts in der Wiese der Nightclub zum Blauen Bock. Ein drei Meter hohes, nacktes Neon-Girl verzierte die Fassade. Wie in der guten, alten Zeit, dachte er und bog ab nach links auf die Nebenstraße, die nach Dossenbach führte. Der Weg stieg an, durch Wälder und über Felder. Er sah eine Menge Nussbäume. Ein paar Schalen waren bereits aufgesprungen, die Nüsse schauten heraus. Er beschloss, in zwei, drei Wochen wieder herzufahren und sie einzusammeln. Ein Bubenjahr offensichtlich, sein Vater kam ihm in den Sinn. Der hatte Ende des Krieges tatsächlich vorgehabt, seine Familie mit Brot und Baumnüssen zu ernähren. Ein Spinner war er gewesen, einer aus der alten, schweren Zeit.

Dann kurvte die Straße hinunter Richtung Dossenbach. Neuerbaute Einfamilienhäuser links, alle mit Garage, von der Sonne beschienen. Unten im Schatten, am Rande des Dorfkerns, ein uraltes, langgezogenes Bauernhaus, mit zwei Stalltüren und großem Scheunentor. Davor ein roter Kastenwagen mit Dachgestell. An einem Gartentisch saß die Stadtführerin Lisa Wullschleger und rüstete Buschbohnen. Neben ihr ein schmaler, bleicher Jüngling, der in ein Heft schrieb. In einer Tragtasche am Boden ein schlafender Säugling.

Hunkeler duckte sich hinter das Steuerrad, er wollte nicht erkannt werden. Er rollte ohne zu bremsen um die Rechtskurve, fuhr ins Dorf hinein und kam vor der Wirtschaft zum Pflug zum Stehen. Er wollte hineingehen, doch die Tür war zugesperrt.

»Das ist längst keine Wirtschaft mehr«, sagte ein Mann auf der Straße, »da hängt nur noch das Schild dran.«

Er war mit einem Hund und einem Dutzend Schafe unterwegs. Die Tiere drängten sich eng zusammen.

»Schade«, sagte Hunkeler, »eine Tasse Kaffee würde nichts schaden.«

»Was wollen Sie? Die Dossenbacher können sich offenbar keine Wirtschaft mehr leisten. Die rennen alle nach Schwörstadt.«

»War hier vor kurzem ein Mietwagen Marke Mercedes mit Lörracher Nummernschild geparkt?«, fragte Hunkeler. »Kann man Zimmer mieten?«

»Hier parkt kein Mietwagen. Und hier mietet niemand ein Zimmer. Die beiden Frauen sitzen übrigens im Garten.«

Er pfiff dem Hund. Der bellte kurz auf, umkreiste die Schafe und trieb sie die Straße hinunter.

Hunkeler ging ums Haus herum und sah im Garten die beiden Frauen aus dem Bad stehen. Sie pflückten Tomaten, sie hatten einen ganzen Korb voll. Sie schauten erschreckt herüber.

»Keine Angst«, sagte er, »ich beiße nicht. Ich will nur einen kurzen Besuch machen. Wer ist Frau Wissler?«

»Die da«, sagte die eine, die im Bad die Blumen auf dem Kopf getragen hatte. »Ich bin Frau Rentschler.«

Er griff sich eine Tomate aus dem Korb und biss hinein. Sie war voll Fruchtfleisch, sie schmeckte hervorragend.

»Sehr gut«, sagte er, »wie Berner Rosen.«

»Es sind Berner Rosen«, sagte Frau Wissler. »Wir haben sie aus der Schweiz, aus Magden. Was wollen Sie?«

»Ein bisschen mit Ihnen reden.«

»Trinken Sie eine Tasse Kaffee? Setzen Sie sich.«

Er setzte sich an einen Tisch an der Hausmauer. Frau Wissler ging hinein, um Kaffee zu holen.

»Wie geht es Ihrem Rücken?«, fragte Frau Rentschler.

»Warum?«

»Weil Sie herumgestakt sind wie ein Brett.«

»Mein Rücken ist ganz in Ordnung. Warum tragen Sie eigentlich keine Brille?«

»Wir tragen nie eine Brille. Wir sehen genug.«

»Aber im Bad haben Sie nichts gesehen. Es ist doch so, oder?«

»Da war der Dampf. Und der Nebel.«

Frau Wissler kam und schenkte Kaffee ein. Es war eine bittere, lauwarme Brühe.

»Gehört das Haus Ihnen?«, fragte er.

»Warum?«, fragte Frau Rentschler. »Sind Sie Redakteur?«

»Nein, Reporter.«

»Wir sind Schwestern, beide verwitwet. Ursprünglich heißen wir Bannwarth. Unsere Männer waren nichts wert, die sind früh gestorben.«

»Wir haben das Haus hinten im Tobel, unser Vaterhaus, verkauft«, sagte Frau Wissler. »Davon können wir einigermaßen leben. Die Wirtschaft habe ich geerbt von meinem Mann. Kommt das alles in der Zeitung?«

»Vielleicht. Welches Haus?«

»Das alte Bauernhaus da hinten. Es heißt Hundsloch. Da wohnen jetzt junge Schweizer drin. Die eine hat vor einem Jahr eine Tochter geboren. Sie heißt Sonja.«

»Sonja Emanuela Lakota«, sagte Frau Rentschler.

»Warum Lakota?«

»Sie hat es mit den Indianern. Sie hat hinter dem Haus ein Zelt, ein Tipi. Sie haben Rasseln und tanzen damit.«

Hunkeler leerte seine Tasse, mit größtem Widerwillen, so bitter war der Kaffee.

»Plagt Sie der Rücken?«, fragte Frau Wissler.

»Nein, mir geht es blendend. Also, was haben Sie gesehen im Marina?«

»Nicht viel. Aber wir haben etwas gehört. Vielleicht war es ja ein Wassergeräusch.«

»Nein, das war kein Wassergeräusch«, sagte Frau Rentschler. »Ich bin zwar alt, aber das kann ich immer noch unterscheiden. Es waren Lustschreie.«

»Wer hat geschrien?«

»Es kam von hinten, vom Whirlpool. Gesehen haben wir nichts, wegen des Nebels. Aber das Geräusch war eindeutig. Es war auch eindeutig, von wem es kam. Vom Schwulenpaar. Und zwar vom alten Herrn. Erst ist der junge Mann aufgetaucht, dann der alte.«

»Darf ich eine rauchen?«, fragte er.

»Bitte sehr«, sagte Frau Wissler, »wenn Sie mir auch eine geben. Mein Mann hat viel geraucht, es heimelt mich an. Er ist daran gestorben, der Idiot.«

Er gab auch ihr eine Zigarette und zündete an. Seine Gedanken liefen auf Hochtouren. Nur kein Fehler jetzt, die wussten noch mehr.

»Haben Sie das zu Protokoll gegeben?«, fragte er.

»Wem denn?«, fragte Frau Rentschler. »Dem Herrn Senn vielleicht? Der hat uns nicht ernst genommen. Es ist keiner von den Herren zu uns nach Dossenbach gekommen.«

»Wir werden immer als Hotzen ausgelacht«, sagte Frau Wissler. »Dabei sind wir Dinkelbergerinnen. Es ist uns übrigens noch etwas aufgefallen. Aber das musst du sagen, ich kann es nicht.«

Frau Rentschler zögerte. Dann fasste sie sich ein Herz.

»Der eine, der mit dem schwarzen Schnauzbart, der hatte eine Erektion, als er ins Schwimmbecken stieg. Der hatte eine schwarze Badehose, die bis über den Bauchnabel reichte. Aber ich habe es genau gesehen. Das war ein richtiger Ständer.«

»Wie haben Sie das sehen können? Sie lagen ja immer vor Düse fünf.«

»Nein, wir waren zuerst eine halbe Stunde drin, um uns aufzuwärmen. Wir machen das immer so.«

»Stimmt«, sagte Frau Wissler, »ich habe es auch gesehen. Fast wie ein fremder Gegenstand war das. Der hat die ganze

Zeit am Beckenrand geklebt, wie eine Kröte. Der hat alles beobachtet.«

»Hat er sich nie bewegt?«

»Doch. Nach dem Lustgestöhn ist er weggeschwommen. Nach hinten, Richtung Whirlpool.«

»Das war nicht gleich nach dem Lustgestöhn«, widersprach Frau Rentschler. »Das war fünf Minuten später.«

»Zwei Minuten, höchstens drei.«

»Meinetwegen. Seltsam war, dass er es dann plötzlich eilig hatte. Er ist durch die Passage in den Innenraum geschwommen und nicht mehr aufgetaucht.«

»Es war noch ein anderer da«, sagte Frau Wissler, »einer mit einem hellen Bart und einer Frau. Die hatten es auch plötzlich eilig. Die sind auch verschwunden.«

»Würden Sie das beeiden?«

»Warum denn? Wir beeiden gar nichts. Weil wir nichts damit zu tun haben wollen. Trinken Sie noch eine Tasse Kaffee?«

»Auf keinen Fall«, sagte er und schob die Tasse weg. »Und jetzt fahren Sie nicht mehr ins Marina?«

»Aber klar fahren wir wieder hin«, sagte Frau Rentschler. »Hier hinten erlebt man überhaupt nichts. Da ist tote Hose.«

Hunkeler fuhr nach hinten zum Bauernhaus im Hundsloch.

»Guten Tag, Frau Wullschleger«, sagte er, als er ausgestiegen war. »Es freut mich, dass Sie so wunderschön wohnen.«

»Schon wieder Sie, nein«, schimpfte sie und legte das Rüstmesser weg. »Ich habe Sie schon vorher vorbeifahren sehen. Was suchen Sie hier? Schnüffeln Sie mir nach?«

»Dasselbe wie Sie. Ruhe und gute Luft. Ich finde es eine wunderschöne Gegend. Ist das Ihr Mann hier, der am Tisch sitzt? Was schreibt er denn in sein Heft? Ein Poet vielleicht? Darf ich?«

Er trat zu einem Fenster, das offenstand. Er sah eine Wohnstube mit langem Tisch, eine grüne Ofenkunst, daneben einen Ölofen. An einer Wand hing ein mächtiger Tierschädel, von einem Stier vermutlich. Daneben ein schmales Bild, auf Holz gemalt. Zwei alte Männer waren drauf, auf dem Boden kniend, die Hände zum Gebet erhoben. Eine Hand, die von links ins Bild hineingriff. Ein goldener Hintergrund, in den Ornamente und eine Nelke eingraviert waren.

Er spürte, wie er weggerissen wurde. Er gab ohne weiteres nach. Es war Frau Wullschleger, sie war voller Kraft und Wut.

»Sind Sie eigentlich verrückt geworden?«, fauchte sie.

Der junge Mann hatte sich erhoben, totenbleich.

»Big foot!«, rief er und ging hinters Haus.

»Jetzt will ich Ihnen etwas sagen, Herr Kommissär Hunkeler«, sagte sie kalt und scharf.

»Ach so, Sie kennen meinen Namen. Woher denn?«

»Was glauben Sie eigentlich, wer Sie sind? Wenn Sie meinen, wir seien nichts als ein Haufen Naivlinge, die unfähig sind, sich der heutigen Zeit anzupassen, so täuschen Sie sich. Dieses Haus gehört mir. Ich habe es mit meinem Erbe gekauft. Wir machen in diesem Haus, was wir wollen. Wir lassen uns nicht mehr vertreiben. Haben Sie das begriffen?«

»Jawohl. Nur noch eine kurze Frage. Lidirenki, was ist das für eine Sprache?«

Das Gesicht der Frau entspannte sich leicht. Sie hatte die Fassung wiedergefunden.

»Was es heißt, weiß ich nicht. Es muss Schwedisch sein. Vor ein paar Tagen habe ich eine Gruppe aus Malmö geführt. Die wollten die Löcher sehen, welche die Schweden im Dreißigjährigen Krieg in die Stadtmauer geschossen haben. Einer von ihnen muss es hingekritzelt haben. Sonst noch was?«

»Ja bitte. Dieser Schädel an der Wand, ist er von einem Bison? Warum hat Ihre Tochter den Namen Lakota? Und heißen die beiden Männer auf dem Bild in der Stube Elias und Jakobus?«

Sie blieb standhaft, sie wankte nicht. Nur ihre Stimme wurde eine Spur leiser und schärfer.

»Sie haben hier auf deutschem Boden gar nichts zu fragen. Selbstverständlich werde ich mich beschweren, bei der Basler Staatsanwaltschaft. Und jetzt fordere ich Sie auf, mein Anwesen zu verlassen.«

Er schaute zum Kind hinüber, das erwacht war und zu schreien begann. Zu den Buschbohnen, links die bereits gerüsteten, rechts die mit Schwänzchen. Er schaute die junge Frau an, die vor ihm stand. Er suchte eine Spur von Angst in ihrem Gesicht, vergeblich.

»Was will der Äff?«, hörte er eine Stimme hinter sich sagen. Er drehte sich um. Vor ihm stand ein zwei Meter großer Mann mit einem Beil in der Hand. Er hatte die Augen halb zugekniffen. Trotzdem waren die übergroßen Pupillen zu sehen.

»Soll ich dich küssen«, fragte er Hunkeler, »mit dem Beil?«

»Big foot, stop«, befahl Frau Wullschleger. »Geh schlafen, leg dich hin.«

»Kein Kuss heute?«, fragte der Mann. »Nix Kisskiss?«

»Später vielleicht«, sagte die Frau, »zum Abendessen vielleicht. Halte dich frisch.«

»Gut«, sagte der Mann und schnüffelte, ob er etwas roch, »ich bin immer frisch.«

Er drehte sich weg und verschwand in der Scheune.

Hunkeler spürte ein Zittern in den Knien. Nicht schon wieder, dachte er. Was war mit ihm los? Er schaute zum schmalen Mann hinüber, der zurückgekommen war. Der war noch immer totenblass.

»Wie heißen Sie?«, fragte Hunkeler.

»Wilhelm Reichlin. Warum?«

»Gut, dann darf ich mich wohl verabschieden. Aber wir sehen uns wieder, denkt daran. Und Sie werden froh sein, dass ich da bin. Und lasst bitte diesen verladenen Rübezahl nicht mehr auf mich los. Sonst werde ich böse.«

Er stieg in sein Auto und fuhr davon.

Er rollte Richtung Nordschwaben, langsam und vorsichtig. Sein Fuß auf dem Gaspedal zitterte noch immer. Was war soeben los gewesen? Warum hatte er durchgedreht, warum war er so aggressiv geworden? Woher wusste die Stadtführerin seinen Namen? Und war das Bild an der Wand tatsächlich die Ergänzung zur »Verklärung Christi« im Rathaus? Er war sich fast sicher. Es war nur ein kurzer Blick gewesen. Aber er hatte gesehen, dass es im gleichen Stil gemalt war. Und er hatte die goldene Nelke im Hintergrund erkannt.

Er öffnete beide Seitenfenster und ließ frische Luft hereinziehen. Er versuchte zu singen: Ich bin vom Gotthard der letzte Postillion, ich bin vom Gotthard der Postillion. Es drang bloß ein heiseres Gekrächze aus seiner Kehle. Er schüttelte den Kopf, mehrmals hintereinander. »Ich Superidiot!«, schrie er, »nein nein nein!« Er schaukelte hin und her, mit seinem ganzen Gewicht. Der Wagen schaukelte mit.

Dann bremste er scharf ab. Vor ihm lag ein totes Reh auf der Straße, er hätte es beinahe überfahren. Ein zierliches Tier, es musste eine junge Ricke sein. Die Läufe unglaublich dünn, der Spiegel hinten hell und flaumig. Die Nüstern lagen aufgerissen in einer Blutpfütze. Er stieg aus und hob das Tier an, um das Blut auszulassen. Er nahm aus dem Kofferraum eine Wolldecke, wickelte es hinein und verstaute es im Wagen. Er schaute um sich, ob ihn jemand beobachtet hatte. Es war niemand da.

Weiter vorn auf der Höhe fragte er sich, was er mit dem Tier anfangen sollte. Er hätte es wohl besser liegen lassen. Außer Scherereien hatte er nichts zu erwarten, keinen Dank und auch keine Rehschnitzel. Überhaupt war es eigenartig, zu dieser Tageszeit ein totes Reh auf der Straße zu finden. Es war wohl in ein Auto gerast. Aber warum am heiterhellen Tag? Oder war es gerissen worden von wildernden Hunden?

Er sah vorn Nordschwaben liegen, ein breit hingestreutes Dorf unter flachem, weitem Himmel. Eine wunderschöne Hochebene war dies, eine ausgesparte Fläche zwischen Rhein und dem Flüsschen Wiese.

Ein Stück unterhalb des Dorfes lag ein Friedhof mit Kirche. Er fuhr hin, es war eine Mauritiuskapelle. Das Portal war offen. Ein Mann stand davor und schaute zu einem Fenster hoch, das eingeschlagen war. Jemand war daran, das Loch von innen notdürftig zu flicken.

»Sind Sie der Pfarrer?«, fragte Hunkeler.

»Ja«, sagte der Mann. »Sind Sie von der Presse?«

Er musste über sechzig sein, mit hellem, wachem Blick.

»Nein, überhaupt nicht. Ich bin zufällig hier vorbeigefahren. Ich habe mich gewundert, warum diese Kirche so weit außerhalb des Dorfes steht.«

»Stimmt, sie steht weit weg. Zu weit. Heute Nacht ist eingebrochen worden. Durch das Fenster da oben. Ich weiß nicht, ob er eine Leiter dabeihatte. Ein Stuhl hätte auch genügt, der Sims ist nicht hoch. Die Polizei war da. Die sind wieder abgezogen, die scheinen keine Zeit zu haben für uns.«

Er war traurig, der alte Mann. Er war wohl enttäuscht von der Menschheit.

»Haben sie etwas gestohlen?«, fragte Hunkeler.

»Nein. Weil nichts drin ist, was sich zu stehlen lohnen würde. Es ist eine evangelische Kirche. Die Kirchenstürmer haben vor fünfhundert Jahren schon alles ausgeräumt. Nur das Fenster ist kaputt.«

Hunkeler schaute gegen Westen zum Waldrand hinüber. Der hob sich sehr dunkel ab gegen die Sonne, die gleißend hell über den Vogesen hing.

»Warum steht eigentlich die Kirche so weit vom Dorf weg?«

»Da gibt es eine schöne Geschichte drüber«, sagte der Mann, und sein Gesicht hellte sich auf. »Es wird berichtet, dass am Vorabend des Baubeginns mitten im Dorf alles bereitlag, Balken und Steine und Mörtel. Am andern Morgen, als die Bauleute beginnen wollten, lag nichts mehr da. Es war alles weggetragen worden, genau hierher, wo wir jetzt stehen. Deshalb haben sie hier gebaut.«

Er lächelte, er hatte den Glauben offenbar noch nicht ganz verloren.

»Vielleicht«, sagte er, »stimmt die Geschichte ja, wer weiß?«

Hunkeler fuhr ins Dorf hinüber, parkte vor dem Gasthof Sonne und ging hinein. Die Wirtin stand hinter der Theke und wusch Gläser.

»Ich habe ein totes Reh gefunden«, sagte er, »es lag mitten auf der Straße. Ich denke, man muss den Wildhüter benachrichtigen.«

Sie war eine kleine, flinke Frau mit listigen Augen.

»Ach der«, sagte sie, »der ist nie da, wenn man ihn braucht. Bringen Sie das Tier hinters Haus, wir hängen es auf.«

Er holte das Reh aus dem Kofferraum, trug es ums Haus herum und legte es auf den Boden. Die Frau trieb einen Fleischerhaken durch die Hinterläufe und hängte den Kadaver an den Ast eines Nussbaumes.

»So«, sagte sie, »das wird jetzt abgehangen. Dann gibt es Schnitzel und Pfeffer.«

»Ganz korrekt ist das nicht«, sprach Hunkeler.

»Was heißt hier korrekt? Ist es korrekt, wenn der Bammert seine Hunde laufen lässt den ganzen Tag, damit sie die Rehe hetzen?«

»Wer ist Bammert?«

»Dem gehört halb Nordschwaben. Und Adelhausen auch. Der macht, was er will. Und ich mache auch, was ich will.«

»Wenn ich mich einmieten würde«, sagte er sehr freundlich, »vielleicht für heute Nacht, müsste ich dann einen Pass vorweisen?«

Sie schaute ihn argwöhnisch an.

»Wollen Sie wirklich hier übernachten?«

»Heute nicht. Aber vielleicht ein andermal.«

»Sie mit Ihrem braven Gesicht? Nein, Sie müssten keinen Pass vorlegen.«

»Auch das wäre nicht ganz korrekt.«

Sie lachte, sie fand ihn wohl süß.

»Ab und zu tauchen hier Radfahrer auf. Meinen Sie, die haben alle einen Pass bei sich? Ich schaue das Gesicht an. Wer mir passt, bekommt ein Zimmer.«

»Eigentlich müssten Sie jede Übernachtung melden.«

»Die können mich mal. Die helfen mir auch nicht, wenn ich etwas brauche.«

Hunkeler setzte sich an einen Tisch.

»Ein Viertel Roten vom Kaiserstuhl bitte«, sagte er.

»Wie wär's mit Merdinger?«

»Gut. Und eine Portion Schinken mit frischem Brot.«

»Sie haben Glück«, sagte sie. »Der Bäcker hat es heute Morgen gebracht.«

»Noch etwas bitte. Ist in den letzten Tagen bei Ihnen ein Paar eingekehrt mit einem Mietwagen der Marke Mercedes?«

»Das könnte schon sein. Ich glaube, von Freitag bis Sonntag. Warum?«

»Hat der Mann einen hellen Bart getragen?«

Ihr Argwohn war wieder erwacht. Aber sie spielte mit.

»Nein, keinen Bart.«

»Wie hat er geheißen?«

»Hawelka oder ähnlich. Sie haben eine östliche Sprache gesprochen miteinander.«

Sie überlegte eine Weile.

»Irgendetwas war auffallend an ihm, ohne dass man genau wusste, was. Er hatte eine Vollglatze. Und ich glaube, er hat keine Brauen über den Augen gehabt.«

Hunkeler aß im Garten des Gasthofes Sonne in Nordschwaben Schinken und frisches Brot. Er saß, bis die Sonne hinter den Vogesen versank. Ab und zu trank er einen Schluck vom vulkanischen Wein, der am Kaiserstuhl gewachsen war. Immerhin etwas, dachte er. Immerhin schon einiges. Immerhin eine erste Spur.

Es war kurz nach 22 Uhr, als er auf dem Balkon seines Hotelzimmers im Marina saß und eine rauchte. Der Zugang zu den anderen Zimmern war versperrt, die Türen waren versiegelt. Aber es war niemand da, der sich in den Räumen zu schaffen gemacht hätte. Offenbar hatten sie kein Interesse daran, was im Chopin, im Beethoven und im Armstrong geschehen war.

Unten lag das halbvolle Schwimmbecken in dezent romantischer Beleuchtung. Die Scheinwerfer der Polizei waren weg. Sie schienen sich ihrer Sache sehr sicher zu sein.

Hunkeler rief Hedwig an.

»Ja?«, hauchte sie.

»Was ist los? Schläfst du schon?«

»Wie ein Bär. Ich bin gerädert. Ruf morgen an.«

»Nein, ich brauche dich jetzt.«

»Für was willst du mich brauchen? Komm hoch, ich liege in einem Doppelbett.«

»Nein, geht nicht. Ich muss hierbleiben, hier ist der Teufel los.«

Sie gähnte genüsslich.

»Ach der, der kann mich mal. Ich habe drei Stunden Nordic Walking gemacht, mit Stöcken. Das ist unglaublich schön. Du schwebst über den Weg, du fliegst durch die Landschaft. Dann habe ich ein Heublumenbad genommen. Ich dufte wie eine Alpwiese, wie ein Strauß Alpenrosen.«

»Hör auf mit dem Blödsinn«, schrie er, »Alpenrosen duften überhaupt nicht.«

»Stimmt das? Dann waren es Veilchen. Komm bald hoch. Bis bald.«

Sie schaltete aus.

Er schaute zu den leicht aufschimmernden Laubbäumen hinüber. Er hörte das Gurgeln des einfließenden Wassers. Ein schöner Ort eigentlich zum Entspannen.

Er wählte die Geheimnummer von Korporal Lüdi.

»Oui, mon Joujou«, flötete der, »kommst du zu mir?«

»Ich bin nicht dein Joujou«, sagte Hunkeler, »ich bin dein Kollege Hunkeler.«

»Ach so, Moment.«

Es war zu hören, wie sich Lüdi aufsetzte.

»Jetzt bin ich bereit«, sagte er. »Was tust du eigentlich auf dem Dinkelberg? Ich habe gemeint, du seist im Marina zur Kur.«

»Woher weißt du das?«

»Von einer Frau Wullschleger aus Dossenbach. Die hat sich beschwert. Von wo rufst du jetzt an?«

»Vom Balkon des Kurhotels Marina«, schrie Hunkeler. »Von wo denn sonst?«

»Dann hör auf zu schreien. Du weckst ja die Gäste.«

Hunkeler versuchte, sich zu beruhigen. Nur sachte, alter Mann, es wird alles gut werden.

»Staatsanwalt Suter hat herumgetobt«, sagte Lüdi. »Erst die eigenmächtige Pressekonferenz von Hartmeier. Dann Hausers schweinischer Artikel gegen Basel. Schließlich die Beschwerde einer Frau aus Dossenbach gegen dich. Kannst du nicht besser aufpassen?«

»Doch, könnte ich schon. Aber ich will nicht.« Er hätte das Handy am liebsten hinunter ins Schwimmbecken geschmissen. Aber er riss sich zusammen. »Hör mal, mein Engel«, flüsterte er, »ich brauche deine Hilfe.«

»Du weißt, dass ich dir keine Auskunft geben darf. Weil du suspendiert bist.«

»Ja, das weiß ich. Woher hat Slupetzky den Mietwagen?«

»Wir haben alle Autovermieter im Landkreis Lörrach gefragt. Niemand kennt einen Slupetzky.«

»Slupetzky heißt vielleicht auch Hawelka«, sagte Hunkeler. »Oder anders. Ich nehme an, er hat verschiedene Pässe.«

Lüdi kicherte, kaum wahrnehmbar.

»Nur etwas kann er nicht wechseln«, fuhr Hunkeler weiter, »sein Gesicht. Er kann zwar mit Mastix einen Bart ankleben, vielleicht auch ein Toupet. Aber nicht gut die Augenbrauen.«

»Wieso die Augenbrauen?«

»Die Wirtin der Sonne in Nordschwaben hat einen Mann ohne Augenbrauen beherbergt. Und zwar von Freitag bis Sonntag. Der hieß Hawelka und war in Begleitung einer Frau, mit der er sich in einer östlichen Sprache unterhalten hat.«

Pause, dann wieder das Kichern.

»Was hat denn Slupetzky im Gasthaus Sonne in Nordschwaben verloren?«, fragte Lüdi. »Dort fällt er doch auf.«

»Nein, eben gerade nicht. Weil er dort oben nicht registriert wird. Er legt seine Fährte so, dass er jeder Personenkontrolle aus dem Weg gehen kann. Deshalb ist die Sonne ideal für ihn. Die Übernachtung im Marina war eine Ausnahme. Er war wohl gezwungen dazu. Warum, weiß ich nicht.«

»Du könntest recht haben. Warum ist er überhaupt hier?«

»Nun zu Valentin Burckhardt«, fuhr Hunkeler weiter. »Erzähl mir etwas über ihn.«

»Er ist schwul.«

»Wie bitte?«

»Er hat zwar Einfamilienhaus und Familie, Kinder und alles. Aber ich habe ihn schon mehrmals im Mykonos gesehen. Dort reißt er Strichjungen auf. Er hat sich bloß nicht geoutet.«

»Aber er ist doch ein angesehener Mann.«

»Was soll das, Kollege?«, sagte Lüdi scharf.

»Ach so, ja. Entschuldigung. Ich habe es nicht so gemeint. Also doch ein Schwulenmord?«

»Vielleicht. Vielleicht auch nicht. Dr. Burckhardt war lange Jahre der Anwalt von Roger Ris. Er hat sich spezialisiert auf Kunsthandel, Raubkunst, Erbschaftsstreitereien und so weiter. Er ist Präsident des Basler Kunstvereins.«

»Schau an«, sagte Hunkeler, »wie interessant. Letzte Nacht ist übrigens in die Kirche von Nordschwaben eingebrochen worden.«

»Ist etwas gestohlen worden?«

»Nein. Weil nichts Rechtes drin war. Aber vielleicht hat es doch etwas zu bedeuten. Wie geht es Rebsamen?«

»Keine Ahnung. Die Aargauer lassen uns nicht an ihn heran. Wir wissen gar nichts. Wir wissen nicht, was in den Taschen von Roger Ris war. Wir wissen nicht, was in den Zimmern lag. Was für Nummern auf ihren Handys gespeichert wurden. Wir haben keine Ahnung.«

»Wir machen jetzt Folgendes«, sagte Hunkeler. »Wir durchsuchen die Galerie von Roger Ris. Jetzt gleich, mitten in der Nacht. Da muss doch etwas herumliegen.«

»Wer stellt den Durchsuchungsbefehl aus?«, fragte Lüdi.

Hunkeler rief Mauch an. Er ließ es über ein Dutzend Mal klingeln, bis er Antwort erhielt.

»Ja, Mauch.«

»Guten Abend. Wo bist du?«

»Ich sitze in der Bodega Sevilla, mitten in der Aarauer Altstadt. Ich trinke süßen Wein.«

Hunkeler gab sich Mühe, nicht wieder zu schreien.

»Was machst du dort?«

»Hier ist es lustig und fidel. Und der Wein macht müde.«

»Und wer leitet das Verfahren?«

»Offiziell noch immer ich. Aber nur der Form nach, damit es keinen Eklat gibt.«

»Wie bitte?«

»Ja doch, so ist es. Hartmeier hat gemeint, es müsse jemand Jüngerer ran. Zum Beispiel Barbara Richner. Die hat nicht nur Jura studiert, sondern auch Psychologie. Sie hat ein Täterprofil erstellt. Und weißt du, was?«

Ja, Hunkeler wusste, was. Aber er schwieg.

»Das Täterprofil trifft genau auf Rebsamen zu. Fragt sich nur, was zuerst da war, Täter oder Profil.«

»Hat er gestanden?«

»Du weißt doch, dass er nicht gestehen wird.«

Es war zu hören, wie Mauch Wein einschenkte.

»Moment, Kollege«, sagte Hunkeler, »besauf dich noch nicht. Ich habe ein paar Fragen.«

»Gern. Aber das bleibt unter uns.«

»Was ist mit dem Messer?«

»Das ist sauber. Sie suchen zwar noch, aber sie werden nichts finden.«

»Und Slupetzky?«

»Der ist verschollen. Das sind keine Dummköpfe, die passen auf.«

»Und sonst? Was lag alles in den Zimmern, in den Taschen?«

»Nichts, was der Rede wert wäre. Außer einem Foto. Es hat in der Jackentasche von Roger Ris gesteckt. Es zeigt eine schwarze Hand, wie von einer Mumie.«

»Was soll das? Hat Ris auch mit Mumien gehandelt?«

»Das frage ich mich auch. Es ist ein Amateurfoto. Vielleicht hat es Ris selber geknipst.«

»Wo ist dieses Foto?«

»Hier, bei mir, in der Westentasche.«

»Bist du wahnsinnig? Du unterschlägst Beweismaterial.«

»Was soll jetzt das wieder sein?«

Er nahm einen Schluck, es schien ihm zu schmecken.

»Es hat mir etwas geschwant auf dem Tatort. Und es ist so gekommen, wie es mir geschwant hat. So eine schwarze Hand sieht man nicht jeden Tag. Vielleicht zeige ich sie dir einmal, wenn wir uns treffen. Ruf mich morgen wieder an. Aber bitte nicht zu früh.«

Am andern Morgen kam Hunkeler erst um neun zum Frühstück. Er hatte tief geschlafen, traumlos, wie ihm schien. Nur einmal war er erwacht, weil er ein lautes Geräusch gehört hatte. Etwas wie einen fernen Knall. Die Fehlzündung eines Autos vielleicht, hatte er gedacht, und war wieder eingeschlafen.

Bertha Kunz saß am Tisch, als er den Speisesaal betrat. Er holte erst Schinken, Käse und Weißbrot am Buffet und bestellte eine Kanne Schwarztee mit kalter Milch. Dann setzte er sich.

Sie schien verstimmt zu sein, obschon sie sich schön zurechtgemacht und zwei Rubine an die Ohrläppchen geklemmt hatte.

»Warum kommen Sie erst jetzt?«, fragte sie.

»Weil ich so lange geschlafen habe.«

»Haben Sie nichts gehört?«

»Was soll ich gehört haben?«

»Den Knall«, sagte sie, »die Explosion.«

»Wie bitte?«

»Ja«, sagte sie vorwurfsvoll, »es hat geknallt im Bahnhof drüben. Genau um zwei Uhr zehn. Als ob ganz Rheinfelden in die Luft geflogen wäre. Wenn Sie Polizist sind, sollten Sie so etwas hören. Sie könnten ruhig ein bisschen neugieriger sein.«

Er trank Tee, langsam und vorsichtig, er hatte zu wenig kalte Milch dazugegeben. Er schenkte sich eine zweite Tasse ein und trank auch diese aus.

»Wie neugierig?«

»Sie sollten die Leute ausfragen, junger Mann. Mich zum Beispiel. Mich fragt kein Mensch. Wahrscheinlich meinen alle, ich sei blöd, weil ich alt bin.«

»Nein«, sagte er, »das meine ich nicht.«

»Was tut eigentlich die Polizei? Wo sind Ihre Leute?«

»Sie wissen, dass hier Aargauer Boden ist.«

»Das tut nichts zur Sache. Roger Ris war Basler Bürger. Da muss die Basler Polizei ran.«

»Gut«, sagte Hunkeler, »was haben Sie alles gesehen?«

»Ich habe gesehen, wie das Paar, das kein Liebespaar war, weggefahren ist.«

»Ach so? Warum sagen Sie das nicht?«

»Ich sage es ja. Sie müssen nur zuhören. Und schreien Sie mich bitte nicht an.«

Er schob seinen Teller weg und setzte sein strenges Verhörgesicht auf.

»Fangen wir an, Madame. Die ganze Wahrheit bitte und nichts als die Wahrheit. Sie haben also das Paar wegfahren sehen. Von wo aus haben Sie das gesehen?«

»So ist es richtig«, sagte sie, »das ist der genau richtige Ton. Ich habe beim Eingang gesessen.«

»Wann genau?«

»Das war kurz vor dem Schrei.«

»Und was haben Sie weiter gesehen?«

»Ich habe einen beigen Mercedes aus dem Nebel auftauchen sehen, vom hinteren Parkplatz her. Die Frau saß am Steuer. Machen Sie kein Protokoll?«

»Nein, das kann ich im Kopf behalten. Weiter jetzt.«

Sie holte einen kleinen Spiegel aus der Handtasche und ein besticktes Taschentuch und tupfte sich die Lippen ab.

»Dann ist der Mann herausgekommen. Er war sehr in Eile. Er trug ein dunkles Toupet auf dem Kopf.«

»Aber Sie haben ihn sicher erkannt?«

»Selbstverständlich, meinem Sperberauge entgeht nichts. Er hatte eine dunkle Ledertasche in der Hand. Und wissen Sie, was?«

»Nein, weiß ich nicht«, sagte er und trommelte mit der Rechten auf den Tisch.

»Sehn Sie, jetzt werden Sie nervös. Ich habe es gewusst, dass es Sie interessiert. Er hat die Tasche trotz der Eile sehr sorgfältig getragen. Als ob etwas Kostbares drin gewesen wäre.«

»Was hätte drin sein können?«

»Woher soll ich das wissen? Bin ich Hellseherin? Er ist sehr schnell eingestiegen, und die Frau ist weggefahren.«

»War das jetzt vor dem Schrei oder nach dem Schrei? Strengen Sie sich bitte ein bisschen an, sonst kommen wir nicht weiter.«

»Es war mehrere Minuten vor dem Schrei, wie ich gesagt habe.«

»Hören Sie, Frau Kunz«, sagte Hunkeler sehr ernst, »wenn Sie jetzt nicht alles sagen, was Sie wissen, lasse ich Sie einsperren, bei Wasser und Brot. Wegen Zurückhaltung von Beweismaterial.«

Sie genoss es überaus, sie strahlte über das ganze Gesicht.

»So ist es richtig, junger Mann. So habe ich es mir vorgestellt. Ich weiß nämlich noch, was auf dem Mietwagen gestanden hat. Er war vom Taxi-Dreier in Aftersteg.«

»Danke, das war's. Ich muss Sie bitten, sich weiterhin zur Verfügung zu halten.«

»Aber gern, Monsieur.«

Er holte sein Handy hervor und stellte die Nummer der Therapeutin ein, mit der er um zehn verabredet war.

»Guten Tag, Frau Steiner«, sprach er auf den Beantworter, »hier Hunkeler. Ich kann leider nicht zur Feldenkrais-Therapie kommen, weil ich verhindert bin.«

Er ging zum Bahnhof und durch die Unterführung und kam zum Kiosk. Der hatte geschlossen, der Rolladen war unten. Davor stand Regionalpolizist Leimgruber.

»Schon wieder du«, sagte er mürrisch. »Wann haust du endlich ab in dein schwules Basel?«

»Aua«, sagte Hunkeler, »mein Rücken. Was meinst du, wie weh das tut? Feldenkrais, Atemtherapie, Muskelrelaxation und Kunsttherapie. Mein Tag ist ausgefüllt, ich bin voll im Stress.«

»Und alles bezahlt von der Krankenkasse, also von den andern.«

»Das ist die helvetische Solidarität. Der Gesunde hilft dem Kranken. Und du bist gesund.«

Jetzt musste Leimgruber doch grinsen.

»Du bist eine Nummer, mein Gott. Aber im Ernst. Es muss etwas geschehen in unserem Rheinfelden. Sonst sprengen die uns noch die Brücke in die Luft. Wir haben zwar noch keine Moschee. Aber sie sind schon da, die Islamisten.«

»Wo hat's denn gekracht?«

»Hinten bei den Schließfächern. Die sind alle hin. Hier beim Kiosk ist die große Scheibe zersplittert, durch den Rolladen hindurch. Die vom Technischen Dienst haben zwar gemeint, es sei eine einzige Stange Dynamit gewesen. Aber das glaubt keine Sau. Das war ein Riesenbums, der hat dem ganzen Bahnhof gegolten.«

»Wo sind die jetzt, die vom TD?«

»Sie sind weggefahren. Sie haben gesagt, das Dynamit sei in die Fuge zwischen den Schließfächern acht und neun gequetscht und mit einer Zündschnur zur Explosion gebracht worden. In Nummer acht sei eine Reisetasche mit Wäsche und solchen Dingen gewesen, in Nummer neun nichts. Einfach leer, die Nummer neun. Das macht doch keinen Sinn, da muss etwas dahinterstecken.«

»Stimmt«, sagte Hunkeler, »vermutlich die islamische Weltverschwörung.«

Als Hunkeler zum Hotel zurückging, schlug sein Handy an. Es war Frau Held von der Pforte im Waaghof. Sie teilte ihm mit, dass er von Staatsanwalt Suter um 12 Uhr 30 im Restaurant des Hotels Hilton erwartet wurde.

Er fuhr auf der Autobahn Richtung Basel. Üblicherweise brauchte er eine Viertelstunde für die Strecke. Aber es war

Mitte August. Die einen reisten von Norden nach Süden, die anderen von Süden nach Norden. Und alle wollten genau über dieses Stück Autobahn fahren, wo Sommer für Sommer etwas ausgebessert und erneuert werden musste. Um das zu ermöglichen, musste die Hälfte der Fahrbahn gesperrt werden, anders ging es nicht.

Er klebte hinter einem Wohnwagen. Wenn dieser lostuckerte, gab er ein bisschen Gas, bis am Wohnwagen wieder die Bremslichter aufleuchteten. So ging es fast eine Stunde lang. Dann bog er ab Richtung Rhein.

Er parkte vor dem Flussbad St. Johann und ging hinein. Ein warmer Spätsommertag, Lufttemperatur 28 Grad, Wassertemperatur 19 Grad. Gerade richtig, dachte er, als er über den Treidelweg rheinaufwärts bis zum Hotel Drei Könige wanderte. Er wollte ins Wasser hinein, er hatte es nötig, um seine Glieder zu besänftigen. Was ihm bevorstand im Restaurant Hilton, war ekelhaft. Er würde sich demütigen und beleidigen lassen müssen, und dies in seinen alten Tagen. Immerhin, entlassen werden konnte er nicht. Das gab ihm eine innere Ruhe.

Bei den Drei Königen stieg er die Treppe hinunter und stellte sich bis zu den Hüften in den Fluss. Er roch den Geruch des Wassers, er mochte es, wie es an ihm riss. Er ließ sich nach vorn fallen, tauchte ab und trieb bachab.

Zurück im Badehaus setzte er sich an einen Tisch, trank einen Milchkaffee und las, was Hauser unter dem Titel »Apollo-Mord am Rheinknie« veröffentlicht hatte. Roger Ris, so die Vermutung, war Kopf eines mafiösen Handels mit antiken Kunstschätzen. Basel ganz allgemein galt als Zentrum des internationalen Handels mit Raubkunst. Drehscheibe war das Freilager im Gundeldingerquartier. Roger Ris, ein stadtbekannter Homosexueller, hatte sich auf altgriechische Apollofiguren spezialisiert. In seiner Galerie am St.-Alban-Rheinweg hatte er ein selten schönes Exemplar stehen, das der Werkstatt des Praxiteles zugeschrieben wurde. Die Herkunft dieses Stücks war äußerst unsicher, obschon Ris die nötigen Papiere vorweisen konnte. Das Werk, ein marmorner Torso von verführerisch fließender Gestalt, stand zum Verkauf. Wie aus üblicherweise gut unterrichteten Kreisen verlautete, waren in Basel bereits mehrere Vertreter amerikanischer Museen gesichtet worden.

Unglaublich, was Hauser zu berichten wusste. Der war richtig fleißig gewesen. Selbstverständlich hatte er an den entscheidenden Stellen stets ein Fragezeichen hingesetzt. Wer sind die Hintermänner?, fragte er. Wer kämpft alles um Apoll? Durch wessen Hand musste Roger Ris sterben? Wir bleiben dran.

Um halb eins betrat Hunkeler das Hilton-Restaurant. Suter saß vor der Glasscheibe gegen den Innenhof. Er erhob sich, gab Hunkeler die Hand, bat ihn, sich zu setzen, und überreichte ihm die Speisekarte. Er trug hellgrauen Flanell mit rosa Krawatte.

»Ein kleiner Snack vielleicht?«, sagte er. »Kalbsleber mit geschmorter Tomate und grünem Salat, dazu ein Glas Rosé?«

Hunkeler war das recht.

Dann der übliche Smalltalk. Wie es Hedwig gehe? Und dem Rücken? Wie es sich im Marina leben lasse? Rheinfelden sei ja ein entzückendes Städtchen, am Abend vielleicht ein bisschen zu verschlafen. Aber die Altstadt, die Brücke, der Rhein usw. Sie prosteten sich höflich zu.

Hunkeler hatte nichts anderes erwartet. Suter hielt sich stets eine Zeitlang an die Form, bevor er zu toben begann. Aber diesmal war es anders. Suter war unsicher, das war deutlich zu spüren.

Nach dem Salat kam er zur Sache.

»Sie sind ja eines unserer besten Pferde im Stall«, sagte er. »Ich bin sehr froh, dass ich Sie im Kommissariat habe. Und das wissen Sie.«

»Ja«, sagte Hunkeler.

»Warum machen Sie denn so einen Blödsinn? Sie wissen doch, dass Sie auf deutschem Boden nichts verloren haben. Wenn sich Frau Wullschleger bei der deutschen Polizei beschwert, bekommen wir Riesenärger. Zudem sind Sie krankgeschrieben. Warum machen Sie sich nicht einfach eine schöne, geruhsame Zeit? Gleichsam als Einübung ins bevorstehende Rentenalter?«

»Weil ich mich langweilen würde. Und das tue ich nicht gern.«

»Langeweile«, sagte Suter, »die hat wie alles zwei Seiten. Langeweile muss nicht unbedingt schlecht sein. Lesen Sie Epikur. Die sanfte Lust der heiteren Seelenruhe. Legen Sie sich in den warmen Pfuhl der Rheinfelder Natursole und entspannen Sie sich.«

»Nicht, wenn eine Leiche drin schwimmt.«

Suters linkes Augenlid zuckte, nur kurz, als ob ihn eine Mücke gestört hätte. Kein Zweifel, der Mann war nervös.

»Aber Sie können doch nicht auf eigene Faust ermitteln. Das ist die Aufgabe von Kollege Mauch. Wenn er Sie fragt, dann ja. Sonst nicht. Geht das nicht in Ihren Schädel hinein?«

»Wie ich erfahren habe«, sagte Hunkeler, »ist Mauch nur noch der Form nach Verfahrensleiter. Die eigentliche Leitung hat Frau Richner. Die setzt voll auf Rebsamen als Täter. Die versucht, den Mord als internes Problem der Basler Schwulenszene hinzustellen.«

»Wie wahr, wie wahr«, sagte Suter leise. »Die ganze Schweiz gegen Basel. Haben Sie Hausers Schundartikel gelesen? Wer sind wir denn? Haben wir die einmaligen Schätze im Kunstmuseum, im Antikenmuseum, im Museum für Gegenwartskunst und im Schaulager gestohlen? Hat Beyeler seine Fondation geklaut? Das ist purer Neid. Zürcher Neid. Weil die nichts Vergleichbares haben. Dagegen muss sich Basel wehren. Ich bin heute Morgen beim Besitzer der *Basler Zeitung* gewesen. Er ist meiner Meinung. Es sind alle, die in Basel Rang und Namen haben, dieser Meinung. Wir dürfen uns von den Zürchern nicht mehr länger auf der Nase herumtanzen lassen. Das wollte ich Ihnen sagen, ganz im Vertrauen.«

Hunkeler schob sich ein Stück Leber in den Mund.

»Eigentlich bin ich Aargauer«, sagte er.

»Jetzt hören Sie endlich auf, mit Ihrer ländlichen Herkunft zu kokettieren. Sie sind hier längst eingemeindet, sie gehören zu dieser Stadt.«

Hunkeler schob ein Stück Tomate nach. Da waren gute Kräuter drin.

»Das heißt also«, sagte er und nahm einen Schluck Rosé, »dass ich wieder ermitteln soll?«

»Ich bitte darum. Natürlich nur, wenn es Ihr Rücken erlaubt. Und bitte seien Sie vorsichtig. Ich will keine Beschwerde mehr hören.«

»Was ist mit Madörin?«

Wieder das nervöse Zucken in Suters Auge. Die Mücke war wieder da.

»Der verfolgt eine eigene Spur.«

»Was für eine Spur?«

»Er ermittelt in Schwulenkreisen.«

»Valentin Burckhardt?«

Suter legte die Gabel hin. Irgendetwas hatte ihm den Appetit genommen.

»Dr. Valentin Burckhardt ist ein angesehener Bürger unserer Stadt. Ein hervorragender Anwalt. Wenn Sie die Güte hätten, diesen Mann aus der Feuerlinie zu nehmen, wäre ich Ihnen sehr dankbar.«

»Soll ich wieder an den Rapporten teilnehmen?«

»Gerne, ja. Und versuchen Sie, sich mit Madörin zu vertragen. Übrigens, wenn ich mir die Frage erlauben darf, haben Sie schon etwas herausgefunden?«

Hunkeler leerte sein Glas. Er hätte gern mehr getrunken. Aber das schickte sich nicht bei einem Snack.

»Mauch ist ebenfalls der Meinung, dass es nicht Rebsamen war.«

»Wer denn?«

»Es kann sein, dass Hauser gar nicht so falschliegt.«

»Um Gottes willen nein«, sagte Suter.

Hunkeler fuhr über den Zoll und durchs alte Elsässer Garnisonsstädtchen Huningue. Auf dem quadratischen Platz, wo früher die französischen Truppen paradiert hatten, spielten alte Männer Boule. Daneben standen zwei Gemüsestände mit Blumenkohl und roten Tomaten. Bei der Metzgerei weiter vorn hätte er fast angehalten, um Pasteten und Würste zu kaufen. Aber er war ja nicht unterwegs in sein Haus, er fuhr zur Ermittlung.

Er rollte über den Rhein nach Deutschland hinüber. Er sah den Tüllinger Hügel in der Nachmittagssonne liegen, das Winzerdorf Ötlingen inmitten der Rebberge. Nach Hausen, wo sich das Wiesental verengte, öffnete er die Seitenfenster. Frische Waldluft wehte herein, fast schon herbstlich kühl. Links die Wiese, die wenig Wasser führte. Ein Fischer stand in einem gestauten Stück und warf eine Fliege aus.

Er versuchte es wieder. Ich bin die Christel von der Post, intonierte er, tralalala, tralalala. Nichts als heiseres Gekrächze kam heraus. Die verdammten Zigaretten. Überhaupt war im Badischen das Rauchen in Wirtschaften neuerdings verboten. Er nahm die Zigarettenschachtel aus der Tasche und warf sie hinaus. Schließlich war er kein Junkie.

Er sah im Rückspiegel, wie ihm ein junger Mann, der in einem weißen Kabriolett hinter ihm herfuhr, den Vogel zeigte. Wart nur, du Grünschnabel, dachte Hunkeler, jetzt kannst du etwas erleben.

Er trat voll aufs Gaspedal, durchschnitt eine Kurve, dann die nächste. Das Kabriolett blieb im Rückspiegel. Er schaltete hinunter in den dritten Gang, in dem der Motor einigen Zug entwickelte. Er überholte einen Tankwagen mit Anhänger, er kannte da nichts. Er zog haarscharf durch eine Linkskurve, mit quietschenden Reifen, dicht an der Sicherheitslinie. Das Kabriolett blieb dran, er sah, dass der Bursche einen hellen Rossschwanz trug. In der Rechtskurve vor Zell hätte er beinahe übertrieben, das Heck drohte auszubrechen. Er bremste ab, mit dosierter Kraft, damit der Wagen auf der Spur blieb. Er sah das Kabriolett vorbeirasen und in der nächsten Kurve verschwinden. »Arschloch!«, schrie er ihm nach.

Er rollte langsam über die Umfahrungsstraße, spürte sein Herz hämmern. Vorsicht, alter Mann, dachte er, du bist kein Bison auf offener Prärie.

Kurz vor Todtnau bog er nach links ab Richtung Notschrei hinauf. Er fuhr hinter einem Langholztransport her, er blieb brav in der Spur. Die Ortstafel von Aftersteg tauchte auf. Links war die Werkstatt vom Taxi-Dreier.

Hunkeler parkte und betrat das Büro. Er sah eine Theke, einen Kaffeeautomaten und eine Frau mit hoher, prächtiger Haartracht, die ihn an das alte Ägypten erinnerte.

»Wie Pharao«, sagte er.

»Warum Pharao?«, fragte sie.

»Weil Sie mich an Ramses erinnern. Die Haare, meine ich.«

»Wer ist Ramses?«

»Das war ein Gottkönig aus dem alten Ägypten.«

Sie überlegte, wie sie das verstehen sollte.

»Ein Kompliment also?«

»Ja klar. Das sieht ja prachtvoll aus. Gibt es hier eine Tasse Kaffee?«

»Selbstverständlich.«

Sie holte einen Becher Kaffee aus dem Automaten.

»Kleopatra«, sagte sie, »die kenne ich. Der andere ist mir noch nie begegnet. Möchten Sie ein Auto mieten?«

»Nein, ich hätte ein paar Fragen.«

Er setzte sich an ein Tischchen.

»Sind Sie Schweizer Polizist? Ich höre es Ihrem Dialekt an.«

»Nein, Privatdetektiv. Es handelt sich um ein Liebespaar, das durchgebrannt ist. Die Ehefrau des Mannes hat mich beauftragt, herauszufinden, was die beiden so treiben. Sie sollen letzte Woche hier einen Mercedes gemietet haben. Die Namen bleiben geheim.«

»Wie ein Liebespaar haben die beiden eigentlich nicht ausgesehen. Wie war doch Ihr Name?«

»Ramseyer«, sagte er, »aber auch dieser Name tut nichts zur Sache. Sie soll eine Tschechin sein, aus Prag. Haben Sie auch Milch?«

»Nein, nur Sahne. Moment.«

Sie holte eine Dose mit Sahne und setzte sich zu ihm, sehr langsam. Sie überlegte wohl, was sie sagen sollte und was nicht.

»Einfach davongelaufen«, fragte sie, »mit einer Tschechin?«

»Es scheint so. Herzlichen Dank.«

Er schenkte einen Schuss Sahne dazu und trank. Auf dem Tischchen lagen alte Zeitschriften, ein Aschenbecher und ein kleiner Schlüssel mit einer Nummer dran. Eine Sechs oder eine Neun.

»Durchbrennen geht schon«, sagte sie, »solange man ledig ist. Wenn man verheiratet ist, geht es nicht mehr. Wie sieht sie aus?«

»Ziemlich hübsch, ein paar Jahre jünger als er. Sie spricht nicht gut Deutsch.«

»Und er?«

»Nicht groß, mit schwarzem Haar. Vielleicht trug er einen Schnauzbart, wenn er ihn nicht abrasiert hatte.«

»Einen Schnauzbart hatte er nicht. Hingegen hatte er übergroße Augenbrauen, das ist mir sofort aufgefallen. Es hat sich übrigens schon jemand nach den beiden erkundigt, telefonisch. Jemand von der Basler Polizei. Der hat nach einem Herrn Slupetzky gefragt. Aber der Mann hat einen anderen Namen angegeben. Ruzicka. Er hatte auch keine Vollglatze, wie der Herr aus Basel behauptet hat. Ich habe ihm nichts gesagt.«

»Da haben Sie recht getan. Mit der Polizei will die Ehefrau nichts zu tun haben.«

»Das verstehe ich gut. Ich möchte das auch nicht haben, wenn mein Mann fremdgehen würde. Sie sind am letzten Donnerstag hergekommen, mit dem Bus. Sie hatten vor, ein bisschen im Schwarzwald herumzufahren. Titisee, Schluchsee, St. Blasien und so. Sie haben den Wagen am Montagmittag zurückgebracht. Sie haben sich nach dem Bus nach Freiburg erkundigt.«

»Und sonst ist Ihnen nichts aufgefallen?«

Sie dachte nach.

»Doch«, sagte sie. »Ich habe den Bus nach Freiburg wegfahren sehen. Es saßen drei Menschen drin. Die beiden waren nicht unter ihnen.«

»Aha«, sagte er, »interessant. Der Wagen, den sie gemietet hatten, ist er noch da?«

»Nein, der ist längst wieder vermietet. Wir haben Hochsaison hier im Spätsommer.«

»Was hatten sie für Gepäck bei sich?«

»Je eine Reisetasche. Und je einen kleinen Rucksack, wie üblich bei Touristen. Der Mann hatte noch eine dunkle Ledertasche. Nicht sehr groß. Ich habe mich gefragt, was wohl drin sein könnte. Komischerweise ist mir eine Urne eingefallen.«

»Was für eine Urne?«

»Eine Urne mit der Asche eines Verstorbenen. Die Tasche war irgendwie feierlich. Der Mann hat sie sehr sorgfältig getragen.«

Er zeigte auf den Schlüssel auf dem Tisch.

»Ist das jetzt eine Sechs oder eine Neun?«

Sie nahm ihn und ließ die Nummer baumeln.

»Kommt drauf an, wie Sie ihn halten. Ich würde sagen, eine Sechs.«

»Woher haben Sie ihn?«

»Er muss dem Mann aus der Tasche gefallen sein, draußen auf dem Vorplatz. Ich habe ihn aufgehoben. Warum?«

»Kann ich ihn haben?«

»Nein, das geht nicht. Vielleicht kommen sie zurück, um ihn zu holen.«

In Todtnauberg oben mietete er sich ein im Hotel Engel. Er stellte Hedwigs Nummer ein. »Ich bin im Engel«, sprach er auf den Beantworter. »Wie wär's um zwanzig Uhr neben dem Ofen?«

Dann fuhr er hoch zum Ratschert. Er holte die Wanderschuhe aus dem Kofferraum und stieg hinauf durch den Wald. Er ging schnell, er wollte seine Lunge auslüften. Er kam an einem Vollernter vorbei und schaute zu, wie der Arm des Krans einen zwanzig Meter langen Fichtenstamm packte, ihn anhob und auf einen Transporter legte. Der Lärm war unerträglich, der Kranführer trug Ohrenschutz. Die Kralle des Krans packte aufs Neue zu, hob einen Baum in die Luft und ließ ihn auf den Laster krachen. Der Holzpreis war gestiegen, die Schwarzwälder verdienten wieder Geld.

Oben auf dem Stübenwasen setzte er sich auf eine Bank. Er zog sein Hemd aus, das feucht war vom Schweiß. Ein leichter, kühler Wind strich vorbei. Er genoss dieses Sitzen. Er genoss den Blick über die bewaldeten Hügel bis hin zu Jura und Alpen.

Eine Frau kam heran, in ihrem Gefolge ein alter Mann. Es schien ihm nicht gutzugehen.

»Schauen Sie«, sagte die Frau, »hier habe ich Waldhyazinthen. Sie wachsen am Wegrand. Es gibt hier auch Türkenbund und Eisenhut. Aber die Waldarbeiter kennen nichts, sie fahren über alles hinweg.«

»Weil sie keine Zeit haben, auf Orchideen aufzupassen«, sagte Hunkeler.

»Haben Sie keinen Sinn für die Schönheit der Blumen?«

»Doch, habe ich. Die da, die Sie in der Hand haben, sind allerliebst.«

»Wie die schmalen Hände einer Fee«, sagte die Frau.

»Wie kommen Sie jetzt auf Hände? Da gibt es doch keine Finger dran.«

»Doch. Diese Feenhand da hat viele kleine Finger, die sie rundum ausstreckt. Sehen Sie das nicht?«

»Nein. Übrigens sind diese Blumen geschützt. Man darf sie nicht pflücken.«

»Finden Sie es besser, wenn sie von einer Maschine kaputtgefahren werden?«

»Nein.«

Er betrachtete den Mann, der nach Luft rang.

»Wie geht es Ihrem Mann?«

»Ach der. Man meint immer, er kippe um. Aber er ist noch nie umgekippt. Weil ich ihn auf Trab halte.«

Die Sonne hing im Westen über dem Belchen. Es war kühl geworden, und Hunkeler zog sein Hemd wieder an.

Er griff zu seinem Notizheft und schrieb hinein.

1. Es schaut aus wie ein Schwulenmord, ist aber wohl keiner. Was ist es denn?
2. Slupetzky ist ein Profi. Profis bringen nur jemanden um, wenn es unbedingt sein muss. Was könnte Slupetzky für einen Grund gehabt haben?
3. Kommen auch andere Personen in Frage? Wer zum Beispiel? Antwort: Ich weiß es nicht.
4. Woher hat die Stadtführerin das Bild an der Wand? Ist es ein Teil des Lösel-Altars?
5. Roger Ris war Kunsthändler. Valentin Burckhardt ist Präsident des Kunstvereins. Hat das etwas zu bedeuten?
6. Wer hat die Schließfächer im Bahnhof Rheinfelden gesprengt? Warum so dilettantisch? Und warum war das Fach neun leer? Stammt der Schlüssel auf dem Tisch beim Taxi-Dreier vom Schließfach neun?
7. Wenn es so ist, hat Slupetzky das Schließfach neun gemietet, um etwas zu verstecken darin. Jemand anders hat das Schließfach gesprengt, um das, was Slupetzky versteckt hat, herauszunehmen. Aber Slupetzky war schneller. Was hat Slupetzky versteckt? Was hat der andere gesucht?
8. Was ist mit der schwarzen Hand?

9. Warum bin ich wieder mittendrin? Antwort: Weil ich es nicht lassen kann.

Hedwig saß bereits am Tisch bei der Ofenkunst, als Hunkeler den Wirtsraum betrat. Er wollte sie gleich umarmen, aber sie wehrte ab.

»Erst will ich ein Stück Fleisch zwischen den Zähnen haben«, sagte sie. »Von Heublumen habe ich genug.«

»Darfst du denn das?«

»Ja klar. Ausnahmen sind immer gestattet.«

Sie bestellten badisches Ochsenfleisch mit Meerrettich und Sauerkraut. Dazu eine Flasche Waldulmer aus der Orthenau.

»Wie geht's deinem Rücken?«, fragte sie.

»Der ist in Ordnung. Eine Herde Bisons hat ihn mir gesundgetrommelt.«

»Nein. Wo gibt es hier Bisons?«

»Oben auf der Farnsburg. Sie sind einem Bauern durchgebrannt. Jetzt rennen sie in der Gegend herum. Und du?«

»Eine Zeitlang ist es gut, ein bisschen zu fasten. Man spürt den eigenen Körper wieder, besonders wenn man viel läuft. Aber lange würde ich das nicht ertragen. Man weiß gar nicht mehr, wohin mit der vielen Gesundheit. Schön, bist du da.«

Das fand er auch. Er schnitt sich ein Stück vom Ochsenfleisch ab, strich eine Spur Meerrettich drauf und schob es in den Mund. Dazu nahm er einen Schluck Wein, der wunderbar unaufdringlich war.

»Was ist eigentlich mit dieser Leiche im Bad?«, fragte sie. »Ich habe davon gelesen. War es wirklich die internationale Kunstmafia?«

»Wenn ich das wüsste.«

Sie erschrak. Sie schaute ihn prüfend an. Er merkte, wie er ein bisschen errötete.

»Du bist also wieder dabei«, sagte sie.

»Was soll ich sonst tun mit meiner Zeit?«

»Du kannst einfach nicht loslassen.«

»Nein, kann ich nicht.«

Oben im Zimmer schlüpften sie schnell unter die Decke. Sie duftete ein bisschen nach Heuwiese. Aber nach einer Weile roch er ihren eigenen, vertrauten Geruch.

Am andern Morgen, es war Donnerstag, der 16. August, trat er im Marina an zur Therapie. Irgendeinmal musste er vom Angebot des Hauses Gebrauch machen, um seine Anwesenheit zu rechtfertigen. Er hatte sich für Shiatsu entschieden.

Er kam in einen schneeweißen Raum, in dem nichts war als eine Liegematte. Eine eigenartige Musik war zu hören. Ein Männerchor, etwas leiser darübergelegt ein Frauenchor. Die immergleiche Melodie, endlos wie die Ewigkeit und stinklangweilig.

»Was soll diese Musik?«, fragte er misstrauisch.

»Das sind Mantras from Tibet«, sagte die Therapeutin. »Legen Sie sich hin.«

Er legte sich hin, auf den Bauch. Er spürte ihre Hände auf dem Rücken, die sogleich die heikle Stelle fanden.

»Aua«, sagte er, »sind Sie wahnsinnig? Was machen Sie da?«

»Seien Sie ruhig«, befahl sie. »Sie sind ja total verspannt.« Ihre Finger drückten, dass es weh tat.

»Hier, rechts von der Wirbelsäule, haben Sie eine versteckte Trauer.«

Er wollte sich erheben.

»Ruhe jetzt. Lassen Sie sich helfen, Mann.«

»Das ist nichts als normal«, behauptete er. »Jeder Mensch hat eine versteckte Trauer.«

»Stimmt. Aber man kann sie auch herauslassen. Man muss sie nicht unbedingt im Zentrum verstecken. Was ist das für eine Trauer?«

»Das geht Sie nichts an.«

»Stimmt«, sagte sie und drückte etwas härter. »Aber Sie selber geht es etwas an.«

»Aua«, stöhnte er. »Meine Mutter.«

»Ach so. Und Sie spielen den starken Mann.«

Ihre Hände glitten in seine Nackengegend.

»Sie haben sich ja übel zugerichtet, Mann. Sie funktionieren nur noch. Sie funktionieren viel zu gut.«

»Da gibt es auch andere Meinungen. Fragen Sie mal meinen Chef, den Staatsanwalt.«

»Sie sind voller Ehrgeiz. Sie wollen Erfolg haben, und Sie haben Erfolg. Nur drückt das hinunter auf die Lendenwirbel. Es macht Sie krank. Können Sie sich nicht einfach hingeben?«

»Fragt sich, wem«, stöhnte er.

»Dem Augenblick, Ihrem eigenen Wesen. Jetzt entspannen Sie sich endlich.«

»Ich versuche es ja.«

Er hörte, wie sie auf allen vieren zu seinen Füßen kroch. Er spürte wieder ihre Hände.

»Hier sind die Nieren«, behauptete sie, »energetisch, meine ich. Die sprechen ungemein an. Trinken Sie genug?«

»Kommt drauf an, was«, hauchte er. Sie hatte ihn schon beinahe erledigt.

»Wasser natürlich, nicht Bier. Merken Sie sich etwas: Ich bin stärker als Ihr Ehrgeiz. Schließen Sie die Augen.«

»Die habe ich längst geschlossen«, murmelte er.

Er ließ sie machen. Er achtete nur noch auf die Musik. Er verstand kein Wort, was die sangen. Es klang wie aus einer Höhle, die näher zu kommen schien. Die Melodie war verführerisch. Sie verführte zum Drehen im Kreis.

Er glaubte, sich an den Raum zu erinnern, aus dem die Musik in seine Ohren strömte. Es war die Wunschlinde, der Hohlraum darin. Er sah die Buchstaben vor sich, die ins Holz geritzt waren. LR, darunter der Kreis mit den fünf Strichen.

»Darf man wünschen?«, murmelte er. Dann schlief er ein.

Nach dieser Therapie holte er sich an der Theke Zeitungen, setzte sich in den Kurpark und bestellte bei Frau Hausova einen Cappuccino.

»Danke«, flüsterte sie, als sie die Tasse brachte.

»Für was?«

»Dass er nichts mehr von mir haben will. Er lässt mich in Ruhe.«

Er spürte kurz ihre Hand im Nacken.

»Ich weiß noch etwas. Ich habe etwas gehört.«

»Was denn?«, fragte er.

»Am Sonntagabend gegen zehn, als ich ins Bett ging, war im Zimmer von Herrn Slupetzky ein Streit. Die Frau hat gekeift, schrill wie eine Säge. Sagt man so?«

»Ja sicher. Erzählen Sie weiter.«

»Der Mann hat zurückgegeben. Dann hat jemand geklopft und ist eingetreten. Es war Dr. Neuenschwander, ich habe seine Stimme erkannt. Dann war Ruhe.«

»Haben Sie etwas verstanden?«

»Nicht viel. Die beiden haben auf Tschechisch gestritten, und Dr. Neuenschwander war kaum zu hören.«

»Was haben Sie verstanden?«

»Die Namen Dragon und Apollo. Und Mulhouse. Ich glaube, sie haben den Flughafen gemeint.«

Wieder spürte er ihre Hand.

»Sagen Sie der Fremdenpolizei, dass ich hierbleiben darf?«

Sie ging sehr schnell zum Hotel zurück.

Er blätterte durch die *Basler Zeitung* und fand auf der Lokalseite einen Zwanzigzeiler, der sich mit dem Mord an Roger Ris befasste. Man wisse noch nichts Genaues, die Aargauer Polizei sei immer noch am Ermitteln. Man warne indessen vor voreiliger Schuldzuweisung. Das Kriko Basel habe sich eingeschaltet, seine Ermittlungen würden auf Hochtouren laufen.

Auffallend war, dass die Tat als Marina-Mord bezeichnet wurde.

Hunkeler sah, wie sich Dr. Neuenschwander näherte, eine Tasse Kaffee in der Hand. Der Arzt verbeugte sich leicht und setzte sich hin.

»Freut mich«, sagte er, »dass Sie von unserem Therapieangebot Gebrauch machen. Wie fühlen Sie sich?«

»Wie ein durchgewalktes Stück Wäsche«, sagte Hunkeler. »Wie durch den Fleischwolf gedreht.«

»Das ist normal. Morgen werden Sie alle Glieder spüren. Das wird sich geben im Laufe der Behandlung.«

»Ich weiß nicht, ob ich die Therapie weitermache. Es geht auch ohne.«

»Wollen Sie uns schon verlassen?«

»Ich denke, ein paar Tage müssen Sie mich noch ertragen.«

»Dann bin ich beruhigt. Sie sind ja, wie ich gehört habe, nicht dienstlich hier?«

»Nein, ich bin freigestellt.«

»Wie schön für Sie. So können Sie sich in aller Ruhe erholen. Wenn ich Ihnen bitte einen Rat geben darf?«

»Gerne.«

»Hüten Sie sich vor Frau Hausova. Sie ist ein raffiniertes Luder.«

»Stimmt«, sagte Hunkeler, »sie hat allerliebste Hände.«

Der Arzt errötete wieder, aber er blieb gefasst.

»Sie lügt wie gedruckt. Sie erfindet Geschichten. Und sie verdreht uns älteren Herren den Kopf.«

»Ist das der Grund, dass Sie sie eingestellt haben?«

»Ich habe sie eingestellt, weil ich Mitleid hatte mit ihr. Man muss jungen Leuten eine Chance geben, nicht wahr?«

»Das ist ganz meine Meinung.«

Der Arzt trank einen Schluck Kaffee. Ein adretter Mann, drahtig und entschlossen.

»Haben Sie den Artikel in der BaZ gelesen?«, fragte er. »Marina-Mord, so eine Schweinerei. Das ist billigstes Boulevard. Als ob das Marina etwas mit dem Mord zu tun hätte. Kann man diesen Schreiberlingen eigentlich nicht den Mund stopfen?«

»Als was würden denn Sie die Tat bezeichnen?«

»Es ist ein Schwulenmord, das ist sonnenklar. Diese Menschen zerfleischen sich selber. Sie müssen es tun, weil sie das strategische Ziel des Menschseins nicht erreichen können. Sie können sich nicht reproduzieren, so wie das jedes Lebewesen tun will. Es kann keine Rede sein von Selbstverwirklichung im Leben, außer in der Reproduktion. Darauf ist die ganze Biologie aufgebaut. Nehmen Sie zum Beispiel den Lachs. Der schwimmt aus dem fernen Ozean den Rhein hinauf in unsere Bäche. Hier reproduziert er sich, indem er sein eigenes Leben weitergibt. Dann stirbt er. Damit hat er den Sinn seines Lebens erfüllt. Das können die Homos nicht. Das treibt sie in die Verzweiflung. Sie stechen sich gegenseitig ab, und zwar im Moment der höchsten Lust.«

»Haben Sie Kinder?«, fragte Hunkeler.

Wieder das leichte Erröten, wie hingehaucht.

»Nein, noch nicht. Ich habe leider noch nicht die richtige Partnerin gefunden, die ich zur Mutter machen will.«

»So haben Sie sich also noch nicht reproduziert?«

»Nein, leider nicht.«

»Wie trösten Sie sich denn über diese existentielle Verzweiflung hinweg.«

»Indem ich versuche, als Arzt das Leben meiner Mitmenschen zu verlängern.«

»Genügt das? Es geht doch um Ihre Gene.«

»Ich flüchte mich ins Reich der Kunst, indem ich Kunstwerke sammle. Kunst ist das einzige Stück Ewigkeit, das wir Menschen herstellen können. Kunst dauert länger als das eigene Genom: die geniale Komposition, die Wirklichkeit wird im Kunstwerk. Darf ich mich jetzt verabschieden?«

Hunkeler griff zum Zürcher Boulevardblatt und las, was Hauser geschrieben hatte. Er ging aus vom Johanniterorden, der im Mittelalter nicht nur die verwundeten Kreuzritter, die Jerusalem erobert hatten, gesund gepflegt hatte, sondern der im Mittelmeerraum ein System von Burgen und befestigten Städten aufgebaut hatte, mit dem er Handel und Schifffahrt der sogenannten Heiden kontrollierte. Reiner Imperialismus also, die Johanniter waren die übelsten Seeräuber der Geschichte. Man schaue sich doch nur einmal die Altstadt von Rhodos an, schrieb Hauser, die vielen prunkvollen Paläste. Womit wurde das bezahlt? Von frommen Almosen etwa aus Europa, vom Scherflein der daheimgebliebenen Witwen? Nicht doch, wetterte Hauser, das war alles Raubgut, gestohlen auf Beutezügen gegen arabische Schiffe, deren Mannschaften auf die venezianischen Galeeren verkauft wurden.

Und weiter: Stehen nicht noch heute die stolzen Paläste dieses üblen Räuberordens in unserem Lande? Zum Beispiel in Hitzkirch/Luzern, wo in der Kommende heute noch die öffentlichen Schulen untergebracht sind? Oder in Rheinfelden, wo neben dem alten Johanniterpalast die spätgotische Johanniterkapelle steht, alles bezahlt mit dem Blut der Heiden?

Zum Beispiel Chalki, die kleine Insel neben Rhodos. Ein kleines Dorf mit Hafen, auf dem Hügel eine Ruine einer Kreuzritterburg. Denn um 1500 mussten sich die Johanniter, später auch Malteser genannt, nach Malta zurückziehen. Ihre Burgen in der Ägäis wurden zerstört.

Aber noch immer lagern in ihren Verliesen ungeahnte Schätze. Die Johanniter haben nicht nur Gold und Menschen gestohlen, sondern auch Kunstschätze, vor allem aus der altgriechischen Epoche.

So wurde vor etwas mehr als drei Jahren auf Chalki in einem verschütteten Gewölbe der Burgruine der Torso eines Apollos aus der Werkstatt des Praxiteles ausgegraben, ein Kunstwerk von unschätzbarem Wert. Es ist nie im offiziellen Kunsthandel aufgetaucht. Auch hat es bis vor kurzem kein Foto davon gegeben. Dem Vernehmen nach stammt es aus dem Pythagorion auf Samos, wo es von den Johannitern gestohlen wurde.

Steht es heute, wovon mit größter Wahrscheinlichkeit auszugehen ist, in der Galerie des ermordeten Roger Ris in Basel? Die Rechtsnachfolgerin des toten Galeristen hüllt sich zwar diesbezüglich in Schweigen. Aber wie von sachkundigen Spezialisten zu hören ist, muss es sich um den Apollo von Chalki handeln.

Es stellen sich die dringlichen Fragen: Ist dieser marmorne Torso der Grund für die Ermordung des Roger Ris? Ist es ein Apollo-Mord? Auf welchen krummen Wegen hat sich der Basler Kunsthändler des Kunstwerks bemächtigt? Warum wurde Roger Ris in der Szene »The Dragon«, der Drache, genannt? Weil er in seiner Höhle gestohlene Schätze gehortet hat? Diese Fragen gehen ans Basler Kriminalkommissariat. Wir warten auf Antwort.

Unglaublich, dachte Hunkeler, als er fertiggelesen hatte. Im Boulevard wurde sonst nur Mainstream veröffentlicht, der mehrheitsfähig war. Die frommen Johanniter die Bösen, die Muslime die Guten, das war ganz und gar nicht Mainstream. Welcher Teufel hatte Hauser geritten? Und wie war der Text durch die Redaktion geschlüpft?

Nachmittags um zwei wurde Hunkeler vom Handy aus dem Erholungsschlaf gerissen. Es war Mauch.

»Störe ich?«

»Nein, nur bedingt. Was gibt's?«

»Heute Morgen um zehn ist im Zofinger Stadtmuseum eingebrochen worden. Du bist doch aus der Gegend?«

»Aus der Altachen, ja. Ich habe in Zofingen die Schule besucht. Im Museum hat es damals ein ausgestopftes Kalb mit zwei Köpfen gegeben, das weiß ich noch.«

»Vielleicht weißt du auch«, sagte Mauch, »dass man vor mehr als zwanzig Jahren unter dem Boden der Stadtkirche ein Grab mit dem Stifterpaar gefunden hat.«

»Ja, aus der Zeit um 600, Alemannenzeit. Mit Goldschmuck. Eine wunderschöne Brosche aus Gold war dabei, eine Goldscheibenfibel, mit Edelsteinen verziert. Wenn es mir recht ist, stammt sie aus der Lombardei. Warum?«

»Dieser Schmuck ist heute Morgen gestohlen worden.«

»Aber der ist doch gesichert.«

»Das hat offenbar nichts genützt. Ich bin mit Regionalpolizist Gerber um 17 Uhr im Zofinger Ochsen verabredet.«

»Gut«, sagte Hunkeler, »ich werde da sein.«

Er trat auf den Balkon hinaus und schaute hinunter. Im vollen Schwimmbecken lag niemand, die Wasseroberfläche war ruhig. Nur hinten beim Whirlpool rauschte es auf.

Etwas Wichtiges war geschehen, das war klar. Etwas Entscheidendes. Nur was dieses Entscheidende war, wusste er nicht.

Er beschloss, zuerst einmal schwimmen zu gehen. Und zwar nicht in Rheinfeldens Natursole, sondern im kühlen Wasser des Rheins.

Er fuhr zur Brücke hinunter und parkte in der Tiefgarage. Er nahm sein Badezeug mit und wanderte hinüber zum Burgstell. Hier zog er sich hinter einem Kastanienbaum um. Er hatte vor, mitten in den Rhein zu springen.

Er kam an einer Bank vorbei, auf der drei alte Frauen schwatzten. Sie schauten ihm zu, wie er vorbeiging. Er gefiel ihnen, das nahm er zur Kenntnis.

Sie sahen wohl gern alte Männer, die schwimmen gingen im Fluss.

Mitten auf der Brücke kletterte er auf die steinerne Brüstung und schaute hinab. Sein Standort schien ihm ein bisschen zu hoch zu sein für einen Kopfsprung. Zudem gab es eine Menge Bewegung da unten. Etwas schien hinunterzuziehen mit unbändiger Kraft, so dass das Wasser aufschäumte und sich drehte in mächtigen Wirbeln.

Er zögerte, er hatte plötzlich keine Lust mehr zu springen. Da hörte er eine Frau rufen.

»Monsieur, hallo, warten Sie. Tun Sie das nicht.«

Er sah, wie eine der Frauen heranrannte, mit rotem Gesicht.

»Was gibt's denn?«, fragte er.

»Das ist das St.-Anna-Loch da unten. Da liegt die Glocke der Burgkapelle begraben, in über dreißig Metern Tiefe. Es ist die tiefste Stelle des ganzen Rheins. Was da hineinfällt, kommt nie mehr hoch.«

»Ach so? Dann soll ich also nicht springen?«

»Auf keinen Fall. Da sind schon viele hinabgezogen worden, ganze Schiffe samt Besatzung. Von denen ist keiner mehr aufgetaucht.«

Hunkeler kletterte von der Brüstung herunter.

»Danke für die Warnung. Wo kann man denn hier schwimmen?«

»Links vom Burgstell, dort fließt der Rhein ruhig. Am besten beim Inseli, beim Sandstrand.«

Sie wanderten zusammen zurück.

»Man sollte schon längst eine Warntafel hinhängen«, schimpfte die Frau. »Aber sie tun das nicht, weiß der Gugger warum. Ein Freund meines Sohnes ist mit dem Paddelboot da hineingeraten. Es ist nichts mehr zum Vorschein gekommen, weder Boot noch Paddel. Das liegt alles unten bei der Glocke.«

Er ging über das Burgstell und stieg hinunter zum Strand. Zwei Schwäne wollten ihm den Zutritt verwehren, mit aufgesperrten, bösen Schnäbeln. Er verscheuchte sie.

Er trieb im flachen Wasser, das hier fast still lag, kühl, sanft, beruhigend. Er fühlte feinen Sand an den Schenkeln. Und er begann nachzudenken.

Kurz nach 17 Uhr betrat er den Zofinger Ochsen. Eine Genossenschaftsbeiz, das wusste er, er war Mitglied des Vereins. Als das alte Hotel samt Sälen und Wohnungen vor rund dreißig Jahren zum Verkauf gestanden hatte, hatten einige Zofinger Geld gesammelt und es gekauft. So wurde verhindert, dass aus dem Ochsen eine Bank wurde. Seither wurde er genossenschaftlich geführt von jungen Leuten, manchmal mit weniger, dann wieder mit mehr Erfolg.

Er setzte sich zu Mauch und Gerber, einem jungen Polizisten in Zivil. Es standen zwei Dutzend Teesorten zur Wahl, gegen Kopf- und Bauchweh, zur Stärkung von Leber, Herz und Nieren. Er wählte die Sorte gegen Gliederschmerzen.

»Wie konnte das geschehen?«, fragte er.

»Das frage ich mich auch«, sagte Mauch.

»Ich komme mir vor wie ein Haufen Dreck, auf den ein Hund geschissen hat«, sagte Gerber. »Ich habe einen Anruf bekommen, ein Zusammenstoß zweier Autos auf der Kreuzung bei den Amtshäuschen. Da musste ich doch hinfahren. Die beiden haben überhaupt keinen schlechten Eindruck gemacht. Sie waren nett und freundlich.«

»Bitte der Reihe nach«, sagte Hunkeler und nahm einen Schluck vom Tee. Er schmeckte nach Brennnesseln und Löwenzahn.

»Wir haben einen Anruf bekommen von einem Herrn Krivanek aus Prag. Das war vorgestern, Dienstag. Er hat gesagt, er arbeite für einen Verlag, der einen Bildband über frühe Alemannenfunde herausgeben wolle. Er würde Donnerstag früh um neun herkommen, um unseren Alemannenschmuck zu fotografieren. Ich habe Freddy Stern von der Museumskommission informiert, wir haben zugesagt. Herr Krivanek ist heute Morgen um neun aufgetaucht, in Begleitung einer Frau. Wir haben alle Sicherheitssysteme ausgeschaltet, auch die Bewegungsmelder. Wir haben den Panzerglasdeckel geöffnet und die beiden fotografieren lassen. Dann ist der Anruf gekommen. Als ich zurückkam um halb elf, war die Vitrine leer. Freddy Stern lag daneben am Boden, gefesselt und geknebelt. Er hat einen Schwartenriss hinten am Schädel, der genäht werden musste. Sonst ist er intakt.«

»Hat denn niemand etwas gesehen?«

»Nein. Sie haben gesagt, sie seien mit dem Zug angereist.

Ich habe sogleich Alarm durchgegeben. Die Bahnhöfe der Umgebung sind überwacht worden, so gut das ging. Aber ich vermute, sie waren mit einem Auto unterwegs. Sie haben wohl ein paar hundert Meter vom Museum entfernt geparkt.«

»Was hat der Schmuck für einen Wert?«

»Der ist unbezahlbar. So etwas verkauft heute niemand mehr. Es ist öffentliches Kulturgut.«

»Wie sahen die beiden denn aus?«

»Ganz gewöhnlich. Er hat Hochdeutsch geredet. Sie hat kein Wort gesagt. Das Einzige, was mir auffiel, waren seine dunklen Augenbrauen. Die haben irgendwie nicht zu seinem Gesicht gepasst. Die waren zu groß.«

»Sie hätten wenigstens den Haupteingang zusperren sollen«, sagte Hunkeler böse, »als Sie hinausgingen.«

»Warum denn? Ich sperre doch niemanden ein.«

Er erhob sich traurig und ging hinaus. Eine junge Frau kam an den Tisch, mit einem Madonnengesicht.

»Wünschen die Herren zu speisen?«

»Nein«, sagte Mauch.

»Doch«, sagte Hunkeler. »Was gibt es denn?«

»Lammkeule aus Pfaffnau mit Naturhirse aus Algerien.«

»Her damit«, befahl Hunkeler.

Sie saßen eine Zeitlang schweigend da, zwei geschlagene Männer. Dann bestellte Mauch eine Flasche Würenlinger, vom Rebgut Kloster Sion.

»Wie geht's Rebsamen?«, fragte Hunkeler.

»Nicht gut. Er ist im Hungerstreik. Wir haben ihn nach Aarau verlegt.«

»Und Frau Richner?«

»Auch nicht gut. Ich glaube, sie merkt, dass sie so nicht

durchkommt. Rebsamens Messer ist sauber, definitiv. Andere Beweise gibt es keine. Sie hat nichts in der Hand.«

Er nahm ein Foto aus der Tasche und legte es auf den Tisch. Hunkeler sah eine zierliche Menschenhand, die schwarz war vom Alter. Oder war sie mumifiziert? Er betrachtete sie lange, er wurde nicht klug daraus.

»Was soll das?«, fragte er.

»Ich weiß es auch nicht.«

»Sie schaut aus wie eine Reliquie.«

»Vielleicht.«

»Suter hat mich gebeten, wieder mitzumachen«, sagte Hunkeler.

»Ach so? Ich habe gehört, dass er sich bei der Chefredaktion der Boulevardzeitung beschwert hat. Es haben sich auch andere Basler beschwert. Valentin Burckhardt zum Beispiel. Sie haben mit einer Anzeige gedroht.«

»Logisch«, sagte Hunkeler. »Das lässt man sich in den Basler Kunstkreisen nicht gefallen. Ich frage mich, welcher Teufel Hauser geritten hat.«

»Ich habe gehört, Hauser stamme aus dem Luzerner Seetal und sei in Hitzkirch zur Schule gegangen. In der Johanniterkommende.«

»Ach so«, sagte Hunkeler und schob sich ein Stück Schaffleisch in den Mund. »Folglich hat er eine Wut. Vielleicht hat er ja gar nicht so unrecht.«

»Es scheint mir«, sagte Mauch, »dass ein bisschen viele Kunstfreunde auftauchen in diesem Fall.«

»Dr. Neuenschwander ist auch einer.«

»Nein.«

»Doch. Er hat mir eine abstruse Theorie über Homosexualität dargelegt, die sich nicht reproduzieren könne. Er selber habe auch keine Kinder. Er behelfe sich mit Kunstgenuss.«

»So was. Zum Wohl, Kollege.«

Am andern Morgen hatte Hunkeler Mühe, seinem Bett zu entsteigen. Es schmerzte ihn nicht nur der Rücken, es schmerzten ihn auch Arme und Beine. Der Schmerz in der Lendengegend hatte sich offenbar verteilt über den ganzen Körper. Vielleicht war das ja ein notwendiger Schritt im Heilungsprozess, dachte er.

Im Speisesaal erwartete ihn Bertha Kunz.

»Ruhe«, befahl er, als er sich setzte. »Lassen Sie mich erst zwei Tassen Tee trinken.«

Sie gehorchte, sie schaute zu, wie er trank. »Haben Sie gestern das Boulevardblatt gelesen?«, fragte sie dann.

Er nickte.

»Und heute?«

»Ich komme ja nicht dazu, wenn Sie dauernd reden.«

Sie steckte das weg wie nichts. Sie streckte ihm die neue Ausgabe hin.

»Hier. Lesen Sie auf Seite zwei. Die entschuldigen sich tatsächlich. Das hat es noch nie gegeben. Die müssen ganz schön die Hosen voll haben. Ich weiß auch, warum.«

»Warum?«

»Wegen der Basler Chemischen Industrie. Die hat gedroht, diese ganze Scheißzeitung aufzukaufen. Entschuldigung, aber ich habe selber Aktien. Die schnippen mit dem kleinen Finger, und der Chefredakteur ist weg.«

Er nahm die Zeitung und las. Tatsächlich, der Chefredakteur entschuldigte sich hochoffiziell bei Basels Bürgerinnen und Bürgern für die unerhörte Verleumdung, die sie erlitten hatten. Schuld sei ein irregeleiteter Mitarbeiter, der seine persönlichen Probleme habe abarbeiten wollen. Er selber, so behauptete der Chefredakteur, werde persönlich dafür geradestehen, dass so etwas nicht mehr passiere.

Auf Seite drei war ein Apollo-Torso abgebildet. Daneben war eine knappe Erklärung des Präsidenten des Basler Kunstvereins Valentin Burckhardt. Dieser Apollo sei keineswegs Raubgut. Er stamme auch nicht aus der Werkstatt des Praxiteles, sondern sei eine römische Kopie aus dem zweiten nachchristlichen Jahrhundert. Ein wunderschönes Stück in der Tat, aus der städtischen Sammlung von Perugia, vom rührigen Galeristen Roger Ris rechtens erworben. Es stehe zum Verkauf. Einige Basler Mäzene seien im Moment daran, Geld zu sammeln, um das herrliche Stück für das Antikenmuseum zu erwerben.

Hunkeler grinste, mit einiger Schadenfreude.

Basels Lahmärsche hatten sich also für einmal auf die Hinterbeine gestellt und zurückgeschlagen. Das taten sie fast nie, sie waren zu nobel dazu.

»Was grinsen Sie so blöd?«, fragte Frau Kunz. »Das ist doch richtig so. Endlich kommt ein bisschen Leben in die Bude.«

»Natürlich ist das richtig. Aber jetzt müssen Sie mich entschuldigen.«

»So warten Sie doch. Wir haben ja noch gar nicht richtig geredet miteinander.«

Aber er war schon weg.

Er betrat das Rathaus in der Marktgasse, um noch einmal »Die Verklärung Christi« anzuschauen. Das lockige Haar des jungen Johannes, seine überlangen, gefalteten Hände. Den knienden Petrus mit dem weißen Bart. Die Nelken im goldenen Hintergrund. Den schwebenden Christus, dessen eine Seite weggeschnitten worden war. Die linke Hand, die er wohl segnend ausgestreckt hatte, fehlte. Gut vorstellbar, dass es die Hand war, die ins Bild, das in einer Dossenbacher Stube hing, hineingriff.

Rechts davon hatte jemand die Buchstaben LR in die Wand geritzt. Diese Buchstaben waren neu.

LR, überlegte Hunkeler, das hatte er doch schon einmal gesehen. Und zwar innen im Hohlraum der Wunschlinde. Wer zum Teufel war denn dieser LR?

Da trat Wilhelm Reichlin aus der Tür rechts. Er schien zu erschrecken, aber nur kurz.

»Was tun denn Sie hier?«, fragte er.

»Das Bild anschauen«, sagte Hunkeler. »Schade, dass es beschädigt ist. Man müsste es restaurieren. Oder was denken Sie? Haben Sie hier im Rathaus zu tun?«

»Ja. Warum?«

»Ich möchte mich bei Ihnen entschuldigen für meine Aggressivität kürzlich. Ich bedaure mein Verhalten sehr.«

»Von mir aus können Sie aggressiv sein, so viel Sie wollen.«

Er war sehr bleich, aber offenbar war er das immer.

»Was schreiben Sie denn in Ihr Heft? Einen Roman?«

»Nein, eine Dissertation über die Alemannengräber von Herten.«

»Interessant. Wo liegt Herten?«

»Gleich unterhalb von Rheinfelden, am deutschen Ufer. Wir planen eine Ausstellung in der Salmegg. Meine Dissertation soll zu dieser Ausstellung in Buchform erscheinen.«

»Wie schön. Kennen Sie den Alemannenschmuck aus Zofingen?«

Reichlin zuckte nicht mit der Wimper.

»Ja, natürlich. Der ist ja gestern gestohlen worden.«

»Woher wissen Sie das?«

Jetzt musste der Junge tatsächlich lachen.

»Sie sind nicht schlecht. Aus der Zeitung natürlich. Oder meinen Sie, ich hätte ihn geklaut? Die sind selber schuld, die Zofinger. Das sind einmalige Stücke. So etwas gehört in ein modernes, einbruchsicheres Museum.«

»Dieser Schmuck«, sagte Hunkeler bedächtig, »würde eigentlich ganz gut in Ihre Ausstellung passen.«

Reichlin blieb knochenhart.

»Nein, der gehört nach Zofingen. Wenn er denn wiedergefunden wird. Was ich nicht glaube. Das waren Profis, die wollen ihn verkaufen.«

»Gibt es vergleichbare Fundstücke, die nach Rheinfelden gehören?«

»Ja natürlich. Rheinfelden war ein politisch-kulturelles Zentrum damals. Wir hatten die erste Rheinbrücke am Oberrhein, noch vor Basel. Wir hatten die Römerstadt Kaiseraugst. Wir sind daran, diese großartige Geschichte endlich aufzuarbeiten.«

»Das tönt ja hervorragend«, lobte Hunkeler. »Was ist eigentlich mit dem Lösel-Altar? Die einzelnen Stücke scheinen tatsächlich in alle Winde verstreut zu sein.«

Jetzt wurde Reichlins Gesicht noch blasser.

»Was wollen Sie eigentlich?«, fragte er scharf. »Suchen Sie Streit mit mir?«

»Nein, warum denn? Ich habe in Ihrer Stube in Dossenbach ein Bild gesehen, das gut zu dieser ›Verklärung Christi‹ hier passen könnte. Oder was meinen Sie? Vielleicht sollten wir zusammenspannen, anstatt uns zu bekriegen.«

»Gehen Sie mir aus dem Weg«, zischte Reichlin und stieg die Treppe hinunter. Hunkeler nahm das Handy aus der Tasche, das angeschlagen hatte. Es war Frau Held, die ihn bat, um 17 Uhr im Waaghof zum Rapport zu erscheinen.

Er fuhr über die Brücke ans deutsche Ufer hinüber, er parkte vor der Salmegg. Die Pizzeria im Untergeschoss war geschlossen. Er stieg in den ersten Stock hinauf, wo Bilder einer lokalen Malerin hingen. Nebelartige Gebilde in rosa Wasserfarben, es gab auch ein paar hellblaue.

»Ist hier eine Ausstellung über das Gräberfeld von Herten geplant?«, fragte er die Aufseherin, die auf einem Stuhl ein Buch las.

»Bitte?«, fragte sie.

»Entschuldigen Sie die Störung. Was lesen Sie da?«

Sie trug einen hellblonden Rossschwanz, sie war kaum zwanzig.

»Ein Buch über mythische Orte am Oberrhein. Die Kirche der heiligen Odilie zum Beispiel. St. Crischona und St. Margrethe. Das alte, heilige Dreieck um Basel herum. Die haben sich von ihren Hügeln aus gegenseitig Zeichen gegeben. Haben Sie das gewusst?«

»Ich habe davon gehört. Aber ich möchte gerne wissen, ob hier eine Ausstellung über die Alemannengräber von Herten geplant ist.«

»Das ist richtig. Aber erst für übernächstes Jahr. Warum? Interessieren Sie sich für die Alemannen?«

»Es geht so. Wissen Sie, ob bei dieser Ausstellung das schweizerische Rheinfelden auch mitmacht?«

»Sie würden gerne mitmachen. Aber bezahlen wollen sie nichts. Die alte Grenze wirkt immer noch nach, trotz der neuen Autobahnbrücke.«

»Was studieren Sie?«

»Moderne Ethnologie.«

»Interessant. Was ist das?«

»Ich untersuche die spezifischen Verhaltensweisen des helvetischen Alemannenstammes, wobei diese Formulierung ja eine Contradictio in adjecto ist.«

»Wie bitte?«

»Helvetisch und Alemannisch gehen im Grunde nicht zusammen. Weil die Helvetier Kelten waren und die Alemannen Germanen. Ich untersuche diesen Gegensatz vor allem sprachgeschichtlich. Dabei komme ich zum Schluss, dass den beiden Ethnien in der heutigen Alltagssprache, also in der Mundart, durchaus eine produktive Symbiose gelungen ist, indem das heutige Alemannisch eine Mischung aus Wörtern beider Sprachgruppen ist. Und zwar beidseits des Rheins. Obschon das von offizieller Seite kaum oder gar nicht zur Kenntnis genommen wird.«

»Ach so?«

»Ja. Dem germanischen Korb zum Beispiel steht die keltische Zeine gegenüber, dem Rahm der Nidel, dem Wagen die Bänne. Wobei Zeine, Nidel und Bänne als unfein gelten, als hinterwäldlerisch. Ich stelle die Frage, warum die Ethnie der helvetischen Alemannen sich hartnäckig weigert, am gemeinsamen Europa teilzunehmen. Ich komme zum Schluss, dass der Grund in der alten, sprachlichen Eigenart dieser Ethnie liegt, im Willen nämlich, an den keltischen Wörtern festzuhalten. Die helvetisch-alemannische Schweiz befürchtet, in einem großen, vereinten Europa den keltischen Wortschatz zu verlieren. Nicht nur dies. Sie befürchtet darüber hinaus, in einem vereinten Europa nicht mehr jodeln, schwingen und hornussen zu dürfen. Ich als Ethnologin verstehe diese Furcht durchaus. Aber eine Ethnie, die sich aus Furcht vor der eigenen Auslöschung in sich selbst zurückzieht, hat schon verloren. Sie erstarrt in nur noch nostalgischerer Selbstdarstellung, sie stirbt ab. Das werde ich mit meiner Arbeit beweisen.«

»Und was wäre die Lösung?«, fragte Hunkeler heiter.

»Mein Gott, immer wollen die Leute eine Lösung hören. Ich stelle Fragen, verstehen Sie? Eine Frage wiegt zehn Antworten auf. Sonst noch was?«

»Nein danke«, sagte er und schaute zu, wie sie ihr Buch wieder öffnete und weiterlas.

Er fuhr bis zum Blauen Bock und bog ab in die Hügel hinein. Er wollte das Tipi-Zelt der Lisa Wullschleger sehen.

Es stand unübersehbar hinter dem Hof im Hundsloch. Er kam von oben den Hang hinunter. Bei einem Nussbaum blieb er kurz stehen, als ob er Nüsse gesammelt hätte. Es war niemand zu sehen, kein Mensch, kein Schwanz. Nur ein paar Hühner scharrten in der Wiese. Er ging lautlos, wie ein alter Indianer.

Eine eigenartige Musik war zu hören. Vier Töne, die sich stetig wiederholten, trocken und leise. Eine Art Mantra, dachte er, aus Tibet oder sonst woher. Er erreichte den Vorplatz, stets in Erwartung eines Hundes oder eines Riesen mit einem Beil. Aber nichts geschah.

Es war ein hohes, steiles Zelt, erbaut mit hellen Kunststoffblachen und jungen, geschälten Fichtenstämmen, die oben herausragten. Der Eingang war geschlossen, aber es gab einen Spalt, durch den er hineinschauen konnte.

Er sah Lisa Wullschleger auf dem Boden knien, vor sich ein Kinderxylophon, aus dem sie die vier Töne herausholte. Sie sang die Melodie mit, mit summender Stimme. Nebenan schlief in einer Tragtasche Sonja Emanuela Lakota. Drei Duftstäbchen glühten in einem Glas. Auf einer bunten Decke lagen Fliegenpilze und Holzschwämme zum Trocknen ausgebreitet. In der Mitte stand Big foot, barfuß in Leggins, mit geschlossenen Augen. Auf seine nackte Brust war das Haupt eines Bisons tätowiert. In den Händen hatte er Kinderrasseln. Er schüttelte sie im Takt von Lisa Wullschlegers Musik. Offenbar tanzte er, kaum wahrnehmbar zwar, aber mit verblüffender Hingabe.

Hunkeler schaute gebannt zu. Er kam sich nicht einmal als Eindringling vor, die Szene war zu selbstverständlich, zu ergreifend. Er zog sich zurück und stieg lautlos den Hang hinauf.

Als er kurz vor 17 Uhr den Waaghof betrat, wäre er am liebsten gleich wieder geflüchtet. Er hasste diese moderne Kunststoffarchitektur, in die man nicht einmal einen Nagel einschlagen konnte. Und weit und breit keine Spinne, keine Fliege, kein Holzwurm.

Die ganze Korona war da. Suter in hellblauem Flanell mit dezent oranger Krawatte, Madörin, Lüdi und Haller. Dr. Ryhiner von der Gerichtsmedizin und Dr. de Ville vom Technischen Dienst. Als Gast war anwesend Oberstleutnant Hartmeier aus Aarau.

Suter eröffnete. Er begrüßte Kollege Hartmeier, der trotz Divergenzen den Weg ans Rheinufer gefunden habe. Er begrüßte insbesondere auch Kommissär Hunkeler, der trotz gesundheitlicher Probleme ins Kommissariat zurückgekommen sei, um mitzuhelfen, die unmenschliche Tat aufzudecken.

Dann ergriff Hartmeier das Wort, ein Mann mit feinem, verhärmtem Aargauer Gesicht. Er sprach mit leiser Stimme, es war ihm in Basel sichtlich nicht wohl. Er als übergeordnete Aufsicht der Verfahrensleitung habe die Pflicht und Schuldigkeit, das Verfahren zielstrebig zu Ende zu führen, selbstverständlich mit der gebotenen Vor- und Umsicht. Er warne indessen vor allen wilden Spekulationen, wie sie in einer gewissen Presse ausgebreitet worden seien. Ein Schwulen- und Sexualdelikt habe stets sehr viel Explosivkraft, welche die Phantasie von Medienschaffenden und ihren Konsumenten beflügle. Die Polizei hingegen müsse sich an die Fakten halten. Und die sähen aus wie folgt.

Der Stoß mit dem Messer sei mit sehr großer Kraft geführt worden. Nur so sei es möglich gewesen, die Nackenwirbel zu durchtrennen. Es komme also nur ein kräftiger Mann als Täter in Frage. Ein Mann zumal, der in größter Erregung gehandelt haben müsse.

Das Verwünschte an der Geschichte sei, dass kaum Indizien vorhanden seien. Im Schwimmbecken sei nichts Brauchbares zum Vorschein gekommen. Eindeutige Zeugenaussagen gebe es keine, es habe niemand etwas Genaues gesehen, wohl wegen des Nebels. Im Grunde könnten alle, die anwesend gewesen seien, als Täter in Frage kommen, auch Kommissär Hunkeler zum Beispiel.

Als er das sagte, lächelte er schelmisch zu Hunkeler hinüber. Der lächelte höflich zurück.

Es gebe bloß zwei Indizien, fuhr Hartmeier weiter fort. Erstens die Liebe des Opfers zu Rebsamen, zweitens Rebsamens Messer. Es sei zwar nicht einwandfrei bewiesen, dass die Wunde im Nacken des Opfers von diesem Messer herstamme. Es sei aber auch nicht auszuschließen. Es seien auch keine eindeutigen Spuren an diesem Messer festgestellt worden. Das könne durchaus am Salzwasser liegen, das die Spuren weggefressen haben könnte.

Im Grunde tappe die Kantonspolizei im Dunkeln herum. Sie versuche mit einigem Nachdruck, im erlaubten Rahmen natürlich, von Rebsamen ein Geständnis zu erhalten. Der sei jetzt leider in den Hungerstreik getreten. Man habe ihn nach Aarau überführt. Er selber erwarte demnächst ein Geständnis von ihm. Somit wäre der Fall ja gelöst.

Es herrschte eisiges Schweigen nach dieser Erklärung. Suter griff sich an den Kragen. Er musste sich wohl etwas Luft schaffen.

Dann fragte Lüdi, wer denn jetzt die Verfahrensleitung

habe. Frau Richner oder Herr Mauch? Mauch sei doch ein erfahrener Mann.

Das stimme, sagte Hartmeier, aber vielleicht sei er eine Spur zu erfahren und sehe den Wald vor lauter Bäumen nicht mehr. Man könne auch zu viel hinterfragen. Es gebe schlicht keinen Grund, einen Schwulenmord auszuschließen. Und wenn man einen Schwulenmord nicht ausschließe, werde er sofort wahrscheinlich.

Es gehe nicht um Wahrscheinlichkeit, entgegnete Lüdi, es gehe um Wirklichkeit, um Wahrheit. Die Wahrheit sei, dass Homos immer noch diskriminiert würden. Den Homos traue man von vornherein jede schlimme Tat zu, obschon sie in der Regel sehr sensible Menschen seien.

Er verwahre sich gegen den Vorwurf, er diskriminiere jemanden, sagte Hartmeier. Im übrigen bewahre Sensibilität niemanden vor einer Untat.

Er finde die Darlegungen seines verehrten Kollegen sehr einseitig, sagte Suter. Man dürfe nicht a priori einen Verdacht hegen. Man müsse bis zum Schluss nach allen Seiten neugierig und offen bleiben.

Was der verehrte Kollege damit meine?

Genau das, was er gesagt hat.

Ob der Kollege damit sagen wolle, die Aargauer Polizei ermittle einseitig?

Wenn der Kollege es so verstanden habe, könne ihn niemand daran hindern.

Das sei eine Schweinerei.

Nein, die Einseitigkeit der Aargauer Kantonspolizei sei eine Schweinerei.

Madörin, der bis jetzt in geduckter Lauerstellung dagesessen hatte, ergriff das Wort. Er sei dem Umfeld von Opfer und Täter nachgegangen. Beide hätten einen sehr bewegten Lebenslauf hinter sich. Insbesondere Rebsamen sei heroinabhängig gewesen, ein Strichjunge der übelsten Art.

»Genau daraus hat ihn Ris herausgeholt«, sagte Lüdi. »Der bringt doch den Ris nicht um.«

Aber Madörin blieb hart auf der Fährte.

»Roger Ris selber wird der Drache genannt. Und warum? Weil er seine Liebschaften mit seinem Feuer verbrennt. Ich habe mich in der Szene umgehört. Er gilt als äußerst brutaler Liebhaber mit gewaltiger Potenz. Von Treue kann keine Rede sein. Er frisst, was er bekommt. Er scheint einen ganzen Harem um sich geschart zu haben, die Dragons Guard. Ihr Stammlokal ist das Mykonos im Kleinbasel drüben. Junge Burschen, die schwarze Kapuzenblusen tragen. Sie haben alle den gleichen Adler auf die Oberarme tätowiert. Die beiden Gestalten, die in der Nacht auf Dienstag vor dem Marina die weißen Gladiolen niedergelegt haben, gehören zu ihnen. Sie heißen Stephan Widmer und Luc Montavon. Ich erinnere daran, dass sie Rache für Dragon geschworen haben. Ich vermute, dass da eine gehörige Portion krimineller Energie dahintersteckt.«

Lüdis Gesicht wurde schlagartig weiß. Wie Kreide, dachte Hunkeler, er hatte seinen Kollegen noch nie so gesehen.

»Interessant«, sagte Suter. »Also eine neue Option?«

»Durchaus«, sagte Madörin. »Diese Burschen üben sich in fernöstlichen Kampftechniken, in Karate zum Beispiel. Rebsamen ist einer von ihnen. Es ist unerhört schwierig, in diese Kreise einzudringen. Es herrscht die Omertà. Sicher ist, dass es schwule Seilschaften quer durch die Institutionen gibt. Vor allem auch im Bereich der Kunst. Diese Connections wirken im Geheimen.«

Lüdi erhob sich.

»Es ist mir übel«, sagte er und ging hinaus.

»Das ist ja eine ausgewachsene Verschwörungstheorie, die Sie da entwickeln«, sagte Suter. »Ich bitte Sie, Ihre Phantasie zu zügeln. Wie Sie wissen, ist Basel eine liberale Stadt, in der geschlechtliche Neigungen keine Rolle spielen.«

Das kam unerwartet scharf, Suter war reichlich verstimmt.

»Interessant ist es schon, was ich höre«, sagte Hartmeier, »es darf in diesem Fall keine Tabus geben.«

Haller nahm die Pfeife aus dem Mund, schaute nach, ob sie wirklich erloschen war, und steckte sie traurig zurück in den Mund.

»Ich habe überhaupt nichts gegen Schwule«, sagte Madörin verbissen.

»Das gehört nicht hierher«, sagte Suter, dem fast der Kragen geplatzt wäre.

»Warum heißt Dr. Valentin Burckhardt in der Szene Apollo?«, fragte Madörin.

»Auch das gehört nicht hierher.«

Aber Madörin ließ sich nicht aufhalten.

»Was ist mit diesem Apollo in der Galerie Ris? Ich habe sie persönlich observiert. Sie wird rund um die Uhr bewacht von der Dragons Guard. Sie machen das sehr geschickt, so dass es kaum auffällt. Warum tun sie das, was befürchten sie?

Ich bin vor einigen Jahren auf der Insel Mykonos in den Ferien gewesen. Ich war auch auf Delos. Es ist unglaublich, wie die Homos dort ihren Apollokult zelebrieren. Mehr will ich dazu nicht sagen. Aber könnte es nicht sein, dass in diesem Kult das Geheimnis des Marina-Mordes versteckt liegt? Dass es in der Tat ein Schwulenmord ist? Zwar nicht einfach ein Beziehungsdelikt zweier Männer, sondern ein verstecktes, gigantisches Ringen um ein Symbol der Männerliebe, das darüber hinaus auch ein Objekt von immensem finanziellem Wert ist?«

Jetzt war es heraus, Madörin blickte angriffslustig in die Runde. Suter kratzte sich am Hals. Hartmeier zog ein kariertes Taschentuch hervor und schneuzte sich. Ryhiner und de Ville saßen reglos, den Blick gesenkt. Alle wussten, dass Madörin ein Spießer war und dass Spießer etwas gegen Homos hatten.

»Aua«, sagte Hunkeler und erhob sich, »mein Rücken zwickt mich wieder.«

Er verließ den Raum und ging in sein Büro. Dort setzte er sich auf seinen Stuhl, Eiche, gebeizt. Er kippte ihn nach hinten und stellte die Füße gegen die Kante des Pultes, erst den linken, dann den rechten. So verharrte er mehrere Minuten. Er machte das oft so, wenn er nicht mehr weiterwusste.

Diesmal fand er keine Ruhe. Er setzte sich wieder normal hin und überlegte. Sollte er gleich nach Rheinfelden zurückfahren und sich einer Therapeutin ausliefern? Oder zu Hedwig hinauf in die Schönheitsfarm? Oder direkt in sein Haus im Elsass und den ganzen Krempel hinschmeißen? Immerhin hatte er die Wahl, fiel ihm auf. Und das war schon sehr viel.

Er hörte ein leises Klopfen, er ging zur Tür. Es war Lüdi, noch immer aschfahl.

»Komm herein«, sagte Hunkeler. »Setz dich. Und nimm's nicht zu schwer.«

Lüdi setzte sich in den Sessel aus Stahlrohr und Leder. Er atmete sehr schnell, fast hätte er geweint. Dann wurde sein Atem ruhiger.

»Ich ertrage den Kerl nicht mehr«, sagte er. »Immer die Schwulen. Wir tun doch niemandem etwas zuleide.«

»Madörin ist ein Arschloch. Das wissen alle. Und jetzt gehen wir ins Restaurant Kunsthalle und essen einen Loup de mer.«

Sie gingen durch die Steinenvorstadt. Laue Spätsommerluft, die Gasse voll jungen Volks, das sich auf dem erotischen Markt präsentierte. Als alter Mann durfte man da kaum hinsehen, aber Hunkeler schaute doch hin. Kräftige Oberarme, pralle Arschbacken. Hautenge Jeans, halbnackte Brüste, gepiercte Bauchnabel. Niedergeschlagene Augen, ein schneller, genauer Blick.

In der Kunsthalle setzten sie sich an einen festlich gedeckten Tisch. Die weißen Gladiolen inmitten des Raumes verbreiteten den Duft betörender Vergänglichkeit. Abdullah aus Libyen bediente. Er kam ursprünglich aus der Sahara, er hatte die gespreizten Füße der Tuareg.

Der Riesling aus der Gegend von Colmar war von einer überaus erfrischenden Säure. Dann wurde der Fisch präsentiert. Er lag auf einem silbern glänzenden Tablett, gefischt aus dem salzigen Ozean, gebraten in einer Basler Küche, wunderschön anzuschauen. Abdullah zerteilte ihn.

Zwei Tische weiter hinten saß Dr. Valentin Burckhardt mit einem Gast. Sie aßen ein Chateaubriand.

»Ich brauche dich«, sagte Hunkeler, »unbedingt. Ich komme ohne dich nicht zurecht. Mit wem soll ich sonst zusammenarbeiten?«

Lüdi hatte wieder etwas Farbe im Gesicht.

»Ich weiß. Ich helfe dir gern.«

»Ich habe bis jetzt Folgendes«, sagte Hunkeler. »Der Tscheche, nennen wir ihn einmal Slupetzky, hat eine braune Ledertasche bei sich, in der sich etwas Kostbares befindet, das er wohl verkaufen will. Möglicherweise ist es ein Kunstgegenstand.«

»Warum nimmst du das an?«

»Weil er gemeinsam mit Ris und Burckhardt im Marina übernachtet hat. Das kann kein Zufall sein.«

»Stimmt, einverstanden.«

»Zudem ist diese Woche zweimal eingebrochen worden in Gebäude, in denen Kunstgegenstände vermutet werden können. Auf dem Dinkelberg oben in eine Kirche. Da ist nichts gestohlen worden, weil nichts drin war. Und ins Zofinger Stadtmuseum. Dort ist wertvoller Alemannenschmuck gestohlen worden. Aller Wahrscheinlichkeit war es Slupetzky. Der hat nämlich ein Problem. Er hat keine Augenbrauen. Folglich trägt er künstliche Brauen. Und das fällt auf.«

»Da schau«, sagte Lüdi und kicherte kaum hörbar.

»Slupetzky ist ein Profi«, sagte Hunkeler. »Er wird in den nächsten Tagen weitere Einbrüche machen. Und zwar nicht in großen städtischen Museen, das ist ihm zu gefährlich. Sondern in abgelegenen, kleinen Museen. Darauf müssen wir achten. Ein Killer ist er nicht.«

Lüdi nickte. Sein Appetit war zurück, er schob sich eine Ladung Fisch in den Mund.

»Es gibt einen zweiten Kreis«, fuhr Hunkeler weiter, »der mich interessiert. Aber das ist bloß eine Ahnung, sicher bin ich nicht. Es sind junge Leute in der Umgebung von Rheinfelden. Eine Art Heimatbund. Die scheinen von der Vergangenheit zu träumen. Ein seltsames Gemisch von indianischer Magie, Alemannentum und mystischem Mittelalter. Ich sehe da nicht ganz durch. Eigenartigerweise ist oben auf der Farnsburg eine Herde Bisons an mir vorbeigeprescht. Ich habe meinen Augen nicht getraut.«

»Ich weiß«, sagte Lüdi, »neun Stück. Sie haben sie abgeschossen.«

»Woher weißt du das?«

»Ich habe es heute Morgen in der *Basellandschaftlichen* gelesen.«

Hunkeler schaute zu Burckhardt hinüber, der sich mit seinem Gast flüsternd unterhielt.

»Eine junge Frau auf dem Farnsburgerhof oben hat ein eigenartiges Amulett getragen«, sagte er. »Es sah aus wie ein mumifizierter Finger.«

»Wie ein Daumen?«, fragte Lüdi.

»Nein, wie ein Zeigefinger.«

Lüdi kicherte ziemlich lange. Offenbar war er am Überlegen.

»Es könnte indianischen Ursprungs sein«, sagte er. »Die Lakota haben das gemacht. Sie haben den toten Soldaten den Zeigefinger abgeschnitten, mit dem diese den Abzugbügel bedient hatten. Später sind solche Finger aus Tierhaut hergestellt worden. Sie werden heute noch verkauft.«

»Ach so?«

»Ja, ich habe das in einem Reservat gesehen.«

»Zum Wohl, mein Engel«, sagte Hunkeler und nahm einen Schluck. »In Dossenbach in einem alten Bauernhaus haben sie ein Tipi-Zelt aufgebaut. Ein Zweimetermann, der einen Bisonkopf auf die Brust tätowiert hat, tanzt dort mit Rasseln. Sein Name ist Big foot.«

»Big foot war der letzte große Indianerhäuptling«, sagte Lüdi, »der den Soldaten einen richtigen Kampf geliefert hat. Er ist dabei erschossen worden. Aber was haben diese Leute mit Roger Ris zu tun?«

»Das weiß ich nicht. Aber sie haben in der Stube ein mittelalterliches Bild hängen, das von einem Altar stammen könnte, der ursprünglich in der Rheinfelder Johanniterkapelle gestanden ist. Ich weiß wirklich nichts Genaues. Aber die Lösung mit Rebsamen als Täter ist viel zu einfach. Auch die Lösung mit Slupetzky als Täter.« Lüdi kicherte und nickte. »Mit wem sitzt eigentlich Burckhardt da hinten zusammen?«, fragte Hunkeler.

»Mit einem Museumsdirektor aus Pennsylvania. Er interessiert sich für den Apollo.«

»Wer ist Rechtsnachfolger von Ris?«

»Eine Frau Higghins aus Schottland. Sie war über dreißig Jahre seine rechte Hand.«

»Ist sie die Erbin?«

»Das weiß ich nicht genau. Ich glaube, er hat ihr den Apollo vermacht.«

»Woher weißt du das?«

»Das weiß man in unseren Kreisen.«

»Zum Wohl, mein Engel.«

Kurz nach elf betrat Hunkeler das Milchhüsli an der Missionsstraße, unweit seiner Wohnung. Es war die übliche Kundschaft da, Rentner und Arbeitslose. Im Nebenraum spielten einige Billard. Er setzte sich an die Bartheke und bestellte bei Milena ein Bier.

Sie war Serbin und hatte drei Kinder. Zwei Töchter, die das Gymnasium Kohlenberg besuchten, und einen Sohn, der zu Ehren des Fußballers Petrić, der einige Zeit beim FC Basel gespielt hatte, den Vornamen Mladen trug.

»Wie geht's deinen Töchtern?«, fragte er.

»Gut, danke. Sie kommen am Sonntag zurück. Sie sind in unserem Haus in Serbien, an einem See. Sie fahren immer hin im Sommer.«

»Und du? Warum fährst du nicht hin?«

»Ich muss hier arbeiten.«

»Aber wenn du genug Geld verdient hast, fährst du mit deinem Mann zurück?«

»Natürlich. Oder glaubst du, ich will hier alt werden?«

Er mochte sie gut. Sie war stets etwas nachlässig gekleidet und bewegte sich sehr langsam. Aber ihre Augen waren hell und neugierig. Und es gab nie richtigen Streit in der Kneipe.

Er schaute zum Fenstertisch hinüber, an dem die Arbeitslosen saßen. Angenehme Gesellen, ein bisschen langweilig manchmal. Aber was für spannende Geschichten hätten sie schon erzählen können? Sie warteten auf etwas, was nicht kam. Manchmal hatte er Lust, sich zu ihnen zu setzen. Heute Abend war das nicht der Fall.

Gegen zwölf kam Hauser herein, der gleich um die Ecke wohnte. Er steuerte auf Hunkeler zu.

»Was machst du denn da?«, fragte er. »Trinkst du einen Grappa mit mir?«

»Nein, danke, ich bleibe beim Bier.«

»Gut, zwei Bier«, befahl Hauser. Er hatte schon einigen Alkohol intus, aber er hielt sich wacker auf den Beinen. »Bist du dienstlich hier? Oder ist dir Hedwig weggelaufen?«

»Weder noch. Ich bin krankgeschrieben.«

»Ach so«, sagte Hauser hinterhältig, »ich dachte, du kannst mir vielleicht etwas über Roger Ris erzählen.«

»Über Roger Ris weiß ich nichts.«

Hauser lachte höhnisch.

»Niemand weiß etwas über Roger Ris, kein Vögelchen von hier bis Babylon. Und doch zwitschern es alle von den Dächern.«

»Was zwitschern sie?«

»Dass sie den Hauser hinausgeschmissen haben aus der Zeitung. Einfach auf die Straße gestellt. Soll ich mich etwa zu denen da drüben setzen und volllaufen lassen?«

»Warum nicht? Das kann ganz angenehm sein.«

»Nein, das macht der Hauser nicht.«

Er schwitzte, wie immer, wenn er getankt hatte. Er schwitzte eigentlich immer.

»Diesen Gefallen macht der Hauser den schnellen Zürcher Bubis nicht. Sondern er recherchiert weiter, auf eigene Rechnung. Und er findet etwas heraus. Weißt du wirklich nichts?«

»Ich weiß das, was ich in deiner Zeitung gelesen habe. Das ist beste Ferienlektüre.«

»Siehst du? Selbst Kommissär Hunkeler liest meine Geschichte. Weil Kommissär Hunkeler weiß, dass sie stimmt.«

»Woher hast du sie? Du hast sie doch nicht einfach erfunden?«

»Was heißt hier erfunden? Da ist jedes Wort wahr. Ich bin letztes Jahr auf Rhodos gewesen, weil ich etwas über die Johanniter machen wollte. Ich bin nämlich in einer ehemaligen Johanniterkommende zur Schule gegangen, in Hitzkirch. Ich kenne diese Räuberbande persönlich. Von Rhodos aus bin ich zur kleinen Insel Chalki hinübergefahren. Ein Paradies. Nur Fischer und Kneipen und Wasser. Keiner liest eine Zeitung. Die haben mir von Apollo erzählt, einem Männertorso aus bläulichem Marmor, den sie oben auf der Burg aus einem Keller geholt haben. Er ist ihnen geklaut worden, vor zwei Jahren ungefähr. Einfach verschwunden. Aber der Hauser hat sich erkundigt. Er hat sich auf den Weg gemacht, Rhodos, Malta, Sizilien, die alte Piratenroute. Dann ab nach Genf. Dort war Ende der Fahnenstange.«

»Wie bist du auf Roger Ris gekommen?«

»Auf die einfachste Art der Welt. Ich bin zur Galerie am St.-Alban-Rheinweg gefahren, habe fotografiert und Frau Higghins kondoliert. Eine entzückende Dame, genauso falsch und hinterhältig wie Ris. Sie hat mir ein bisschen vorgeweint und hat mich eingeladen zu einem Tee. Und was sieht mein Auge im Nebenzimmer? Den Apollo-Torso aus Chalki. Ich habe ihn sofort erkannt. Und weißt du, warum?«

Nein, Hunkeler wusste es nicht.

»Kopf und Arm sind weg, auch Unterschenkel und Penis. Aber die Fischer von Chalki haben ihrem Apollo ein X in die linke Hinterbacke geritzt. Ein griechisches Chi. So haben sie ihn gekennzeichnet, das haben sie mir erzählt. Und was sieht der Hauser auf der linken Arschbacke? Ein großes X. Ich habe es fotografiert.«

»Das könnte auch Zufall sein.«

»Wie bitte? Ein erfahrener Kommissär redet von Zufall? Da muss ja ein Ross lachen.«

Er lachte höhnisch. Er schwankte ein bisschen, er hielt sich an der Theke fest.

»Etwas will ich dir sagen, Kollege. Den Hauser wirft man nicht ungestraft hinaus. Der Hauser rächt sich. Der Hauser weiß etwas, was sonst niemand weiß.«

Am nächsten Morgen, es war Samstag, der 18. August, erwachte Hunkeler mit schwerem Kopf. Er hatte Mühe, sich zu orientieren. Er sah den Wecker auf dem Nachttisch stehen. Es war halb neun, er lag im Bett in seiner Wohnung.

Er erhob sich, ging in die Küche und setzte einen Topf Wasser auf. Er sah seine Post auf dem Tisch liegen. Die hatte er gestern Nacht um zwei, als er heimgekommen war, noch aus dem Briefkasten genommen. Er sortierte sie griesgrämig, er hatte alles andere als Gold im Mund. Links die Rechnungen, rechts den Rest, den er in den Mülleimer warf. Er trank vier Tassen Tee, mit einem Schuss kalter Milch.

Was wusste Hauser, überlegte er, was sonst niemand wusste? War es bloß ein betrunkener Bluff gewesen? Hauser war in Hitzkirch aus der Schule geschmissen worden, wie er erzählt hatte. Wegen unbotmäßiger Subordination. Also kein Abitur und kein Studium. Er war zum Lokalblatt gegangen und hatte sich hochgeschrieben. Im Grunde war er ein angenehmer Kerl, schnell im Denken, gefinkelt im Recherchieren, flink im Fotografieren und Schreiben. Nur war er ein Schuft, ein Hurensohn, der alle Journalistentricks beherrschte. Er war fürs Boulevard der richtige Mann.

Was hatte er in der Hand? Hatte er die Mär vom Apollo aus Chalki frei erfunden, oder hatte er sie recherchiert? Wenn sie recherchiert war, wenn es sich also beim Apollo in der Galerie des Kunsthändlers Ris um Raubgut handelte, das erst kürzlich auf Umwegen nach Basel gekommen war, barg die Geschichte Dynamit. Dann war der gute Ruf der Galerie dahin, dann hatten sich auch das Antikenmuseum und seine Mäzene blamiert.

Hunkeler verließ seine Wohnung und ging die paar Schritte zur Wirtschaft Sommereck. Edi, der Wirt, saß am Stammtisch, ein Glas kalten Kamillentee vor sich, der Beutel lag auf einem Tellerchen daneben. Edi brachte immer noch an die 120 Kilo auf die Waage, obschon er seit Jahren abnehmen wollte.

»Endlich ein Gast«, knurrte er, »endlich eine lebendige Seele. Wie geht's?«

»Milchkaffee, ein Stück Brot und Zeitungen«, knurrte Hunkeler zurück. »Und bitte kein Gespräch.«

»Wie soll man wirten in diesem Quartier?«, fragte Edi. »Das ist in die hohle Hand geschissen. An einem normalen Werktagmorgen kommen wenigstens die Handwerker um neun und essen meine Schinkenbrote. Übers Wochenende könnte ich ebensogut dichtmachen.«

»Trink deinen Tee aus. Ich will Zeitung lesen.«

In der Boulevardzeitung stand kein Wort über den Mordfall Ris. Die hatten immer noch an der aufgezwungenen Entschuldigung zu knabbern. Im Kulturteil war eine Eloge über eine Ausstellung in der Fondation Beyeler. »Weltklasse am Rheinknie« war der Titel. Sie wollten also guten Wind machen.

In der *Basler Zeitung* stand ein langer Artikel eines Kunstexperten über die Herkunft des Apollo-Torsos. Sie sei lückenlos belegt seit der frühen Renaissance, als die Statue in der Sammlung eines römischen Adelsgeschlechts aufgetaucht sei. Im 17. Jahrhundert, als dieses Adelsgeschlecht verarmt war, sei der Torso nach Perugia verkauft worden, von wo er vor wenigen Monaten den Weg nach Basel gefunden habe. Er sei zwar aller Wahrscheinlichkeit nach eine Kopie eines längst verschollenen Meisterwerkes des Praxiteles, aber in der lebensnahen Vollkommenheit des Körpers durchaus eine selbständige schöpferische Leistung, die dem Basler Antikenmuseum sehr wohl anstehen würde.

Daneben war die Statue abgebildet, in Vorderansicht. Die linke Pobacke war nicht zu sehen.

»Was starrst du auf die Tunte?«, fragte Edi. »Du bist doch nicht etwa schwul geworden?«

»Nein, aber es fehlt mir der Blick auf die linke Hinterbacke. Dort soll ein griechisches X drauf sein.«

»Ein was?«

»Chi wie Chalki, verstehst du?«

»Nein, verstehe ich nicht. Es ist mir auch egal. Ich hätte da noch eine Leberpastete im Eiskasten, frisch aus dem Elsass. Ich könnte Weißbrot aufbacken, dann hauen wir rein.«

»Nein danke. Iss sie allein.«

Hunkeler ging den St.-Johanns-Ring hinunter zum Rhein. Er betrat das Badehaus, zog sich um und wanderte den Treidelweg flussaufwärts. Es war schön warm, die Sonne stand schräg oben am Himmel. Nach der Schifflände stieg er den Rheinsprung hinauf, vorbei an den Riegelhäuschen der Handwerker. Links die alte Universität, rechts die Barockpaläste der Basler Seidenbandweber. Der Münsterplatz, der neuerdings autofrei war. Eine Schar Japaner stand vor der romanischen Doppelturmfassade. Er ging weiter durch die Rittergasse und bog ein in die St. Alban Vorstadt. Hier hatte er gewohnt in frühen Jahren, als er an der Uni studiert hatte. Am Mühlenberg 1 genau, der zum Rhein hinunterführte. Die alte Klingel hing noch an der Fassade. Im Zimmer im Erdgeschoss, wohin er ab und zu ein Mädchen mitgenommen hatte, waren die Läden zugesperrt. Holde Jugendzeit, dachte er, süße Frühe der Neugier. Er grinste bitter, sein Schädel brummte noch immer.

Unten am Fluss ging er durch die Allee zur Kirche St. Alban. Es war recht kühl hier, die Nässe drückte durch die Stützmauern, die den St. Albanberg zurückhielten. Links der romanische Kreuzgang des ehemaligen Klosters. Ein verwunschener Ort, abgeschieden von der Stadt, zurückgeblieben im Mittelalter.

Weiter vorn war die Galerie des Roger Ris. Keine große Affiche, unter der Klingel die Buchstaben RR. Die Läden waren geschlossen.

Er schaute zum Rheinbord hinüber, wo ein junger Mann auf einer Bank saß und las. Er trug eine schwarze Bluse mit Kapuze, er war völlig in die Lektüre vertieft.

Ein Streifenwagen glitt im Schritttempo vorbei, am Steuer

saß Wachtmeister Kaelin. Er salutierte, er grinste über das ganze Gesicht.

»Geht's den Bach hinab heute, Herr Kommissär?«

»Lassen Sie die Sprüche, Kaelin«, sagte Hunkeler, der sich blöd vorkam in der Badehose. »Wie ist die Lage?«

»Entschuldigung, es war nicht bös gemeint. Alles ruhig. Wir haben die Lage im Griff.«

Hunkeler wartete, bis der Wagen außer Sicht war. Dann ging er durch einen schmalen Durchgang und kam in einen Hinterhof. Eine Platane stand da mit bereits herbstlich verfärbten Blättern. Eine vor sich hin rostende Eisenplastik, vermutlich von Luginbühl. Eine Stahltür, zu der drei Stufen hinunterführten. Er wollte hinabsteigen, da hörte er schnelle Schritte. Er drehte sich um, um nachzusehen, wer da hinter ihm war. Er kam nicht dazu, er hatte plötzlich Feuer in den Augen. Er hörte noch jemanden wegrennen, dann ging er in die Knie und rollte gegen die Tür.

Er tastete nach seinen Augen, ob die noch da waren. Sie waren noch da, aber sie taten höllisch weh. Flüssigkeit rann heraus, eine Menge Tränen. Er stöhnte inbrünstig auf, suchte sein Taschentuch und tupfte das Wasser weg. »Aua!«, schrie er. Er versuchte, das linke Auge zu öffnen. Er sah bloß einen rötlichen Schimmer.

Dann hörte er, wie jemand die Tür öffnete. Es war eine Frau.

»Um Gottes willen, was tun Sie hier?«

»Pfefferspray«, stöhnte er. »Einer dieser Saukerle hat mich erwischt.«

»Streiten Sie sich bitte woanders«, befahl sie, »die Galerie ist zu.«

Sie wollte die Tür wieder schließen.

»Halt«, bat Hunkeler, »ein bisschen Mitleid bitte. Geben Sie mir wenigstens ein Badetuch. Es ist kalt hier.«

Er erhob sich und versuchte nochmals, ein Auge zu öffnen. Es ging schon besser, er öffnete auch das zweite. Hinter einem rötlichen Schimmer sah er eine ältere Frau stehen. Hoch aufgeschossen und mager, mit kurzem, grauem Haar.

»Madame Higghins?«, fragte er.

»Wer denn sonst? Und wer sind Sie?«

»Hunkeler«, sagte er, »Alt-Kommissär aus Basel. Rein zufällig hier. Ich glaube, ich habe mich verirrt.«

»Sie reden ja wirres Zeug. Zeigen Sie her. Nehmen Sie die Hände herunter, sonst sehe ich nichts.«

Sie beugte sich vor und besah sich sein Gesicht.

»Der hat Sie ja übel zugerichtet. Wenn Sie vom Kommissariat sind, warum halten Sie mir denn diese Saubande nicht vom Leibe? Und warum lassen Sie sich so leicht erwischen?«

»Weil ich alt und blöd bin.«

»Kommen Sie herein.«

Sie ging voraus in einen Raum, der wohl als Lager diente. Ein Tisch stand da, zwei Stühle.

»Setzen Sie sich.«

Sie nahm einen Morgenmantel von einem Haken.

»Hier, ziehen Sie den an. Ich koche Kamillentee und tupfe Ihnen die Augen damit ab. Dann wird es besser.«

Sie verschwand in einem Nebenraum. Er hörte, wie sie einen Topf mit Wasser füllte. Er versuchte sich umzusehen, der rötliche Schimmer war schwächer geworden.

Im Raum stand Negerkunst der alten, primitiven Art. An

den Wänden hingen Masken. Ein filigranes Mobile an der Decke, von Calder wohl. Ein kleines Ölbild lehnte an einer Wand, mit nichts als einem einfachen Holzstuhl drauf, in verkehrter Perspektive. Er schaute genau hin. Es war ein früher Dieter Roth.

»Der Ris hat wohl nur mit erstklassiger Ware gehandelt«, sagte er durch die offene Tür.

»Selbstverständlich«, hörte er die Frau sagen. »Alles andere wäre Zeitverschwendung.«

Sie hantierte herum im Nebenzimmer. Er schaute durch die offene Tür und sah einen Männertorso, der auf einem kleinen Sockel stand. Seine Hüften waren leicht abgeknickt. Eine sachte geschwungene Linie schien durch den Körper zu gleiten. Er war aus bläulichem Marmor. Der Penis war weggebrochen, das Hinterteil war nicht zu sehen.

Die Frau kam wieder zum Vorschein, mit Teekrug und Tasse.

»Was starren Sie so?«, fragte sie.

»Wunderschön«, sagte er, »wirklich. Ich frage mich bloß, ob er auf der linken Pobacke ein X eingeritzt hat. Von hier aus kann ich es nicht erkennen.«

»Natürlich hat er das. Er hat dieses Chi schon immer auf der Pobacke gehabt. Das muss ihm ein alter Römer eingeritzt haben, der Griechisch gekonnt hat. Wohl als Zeichen der männlichen Vollkommenheit.«

»Warum?«

»Zwei gekreuzte Striche in Schräglage, das Zeichen ist uralt. Es steht für den männlichen Körper. Der Kreis steht für die Frau. Neigen Sie das christliche Kreuz 22,5 Grad zur Seite, und Sie haben ein Chi. So, jetzt müssen Sie versuchen, die Augen offenzuhalten. Lehnen Sie den Kopf zurück.«

Er tat, wie befohlen. Als sie ihm zwei mit Kamillentee durchtränkte Wattebäusche auf die Augen legte, schloss er die Lider.

»Aua!«, stöhnte er. »Das ist zu heiß.«

»Blödsinn. Das muss Körpertemperatur haben. Los, machen Sie die Augen auf.«

Er versuchte es, er spürte die Nässe in den Augen.

»Das brennt wie die Hölle.«

»Bleiben Sie ruhig, es muss erst wirken. Warum sind Sie überhaupt hergekommen?«

»Weil ich den Apollo sehen wollte.«

»Sie hätten anrufen können.«

»Ja, aber ich wollte nicht anrufen.«

»Warum nicht?«

»Weil es nicht meine Art ist. Nehmen Sie jetzt endlich die Watte weg. Der Tee rinnt mir den Hals entlang.«

Sie nahm die Watte weg und trocknete ihm mit einem Handtuch das Gesicht ab.

»Jetzt trinken Sie drei Tassen heißen Tee«, befahl sie. »Damit Sie sich nicht erkälten.«

Er trank. Er fühlte, wie ihm warm wurde.

»Was hat eigentlich dieser Apollo mit dem Mord an Roger Ris zu tun?«

»Nichts«, sagte sie.

»Warum reden denn alle davon?«

»Weil sie etwas zum Reden brauchen. Die Statue steht zum Verkauf, ganz legal.«

»Für wie viel?«

»Für einige Millionen Dollar. Es gibt ein paar Interessenten. Aber das werden Sie ja wissen, wenn Sie sich mit dem Mordfall befassen. Geht's etwas besser?«

Sie lächelte ihn an, mit verhaltenem englischem Charme.

»Ich habe gehört«, sagte er, »der Torso gehöre Ihnen.«

»Nur zur Hälfte. Die andere Hälfte gehört der Galerie. Das ist notariell vereinbart.«

»Und wem gehört die Galerie?«

Sie lächelte ihn an, mit offener Herzlichkeit.

»Die gehört jetzt auch mir. Auch dies ist notariell beglaubigt, von Herrn Dr. Valentin Burckhardt.«

»Da liegt einiges Vermögen herum«, sagte er, »allein schon der Calder. Dann diese wunderbaren Negerskulpturen.«

»Ich weiß. Wir haben investiert. Und ich muss die Galerie weiterführen. Sonst noch was?«

Da sie gut erzogen war, wartete sie darauf, dass er sich als Erster erhob. Aber er blieb sitzen.

»Wie war Ihr Verhältnis zu Roger Ris?«, fragte er.

»Ach Gott, diese blöde Fragerei. Das hat schon Herr Madörin wissen wollen, dieser Arsch. Wissen Sie, ich nehme die Polizei nicht mehr ernst. Das sind armselige Idioten. Ich habe Roger gern gehabt. Wir haben glänzend zusammengearbeitet. Aber nicht im Bett. Er war nicht bi. Und ich habe eine langjährige Freundin. Wenn Sie meine Meinung wissen wollen: Es war einer von diesen Bubis.«

»Rebsamen?«

»Vielleicht, wer weiß das schon. Roger war enorm promiskuitiv.«

»Aber er war doch über siebzig?«

Wieder das Lächeln, entzückend, hinreißend.

»Und? Er hat jeden ins Bett gekriegt, den er im Bett haben wollte.«

Jetzt glitt ein Schatten über ihr Gesicht, sie senkte den Blick.

»Armer Roger.«

Sie verharrte in andächtiger Trauer.

»Dann verabschiede ich mich wohl am besten«, sagte er und erhob sich. »Ich bedanke mich herzlich für Ihren Beistand. Sie haben mir enorm geholfen.«

Sie erhob sich ebenfalls, leichtfüßig wie eine Gazelle.

»Gern geschehen. Das bisschen Kamillentee war der Rede nicht wert.«

Sie gab ihm die Hand nicht. Sie hielt sie auf ihrer linken Brust.

»Übrigens ist ein Tscheche unterwegs«, sagte Hunkeler. »Wissen Sie das?«

»Nein. Was für ein Tscheche?«

»Derjenige, der in der Nacht auf Montag im Marina übernachtet hat. Im Zimmer neben Ris und Burckhardt. Der trägt eine braune Ledertasche mit sich herum. Wissen Sie, was sich in dieser Tasche befindet?«

Sie schüttelte den Kopf, arglos.

»Wieso soll ich das wissen?«

Er ging durch den Durchgang zurück zum St.-Alban-Rheinweg. Der Kapuzenmann war nicht mehr zu sehen. Er stieg hinunter zum Rhein, stellte sich hinein und ließ sich vornüberfallen. Er spürte, wie ihn das Wasser aufnahm und trug. Er achtete darauf, dass ihm nichts in die Augen drang.

Als er am späten Nachmittag das Marina betreten wollte, saß Bertha Kunz beim Eingang. Sie hatte ihn wohl erwartet, sie winkte mit dem Stock.

»Wo treiben Sie sich dauernd herum?«, fragte sie. »Immer, wenn es heiß wird, sind Sie nicht da.«

»Was gibt's denn?«, fragte er.

Sie fasste ihn genau ins Auge.

»Mein Gott, Herr Kommissär, wie sehen Sie aus. Haben Sie getrunken?«

»Warum?«

»Haben Sie keinen Spiegel? Sie haben rote Augen.«

Er versuchte zu grinsen. Es kam ziemlich schäbig heraus.

»Ach so, ja. Ich bin gestern Abend auf der Gasse gewesen.«

»Das ist die Höhe. Hier liegen Basler Leichen im Schwimmbecken herum. Und die Basler Polizei verlustiert sich derweil auf der Gasse. Was ist das für eine Pflichtauffassung?«

»Sie haben ja recht«, sagte er. »Aber ab und zu muss es einfach sein. Sonst wird der Stress unerträglich.«

»Was für ein Stress?«, wetterte sie. »Sie verpassen ja alles. Wenn mein Sperberauge nicht wäre, wüssten Sie gar nichts.«

Sie winkte ihn näher heran.

»Frau Hausova ist entkommen«, flüsterte sie.

»Wie entkommen?«

»Es waren zwei Herren von der Fremdenpolizei da, heute Morgen. In Zivil, aber ich habe sie durchschaut. Sie haben sich im Frühstückssaal kurz umgesehen. Aber Frau Hausova war ausgeflogen.«

»Vielleicht hat sie heute einen freien Tag.«

»Die? Die hat nie einen freien Tag. Da sorgt Dr. Neuenschwander persönlich dafür. Nein, die ist abgehauen. Die sehen wir hier nie mehr. Weil sie etwas weiß.«

»Was weiß sie?«

Sie fasste ihn wieder ins Auge, sehr missmutig.

»Sie müssen ja Unmengen Schnaps getrunken haben, so wie Sie aussehen. Richtig blutunterlaufen. Ich frage mich, ob ich mich mit Ihnen überhaupt noch unterhalten soll.«

Er beugte sich zu ihr hinunter. Er sprach sehr leise.

»Verzeihung, Madame. Es war ein einmaliger Ausrutscher, es soll nicht mehr vorkommen.«

»Und das soll ich glauben?«

»Ich bitte darum. Es wäre nicht das erste Mal, dass ein schwieriger Fall von einer scharf beobachtenden Drittperson gelöst würde.«

Das hörte sie sehr gern.

»Meinetwegen, weil Sie es sind. Frau Hausova weiß, dass Dr. Neuenschwander in den Fall verwickelt ist.«

»Woher wissen Sie das?«

»Ich habe es gesehen an der Art, wie er den jungen Männern auf den Hintern schaut.«

Sie nickte, sehr siegessicher.

»Er ist hinter dem Apollo her. Er kommt aus einer reichen, uralten Rheinfelder Familie. Ein paar Millionen hat er locker zur Hand. Oder glauben Sie, es sei Zufall gewesen, dass Ris und Dr. Burckhardt hier übernachtet haben? Die haben vorgehabt, einen Vertrag zu unterschreiben. Es muss irgendetwas dazwischengekommen sein. Was, weiß ich nicht.«

»Und Sie meinen, Frau Hausova wisse das?«

Sie nickte, sehr bestimmt.

»Da bin ich sicher. Dr. Neuenschwander weiß, dass sie es weiß. Und Frau Hausova weiß, dass er es weiß. Sie hat sich am Leben bedroht gefühlt. Sie ist geflohen.«

»Wohin?«

»Was weiß ich? Hinauf in den Jura vielleicht, zu den wilden Bisons. Die hat es faustdick hinter den Ohren, die junge Lady.«

Er musterte ihr Gesicht, das gerötet war von lustvoller Erregung. Die wässrigen Augen, denen keine Bewegung entging im Umkreis einer Meile. Die blaugeäderte Knochennase, die noch hundert Schritte gegen den Wind jede Ausdünstung roch.

»Was schauen Sie mich so saudumm an?«, fragte sie. »Glotzen Sie nicht, graben Sie endlich das Kriegsbeil aus. Ich weiß nämlich noch etwas.«

Sie hatte ihn geschafft. Er setzte sich neben sie.

»Ja bitte?«

»In Mülhausen ist eingebrochen worden. Im historischen Museum. Es sind drei wertvolle Bilder aus dem 15. Jahrhundert gestohlen worden. Nicht aus der Ausstellung, sondern aus dem Lager. Die standen dort herum.«

»Woher wissen Sie das?«

»Vom Radio Dreiländereck. Die haben es heute Mittag gebracht. Es waren zwei Heizungstechniker, die Einlaß begehrten, um die Heizung zu reparieren. Ein Mann und eine Frau, hat der Sprecher gesagt. Warten Sie, ich habe alles auf einen Zettel geschrieben.«

Sie öffnete ihre Handtasche, rotes Leder mit Silberschnalle. Sie nahm ein sorgsam zusammengefaltetes Blatt Papier heraus.

»Hier«, sagte sie. »Die Bilder standen hinten neben der Heizung, an die Wand gelehnt. Sie haben sie in eine mitgebrachte Wolldecke gepackt und hinausgetragen. Der Frau an der Kasse, die sie ins Lager geführt hat, ist nichts Besonderes aufgefallen. Außer, dass die Heizungstechnikerin ein eigenartiges Französisch geredet hat. Wie aus der Schweiz. Der Techniker hat nichts gesagt. Das passt doch zum anderen.«

»Zu welchem anderen?«

»Kunstraub passt zu Kunsthandel, zu Roger Ris. Der Apollo in seiner Galerie scheint ja auch gestohlen zu sein.«

Stimmt, dachte Hunkeler, das passte schon. Vielleicht etwas anders, als sich das Sperberauge das vorstellte.

»Was war auf den Bildern?«, fragte er überaus freundlich.

»Hier habe ich es.« Sie suchte in ihren Notizen. »Alles habe ich nicht mitbekommen, der Sprecher hat zu schnell geredet. Auf einem war der Stifter, den Namen habe ich nicht verstanden. Auf dem zweiten war die Auferstehung Christi, auf dem dritten der Tod Marias. Alles eingegangen 1883.«

»Was soll das heißen, eingegangen?«

»Dass die drei Bilder 1883 ins Lager des historischen Museums gekommen sind, junger Mann. Der Sprecher hat gesagt, dass das Museum nicht von vielen Leuten besucht werde. Das sei auch der Grund gewesen, dass die Frau an der Kasse mit den Heizungstechnikern ins Lager gegangen sei. Als sie nach einer halben Stunde nachschauen ging, waren die beiden weg. Es ist ihr nichts weiter aufgefallen.«

»Aber irgendwer muss doch etwas merken, wenn zwei Personen drei Bilder aus dem historischen Museum tragen, Herrgottsack.«

»Sehn Sie, jetzt schreien Sie schon. So ist es richtig, junger Mann. Ein alter Herr, der auf einer öffentlichen Bank saß, hat die beiden herauskommen sehen.«

»Wie sahen sie aus?«

»Nicht besonders.«

»Wie alt waren sie?«

»Mittleren Alters, hat der Sprecher gesagt. Etwas sei dem Herrn aufgefallen. Der Techniker habe eigenartiges Haar gehabt. Eine schwarze Mähne, wie eine Perücke.«

»Danke sehr. Halten Sie bitte die Augen weiterhin offen.«

»Sie können sich auf mich verlassen, Herr Kommissär.«

Hunkeler fuhr in sein Zimmer hinauf und wählte Lüdis Nummer. Er erhielt keine Antwort. Es war Samstag, fiel ihm ein, Lüdi war wohl mit seinem Joujou im Weekendhaus im französischen Jura.

Er rief den Waaghof an. Es meldete sich Frau Held von der Pforte.

»Wie schön, Sie zu hören«, flötete sie. »Wie geht's Ihrem Rücken?«

»Keine Sprüche jetzt«, sagte er. »Ich brauche dringend folgende Nummern: Louis Graff von der Mülhauser Polizei. Das historische Museum in Mülhausen. Radio Dreiländereck.«

»Schreien Sie mich nicht an«, sagte sie seelenruhig. »Es gibt größere Vergnügen, als am Samstagabend hier zu sitzen.«

Er notierte, was sie durchgab, und stellte die Nummern

der Reihe nach ein. Zweimal hörte er den Beantworter, einmal das Besetztzeichen.

Er wählte die Nummer von Kollege Mauch. Der nahm ab.

»Wo bist du?«, fragte Hunkeler.

»Auf dem Benkerjoch oben. Herrlich, die Fernsicht heute. Das Wetter wird umschlagen.«

»Hast du vom Einbruch ins historische Museum Mülhausen gehört?«

»Ja, habe ich.«

»Und?«

»Es ist nichts zu machen. Die mauern, die verdammten Elsässer.«

»Hast du es versucht?«

»Was meinst du denn, was ich tue den ganzen Tag? Seit dieser Tscheche in der Gegend ist, interessiert mich alles, was Kunst anbelangt. Es scheinen drei kleine, wertvolle Formate zu sein, spätgotisch vermutlich. In pitoyablem Zustand, aber vom Gehalt her von hoher Qualität. Sie haben es schlau gemacht. Wenn der Direktor des Museums nicht nachschauen gegangen wäre, wäre der Verlust kaum aufgefallen.«

»Wie heißt der Direktor?«

»Luc Borer. Er ist neu dort. Er ist der Einzige, den ich ans Telefon bekommen habe. Er hat gesagt, er verreise gleich.«

Hunkeler ließ sich die Nummer geben.

»Den Reporter vom Dreiländereck habe ich nicht erwischt«, sagte Mauch. »Den haben sie wohl in den Urlaub geschickt.«

»Und der alte Herr, der den Raub beobachtet hat?«

»Der ist unauffindbar.«

»Das ist ein Skandal«, schrie Hunkeler.

Mauch grinste bitter.

»Ein Skandal wäre es, wenn die Geschichte an die große Glocke gehängt würde. Sonst noch was?«

»Ja«, sagte Hunkeler, und er überlegte, was er alles preisgeben sollte. Dann sagte er es doch. »Ich habe eine gute Informantin, Frau Bertha Kunz.«

»Was, die alte Hexe?«

»Sie hat ein Sperberauge.«

Pause, Mauch war verblüfft.

»Ich staune immer wieder«, sagte er dann, »wie du das schaffst. Mir hat sie nichts gesagt.«

»Das ist mein ländlicher Charme. Dem können alte Weiber nicht widerstehen. Sie hat von einem Bild geredet, wo der Stifter drauf sei.«

»Stimmt. Er heißt Johannes Lösel und ist im 15. Jahrhundert Komtur des Johanniterordens in Rheinfelden gewesen.«

Jetzt war es Hunkeler, der eine Pause machte.

»Wie geht es Rebsamen?«, fragte er endlich.

»Schlecht. Er hat einen Zusammenbruch gehabt, er isst noch immer nichts. Wir haben ihn ins Kantonsspital gebracht.«

Hunkeler legte sich aufs Bett und versuchte, ruhig zu atmen. Er verlegte sein Gewicht in den rechten Arm und fühlte ihn schwer werden. Er machte dasselbe mit dem linken Arm. Sein Kopf wurde schwer wie Stein, von der Schwerkraft in die Matratze gedrückt. Genauso sein Nacken, sein Rücken.

Kein Schmerz meldete sich mehr, nur wohlige Schwere. So wanderte er durch seinen Körper, über Lenden, Oberschenkel, Knie bis hinunter zu den Zehen. Er lag wie tot da, doch er spürte sein Herz klopfen. So blieb er liegen, eine halbe Stunde lang, halb schlafend, halb wachend, ganz seinem Leib hingegeben.

Dann hatte er sich entschlossen. Er erhob sich, packte seine Sachen zusammen und trug zwei Taschen hinunter zum Empfang. Als er sich ordnungsgemäß abmeldete, trat Dr. Neuenschwander auf ihn zu.

»Sie verlassen uns schon?«, fragte er besorgt.

»Ja«, sagte Hunkeler, »weil es mir wieder gutgeht.«

»Es scheint mir, dass ich da auch mitzureden habe. Ohne eine sorgfältige Untersuchung lasse ich Sie nur sehr ungern ziehen.«

»Was soll eine Untersuchung? Ich spüre selber am besten, wie es mir geht.«

»Sie werden einen Rückfall erleben«, drohte der Arzt.

»Kann sein. Dann komme ich wieder.«

»Wenn wir dann noch einen Platz haben für Sie.«

»Sie werden einen Platz haben«, sagte Hunkeler honigsüß. »Weil Sie Geld verdienen wollen an mir.«

Wieder lief eine Röte über Dr. Neuenschwanders Gesicht, zart wie das Morgenrot.

»Sie sind der widerlichste Patient«, sagte er, »der mir je unter die Augen gekommen ist. Trotzdem bin ich weiterhin bereit, Ihnen zu helfen. Nächstes Mal werde ich Sie in einer Zwangsjacke flach legen, damit Sie endlich mit Ihrem ekelhaften Herumschnüffeln aufhören.«

»Danke für die Gastfreundschaft«, entgegnete Hunkeler.

»Und sollten Sie Frau Hausova wieder einmal sehen, so lassen Sie sie herzlich grüßen von mir. Sie könne sich jederzeit an mich wenden, wenn sie belästigt werde.«

Er nahm seine beiden Taschen und ging hinaus.

Er fuhr nach hinten ins Tal hinein durch die eindunkelnden Weindörfer. Links an den Hügeln sah er die blauen Netze aufschimmern, die über die reifenden Trauben gespannt waren. In den Küchen brannten die Lichter. Suppe auf dem Tisch, Käse und Brot. Im Ofen ein paar Scheite. Wie früher zu Hause war das. Er fragte sich wieder einmal, warum er seinen Wohnsitz in der Stadt hatte.

In Buus gleich nach der Abzweigung sah er rechts zwei Lichter stehen. Blass, ruhig und scheu. Ein Nachttier, das ihn im Auge hatte. Es schien viel Zeit zu haben, es rührte sich nicht. Erst als er den Motor abstellte, erloschen die Lichter. Ein junger Fuchs überquerte die Fahrbahn, mit buschigem Schwanz. Er verschwand im Gestrüpp. Er hatte den Winterpelz getragen, bestens gerüstet gegen Eis und Schnee.

Hunkeler öffnete das Seitenfenster und lauschte dem Plätschern des Baches nebenan. Er roch die feuchte, erdige Luft, er spürte die Kühle der aufkommenden Nacht.

Er griff zum Handy. »Hör mal«, sprach er auf Hedwigs Beantworter. »Ich habe soeben einen jungen Fuchs gesehen. Er hat einen Winterpelz getragen. Also ist es Zeit, den Ofen einzuheizen. Das werde ich tun, heute Nacht noch. Kommst du auch?«

Er blieb ziemlich lange stehen an jenem Bach, ganz den aufkommenden Nachtgeräuschen hingegeben. Erst als sich von hinten im Tal ein Fahrzeug näherte, startete er den Motor. Es war ein Traktor, der eine Fuhre Holz heimbrachte.

Oben auf der Buuser Egg drehte er nach rechts Richtung Farnsburg. Er sah weit über die Hügel gegen Westen, wo dicht über dem Horizont ein violetter Streifen hing. Er parkte neben der Wunschlinde. Im Stall brannte Licht, die Melkmaschinen waren bereits abgestellt. Das schwere Husten eines Tieres war zu hören, das Rasseln einer Kette.

Er ging hinüber zur Wirtschaft und trat ein. Gleich neben der Theke stand ein runder Tisch. Daran saßen ein paar junge Leute beim Abendessen, unter ihnen Angela Bruggisser und die Stadtführerin Lisa Wullschleger, die ihre Tochter säugte. Sonst war die Wirtsstube leer.

»Entschuldigung«, sagte er, »ich will nicht stören. Gibt es vielleicht etwas zu essen?«

Er musste eine Weile warten, bis er Antwort erhielt. Endlich erhob sich Frau Bruggisser.

»Dort drüben am Fenster«, sagte sie. »Es gibt Bisonbraten mit Kartoffelstock.«

»Sehr gut. Und ein Glas Buuser bitte.«

Frau Bruggisser verschwand in der Küche. Niemand sagte ein Wort. Deutlich war das Ticken einer Wanduhr zu hören, die neben dem Eingang hing.

Hunkeler setzte sich auf den frei gewordenen Stuhl.

»Ich bitte um einen kurzen Augenblick«, sagte er, »damit ich mich erklären kann.«

Er fasste die Stadtführerin ins Auge, die steif dasaß, den Blick auf ihre trinkende Tochter gesenkt.

»Ich entschuldige mich für meine Aggressivität vor einigen Tagen«, sagte er. »Ich weiß nicht, was mit mir los war. Vielleicht war es der Mord im Marina, der mir zugesetzt hat. Die Leiche des alten Mannes, die im Wasser trieb. Aber ich will niemandem etwas Böses, jungen Aussteigern schon gar nicht.«

Er wartete, ob er Antwort erhielt. Er erhielt keine.

»Ich habe in der Wunschlinde die Buchstaben LR gesehen«, fuhr er weiter, »sie müssen frisch eingeritzt worden sein. Weiß jemand, von wem?«

Niemand wusste, von wem.

»Ludwig Reimann vielleicht«, sagte endlich ein Bursche mit hellem Krauskopf. »Der ist von Frick herübergekommen. Der war es vermutlich.«

Ein böser Blick der Stadtführerin, aber der Bursche ließ sich nicht einschüchtern.

»Doch«, sagte er. »Das darf man schon sagen. Der ist harmlos. Ein pensionierter Zeichenlehrer.«

»Was hat sich denn dieser Reimann gewünscht?«, fragte Hunkeler.

»Das weiß ich nicht. Vielleicht hat er sich einfach verewigen wollen. Er hat Hodenkrebs.«

Frau Wullschleger hob den Blick und fasste Hunkeler ins Auge, genau und scharf.

»Was suchen Sie hier? Was stören Sie unseren Frieden? Haben Sie eine Vollmacht, hier Fragen zu stellen? Wir sind hier im Baselbiet.«

»Es ist ein Mann ermordet worden«, sagte Hunkeler. »Wir wissen nicht, wer es war. Es wird ein junger Mann verdächtigt. Er ist in den Hungerstreik getreten. Ich vermute, dass er sich zu Tode hungern wird, wenn er nicht freikommt. Er kommt nur frei, wenn wir den wirklichen Täter finden. Zudem ist es möglich, dass die Täterschaft einen weiteren Mord begeht, solange sie frei ist.«

»Was hat das mit uns zu tun?«, fragte Frau Wullschleger.

»Genau das möchte ich herausfinden.«

Sie versuchte ein Lächeln. Ein bisschen gepresst zwar, aber doch von einiger Süße.

»Sie sind bei uns an der falschen Adresse.«

»Hören Sie«, sagte Hunkeler, und er gab sich Mühe, nicht zu schreien, »das ist nicht harmlos, was sich da abspielt. Sie täuschen sich, wenn Sie meinen, Sie könnten es mit diesen Verbrechern aufnehmen. Sie sollten sich sofort und vorbehaltlos unter den Schutz der Polizei stellen.«

Wieder das Lächeln, leicht schnippisch.

»Ich habe keine Ahnung, von was Sie reden.«

Frau Bruggisser kam aus der Küche, mit einem dampfenden Teller.

»Kommen Sie, ich decke für Sie auf.«

Er ging hinüber und setzte sich. Er aß vom Bisonbraten, der gut schmeckte. Aber sein Appetit war verflogen.

»Bleiben Sie einen Moment«, sagte er, als sie ihm ein Glas Wein hinstellte.

»Ja, bitte?«

»Was denken Sie über die Geschichte?«

»Was für eine Geschichte?«, fragte sie standhaft.

»Ich weiß«, sagte er, »dass das Amulett, das Sie um den Hals tragen, der Finger eines US-Soldaten ist, der auf Indianer geschossen hat.«

»Der Bedeutung nach stimmt das. Aber es ist ein Imitat.«

»Befürchten Sie, dass jemand auf Sie schießt?«

»Nicht auf mich«, flüsterte sie.

»Auf wen denn?«

»Das weiß ich nicht. Aber ich fürchte mich schon.«

Sie hob den Blick, bittend, fast flehend. Dann ging sie hinüber zum runden Tisch.

Die Wanduhr neben der Tür schlug langsam und schwer die Melodie des Big Ben in London. Es folgten neun tiefe, klangvolle Töne. Hunkeler schlürfte vom Buuser Wein. Er lud Kartoffelstock auf die Gabel und tunkte ihn in die Sauce. Das schmeckte so gut, dass er auch den Braten aufaß.

Um halb zehn verließ er die Wirtschaft, nicht ohne zum runden Tisch hinüberzunicken. Er erhielt keine Antwort.

Draußen beim Auto schaute er kurz in die Linde hinein. Er sah nichts als einen dunklen Hohlraum. Ludwig Reimann, dachte er, ein alter Zeichenlehrer mit Hodenkrebs. Was hatte er im Baum drin für einen Wunsch ausgesprochen?

Hunkeler fuhr durch die Nacht, langsam, behutsam. Erst über die Krete zur Buuser Egg, dann links ins Tal hinab. Er hörte es bimmeln durchs offene Fenster, er sah drei Kühe am Wegrand stehen, die ihm nachglotzten. Beim Hof mit dem Nussbaum, wo vor einigen Tagen zwei Mädchen mit ihren Puppen gespielt hatten, sah er zwei Fenster aufleuchten.

Er rollte langsam durch die Dörfer. Es gefiel ihm, dieses Tuckern im Sog der Scheinwerfer. Er fühlte sich eingepackt, heimisch in seinen Gedanken.

Die Stadtführerin Wullschleger wusste etwas, was sie nicht preisgab. Das war klar. Sie fühlte sich stark, keiner Hilfe bedürftig. Eine gescheite, entschlossene Person, die wohl schon einiges hinter sich hatte. Vermutlich war Wilhelm Reichlin ihr Liebhaber, vielleicht sogar der Vater von Sonja Emanuela

Lakota. Aber wer konnte das schon sagen bei der heutigen Jugend?

Er grinste bitter. Er war jetzt so alt, dass er bereits von der heutigen Jugend redete. Dabei war seine eigene Jugend noch immer zum Greifen nah, jedenfalls in der Erinnerung.

Er dachte an seine Tochter Isabelle, von der er seit Jahren nichts mehr gehört hatte. Eines Tages würde sie wieder auftauchen, da war er sich sicher. Mit einem Kind vielleicht? Er wünschte sich das, schon seit langem. Obschon er nie darüber redete, auch mit Hedwig nicht. Aber sein Haus im Elsass schien ihm zunehmend leerer zu werden. Ein bisschen Kinderlachen oder Kindergeschrei hätten die Stimmung durchaus belebt.

Es fiel ihm auf, dass er an den Tod dachte. Ans spurlose Verschwinden, wenn man keine Nachkommen hatte. Wer sollte das Haus einmal erben? Den Ofen einfeuern, die Katzen hereinlassen, die Nüsse einsammeln? Hedwig vielleicht? Die hatte auch keine Kinder.

Vielleicht hatte Dr. Neuenschwander doch ein bisschen recht mit seiner biologischen Reproduktionstheorie. Es gab nur einen Weg, weiterzuleben auf dieser Erde. Das war das Weiterleben in Kindern und Kindeskindern.

Er erreichte die Autobahn und schaltete in den fünften Gang hoch. Der Urlaubsverkehr hatte nachgelassen, er kam gut voran. Er fuhr durch die Tunnel, die Kleinbasel durchschnitten. Nichts war zu sehen von Münster und Rheinpromenaden, nur ausgeleuchtete Röhren. Der deutsche Zöllner winkte ihn durch. Nach wenigen hundert Metern bog er nach links ab über die Rheinbrücke nach Frankreich.

Hier war plötzlich alles anders. Eine Veränderung, die ihm immer wieder auffiel, obschon er sie kaum hätte benennen können. Es schienen hier andere Bäume zu wachsen als drüben, obschon es dieselben Bäume waren. Das Unkraut wucherte wilder, der Himmel war tiefer und weiter. Kein Zweifel, Hunkeler war frankophil. Und dies, seit ihm seine Mutter von ihrer Zeit als Kindermädchen in Paris erzählt hatte.

Er wählte die Schnellstraße quer durch die Rheinebene nach Hésingue, an Maisfeldern und Kohlköpfen vorbei. Ein riesiger Parkplatz samt Einkaufscenter. Dann die ersten Backsteinhäuschen der Grenzgänger.

Nach Hésingue stieg die Straße an, und wiederum veränderte sich die Landschaft schlagartig. Eine Menschenleere tat sich auf, als wäre die Gegend unbesiedelt gewesen. Wiesen und Mais, ein paar verkrüppelte Obstbäume, ein Waldstück ab und zu. In Ranspach hatten sie Verkehrsschikanen in die Straße gebaut, um die morgendliche Raserei der zur Arbeit Fahrenden zu stoppen. Wie Hunkeler aus Erfahrung wusste, wurden diese Hemmnisse als Herausforderung der eigenen Rennfahrerkunst verstanden.

Oben auf der Hochebene bei Trois Maisons schaute er zum großen Riegelhaus hinüber, ob dort ein Licht brannte. Es brannte wie immer keines. Ein verwunschenes Haus, das der Sage nach von einem Bauern erbaut worden war, der in Kalifornien Gold gefunden hatte.

Ein paar hundert Meter weiter vorn bog Hunkeler zum Dorf ab, in dem sein Haus stand. Er rollte im zweiten Gang, obschon weit und breit kein anderes Auto unterwegs war. Er genoss den gewundenen Weg, am Kreuz des St. Imber, am mächtigen Nussbaum vorbei. Dann der erste Hof rechts, der

Geruch nach Silofutter durchs offene Fenster. Er parkte vor seinem Haus.

Schon als er ausstieg, standen die beiden Katzen da, schnurrend, mit erhobenen Schwänzen. Sie kannten das Geräusch seines Autos, sie liebten Büchsenfleisch über alles. Er ging mit ihnen in die Küche und löffelte ihren Napf voll. Er machte Feuer im Herd und anschließend im Stubenofen. Helles, harziges Tannenholz, darüber gelegt Buchenscheite. Ein Flackern, ein Knistern, bald darauf die erste Wärme. Er öffnete eine Flasche Rotwein, setzte sich an den Küchentisch und hörte den Katzen zu, wie sie schnurrten.

Mitten in der Nacht erwachte er, weil draußen Regen rauschte. Es war ein Regen, wie er nur hier in diesem Haus zu hören war. Das feine, flächendeckende Fallen der Tropfen auf Blätter und Gras, das Gurgeln in der Traufe, das Plätschern von den vorstehenden Dachsparren, wo ein paar Ziegel fehlten. Ein Landregen, der einige Tage anhalten würde, er hörte es an der Eintönigkeit des Geräuschs. Er spürte die warmen Leiber der Katzen an seinen Kniekehlen und schlief beruhigt weiter.

Um neun stand er auf, legte Holz nach und ging hinaus zum alten Schweinestall, wo die Hühner untergebracht waren. Er ließ sie hinaus und nahm zwei frisch gelegte Eier mit. Er schaute sich um, ob alles in Ordnung war. Birnbaum, Apfelbaum, Zwetschgenbaum, Weide, Kastanie und Eiche. Der Kirschbaum trug bereits ein paar rote Blätter. Das Gras war gewachsen, er würde es mähen müssen. Alles bestens also, und er ging wieder in die Küche, um zu frühstücken.

Eine halbe Stunde später machte er sich auf den Weg, in Stiefeln und Regenjacke, die Kapuze über den Kopf gezogen. Er ging zum Bach hinunter und folgte ihm das Tal hinab. Ein paar Rinder standen im Regen, reglos, sie mochten die Nässe nicht. Er kam am Karpfenteich vorbei mit dem Schilfgürtel. Links stand die Hütte, in der die Zigeuner wohnten. Sie hatten geheizt, eine schmale Rauchfahne stand über dem Dach.

Er liebte das Gehen durch den Regen, die verhangene Sicht über das Tal, die kühle, weiche Luft. Er hatte den Eindruck, als würden seine Gedanken gewaschen.

In Jettingen ging er durchs Dorf zur Wirtschaft, wo er einzukehren gedachte. Einige wenige Autos fuhren vorbei, mit drehenden Scheibenwischern, die Lichter eingeschaltet. Er war der einzige Fußgänger, es war zu nass.

Kurz vor der Wirtschaft sah er einen roten Kastenwagen heranfahren, mit Dachgestell und Lörracher Nummernschild. Er wandte sich ab und zog instinktiv die Kapuze in die Stirn, aber er schaute genau hin. Am Steuer saß Wilhelm Reichlin, daneben waren Frau Hausova und Big foot. Der Wagen rauschte ohne zu bremsen vorbei Richtung Franken.

Er blieb einen Moment stehen und überlegte. Ob sie ihn erkannt hatten? Wohl eher nicht in seiner Regenvermummung. Aber was suchten sie hier in Jettingen? Warum fuhren sie auf der alten Straße im Talgrund und nicht oben auf der Hohen Straße, wo keine Dörfer waren? Vielleicht deshalb, weil sie in einem der Dörfer etwas zu tun hatten. Aber in welchem? Jettingen, Franken, Hundsbach, Hausgauen,

Schwoben? Hatten sie Bekannte hier, Freunde, indianische Bundesgenossen? Er würde sich erkundigen bei seiner Nachbarin, die kannte alle im Hundsbachtal.

Ein bisschen grinsen musste er schon. Diese Frau Hausova, die hatte es tatsächlich faustdick hinter den Ohren. Sie war gerade noch rechtzeitig abgehauen, bevor die Fremdenpolizei eingetroffen war. Als Slowakin hatte sie wohl einen Pass, mit dem sie sich in Deutschland und Frankreich frei bewegen konnte.

Er betrat die Wirtschaft, bestellte einen Milchkaffee und ein Stück Brot und las die deutsche Ausgabe der *Alsace*, die Lokalseiten. Er hörte es knistern im Kamin, schaute zu den Männern an der Bar hinüber, die vor einem Glas Rotwein standen. Sie redeten wenig, sie waren wohl noch gar nicht richtig erwacht.

Nach Mittag machte er sich auf den Weg nach Mulhouse. Er fuhr nicht in die Rheinebene hinunter auf die Autobahn, obschon er so schneller vorangekommen wäre. Er rollte durch die Hügellandschaft des Sundgaus. Er wollte nicht schnell sein, sondern langsam. Er wusste, dass er Geduld haben und warten musste auf das, was geschah. Er konnte das, was geschehen würde, nicht beeinflussen. Dazu wusste er zu wenig. Was geschehen würde, würde sich im Dunkeln abspielen, das sein Blick nicht durchdrang. Der Tscheche war zu klug, um sich zu verraten. Auch die anderen Mitspieler waren zu schlau. Erst wenn sich der Kampf zuspitzen würde, würden sie sich zeigen. Dann aber musste er bereit sein zum sofortigen Eingreifen. Er war sich nicht sicher, ob es ihm gelingen würde. Aber er lag auf der Lauer, unauffällig, behutsam und zäh.

Er fuhr über Helfrantzkirch, Magstatt, Koetzingue, Steinbrunn-le-Bas. Es regnete unentwegt. Es tropfte von den Maisstauden, von den Riegelhäusern in den Dörfern. Kein Mensch war zu sehen, sie saßen alle beim Sonntagsbraten in der Stube, Großmutter, Onkel, Mutter und Enkel.

Dann die Ebene von Mulhouse. Scheunen und Schuppen, zu Lagerräumen umfunktioniert. Eine brandneue Zapfstelle, ein Mammut-Einkaufscenter. Ein Fußballplatz, ein Schulhaus, eine Moschee. Er rollte über eine gepflasterte Vorortstraße mit zweistöckigen, halbverfallenen Wohnhäusern. Eine Gegend, die sich enorm schnell veränderte, Mulhouse war im wirtschaftlichen Aufwind.

Das Musée historique war im alten Rathaus untergebracht. Hunkeler fand es auf Anhieb, der Weg war ausgeschildert. Er parkte in einer Tiefgarage und ging die paar Schritte zur Place de la Réunion. Eine neugotische Kathedrale. Ein Karussell, das nicht in Betrieb war. Mehrere Straßencafés, der Regen tropfte von den Tischchen. Das alte Rathaus aus dem 16. Jahrhundert begrenzte den Platz gegen Osten.

Der Eintritt war gratis. Hunkeler ging hinein und schaute sich um. Alte Scherben, Knochenfunde aus der Jungsteinzeit, eine gallorömische bronzene Hand. Alte Waffen, alte Möbel, alte Kleider. Das Ganze eingerichtet für Schulklassen, um bei den Kindern die Neugier auf vergangene Jahrhunderte zu wecken.

Er ging zurück zum Eingang, wo hinter einem Tisch eine junge Frau ein Buch las.

»Pardon«, sagte er, »ist Monsieur Luc Borer da?«

Sie blickte kurz auf.

»Non«, sagte sie und las weiter.

»Kann ich ihn vielleicht anrufen? Oder wissen Sie etwas von den drei Bildern, die gestohlen worden sind?«

Sie schaute ihn verächtlich an, als hätte er ihr einen unsittlichen Antrag gemacht.

»Von was für Bildern reden Sie, Monsieur?«

»Lesen Sie keine Zeitungen?«

»Was für Zeitungen?«

»Hier sind vor einigen Tagen drei mittelalterliche Bilder gestohlen worden«, sagte Hunkeler, »vom Lösel-Altar. Wissen Sie nichts davon?«

»Wie heißt der Altar?«

»Wollen Sie, dass ich mich über Sie beschwere?«

Sie schaute ihn an, sehr erstaunt.

»Bei wem, sagten Sie, wollen Sie sich beschweren?«

»Bei Monsieur Luc Borer«, schrie er.

»Werden Sie bitte nicht unfreundlich, Monsieur. Monsieur Borer ist leider nicht da.«

Sie senkte den Blick wieder und las weiter.

Er ging hinaus. Er hätte am liebsten ein paar Tischchen umgetreten vor Wut. So waren diese verdammten Waggisse, dachte er. Da gab man sich Mühe, Hochdeutsch zu reden oder sogar Französisch, obschon sie ohne weiteres auch Schweizerdeutsch verstanden hätten. Und zum Dank bekam man ein hochnäsiges »Non« zu hören.

Er betrat das Café Guillaume Tell an der Ecke und bestellte einen Espresso. Er nahm sein Handy hervor und wählte Luc Borers Nummer. Er hörte eine Frauenstimme, die in sehr schnellem Französisch sagte, der Inhaber der gewählten Nummer wolle nicht gestört werden.

Hunkeler trank den Espresso, bezahlte und ging hinaus. Diesmal nahm er den Weg über die Autobahn. Er fuhr so schnell, wie es sein Kleinwagen erlaubte.

Um fünf setzte er ein Rindsgulasch auf. Er schälte drei große Zwiebeln, zerschnitt sie und tat sie dazu. Er öffnete eine Flasche Beaujolais und löschte mit einem gehörigen Guttsch ab. Dann stellte er den Gasbrenner auf klein und ging über die Straße in den Stall des Nachbarn.

Es standen drei Milchkühe da, zwei Rinder und mehrere Kälber. Hinten in einem Nebenraum waren drei Schweine. Seit die Milchsammelstelle im Dorf aufgehoben worden war, wurde die Milch verfüttert.

Die Bäuerin war am Melken. Der kleine Hund wartete in der Tür zum Wohntrakt, er mochte den Stallgeruch nicht. Der Bauer war nicht da, er spielte wohl Skat in der Wirtschaft in Jettingen.

»Danke, dass Sie zu den Hühnern geschaut haben«, sagte Hunkeler.

»Pas de quoi«, sagte sie, »das ist selbstverständlich. Ich danke für die Eier.«

Er schaute zu, wie sie die Melkstutzen von einer Kuh wegnahm und an das Euter nebenan setzte. Er hörte, wie die Maschine wieder zu saugen begann.

»Wie geht's?«, fragte sie. »Wie läbt mir?«

»Danke, gut. Hedwig kommt zum Abendessen.«

Sie nickte, sie mochte Hedwig. Sie leerte die Milch in den Kessel für die Kälber und trug ihn nach hinten.

»Bei diesem Sauwetter bleibt man gerne zu Hause, n'est-ce pas?«

Er liebte die Abendstimmung im Stall über alles. Das Saugen der Melkmaschine, das schwere Schnaufen der Kühe. Die wohlige Wärme, die behutsamen Gespräche.

»Fressen Schweine auch Rosskastanien?«, fragte er.

»Pourqoi? Wollen Sie Schweine halten?«

»Vielleicht.«

»Die fressen alles.«

Sie nahm den Kessel vom Kalb weg und schob ihn zum nächsten.

»Einen Stall haben Sie ja. Sie fressen auch Eicheln und Äpfel und Birnen. Ein bisschen Kartoffeln müssen Sie ihnen aber schon geben. Damit sie zunehmen und fett werden. Wie viele wollen Sie haben?«

»Drei.«

Sie überlegte, dann lachte sie.

»Wollen Sie Bauer werden?«

»Nein. Aber Schinken und Speck im eigenen Kamin wären nicht schlecht. Sie müssten mir helfen dabei, ich würde Sie bezahlen.«

»Pas de quoi, nid de Red wärt. Es rentiert nicht. Aber schön ist es schon.«

»Ich habe gedacht, ich frage den Metzger in Jettingen. Ich liefere ihm die Schweine, er gibt mir die Schinken und die Speckseiten. Den Rest kann er behalten.«

Sie lachte ihn an, sie war mit ihren sechzig Jahren noch immer eine schöne Frau.

»Bezahlen müssen Sie ihm nichts, der macht es auch so. Aber wenn der Schinken im Kamin hängt, darf das Feuer im Ofen nie ganz ausgehen. Sonst sind die Fliegen sofort da. Sie müssen hier sein, am Morgen und am Abend.«

»Das ist das, was ich will«, sagte er.

»Gut. Wenn Ihr Auto nicht dasteht, weiß ich, dass Sie nicht hier sind. Dann schaue ich zum Feuer, d'accord?«

Sie griff ans Euter der Kuh, die gemolken wurde. Es war noch nicht ganz leer.

»Der Jeannot bei der Kirche hat den Stall voll Ferkel. Üblicherweise bringt er sie auf den Markt in Altkirch. Ich sage ihm, er solle drei behalten, wenn's recht ist.«

»Das wäre sehr recht.«

Sie setzte die Saugstutzen ans Euter der dritten Kuh.

»Es ist schon merkwürdig«, sagte sie. »Wir alteingesessenen Bauern werden gezwungen, mit dem Bauern aufzuhören. Weil es nicht mehr rentiert. Nur noch Mais, das ganze Tal hinunter. Das ist kein Bauern mehr, das ist eine Industrie. Wir machen damit unsere Äcker kaputt. Mais qu'est-ce qu'on veut, Monsieur? S'goht nömm andersch. Und dann kommen junge Leute aus der Stadt und kaufen die leeren Höfe auf. Und wissen Sie was? Die fangen wieder an mit Hühnern und Schweinen. Und wir können ihnen helfen dabei. Ce n'est pas juste.«

Sie schüttelte den Kopf, sie verstand die Welt nicht mehr.

»Jung bin ich eigentlich nicht mehr«, sagte Hunkeler.

Sie stutzte, dann musste sie wieder lachen.

»Non, Monsieur, ich habe nicht Sie gemeint. Sie sind uns schon recht. Aber in Franken und Hundsbach sind vor einem halben Jahr wieder zwei schöne Höfe an Schweizer verkauft worden. Die haben einfach mehr Geld. Es sind junge Leute, eine Art Kommune. Sie halten Ziegen, sie wollen Ziegenkäse machen. Obschon sie keine Ahnung haben, wie man so etwas macht.«

»Kennen Sie diese Leute?«

»Non, nicht persönlich. Es sollen nette Leute sein, sie haben kleine Kinder. Aber ob das gutgeht? Man muss den Käse auch verkaufen können. Das ist nicht einfach.«

»Üblicherweise werden solche Höfe von alten, reichen Baslern gekauft«, sagte Hunkeler.

»Ludwig Reimann aus Franken hat ihnen geholfen. Ein alter Lehrer aus der Schweiz. Er hat schon seit über zwanzig Jahren einen Hof, gleich am Bach. Er ist früher bei den Indianern gewesen, er hat ein Zelt aufgestellt. Er ist schon recht. Aber uns muss man auch leben lassen, n'est-ce pas?«

Um halb sieben fuhr Hedwigs Auto auf den Vorplatz. Sie stieg aus, frisch und froh. Er umarmte sie, sie duftete wunderbar.

Sie aßen zusammen Gulasch und tranken den Beaujolais dazu. Er merkte wieder einmal, wie gut sie sich mochten, wenn sie es schön hatten zusammen.

»Eigentlich hätte ich hier bleiben können«, sagte sie. »Ich könnte auch hier fasten.«

»Nicht mit mir«, sagte er.

Sie lachte ihn an.

»Dann eben nicht. Aber mit den Stöcken herumlaufen könnte ich hier ebenso gut. Und Heublumen gibt es bestimmt genug auf den alten Heubühnen. Was machen die Bauern eigentlich damit, wenn sie keine Kühe mehr haben?«

»Sie lassen es verrotten.«

»Schade. Könnte man es nicht noch gebrauchen?«

»Doch. Es gibt junge Leute, die verfüttern es den Ziegen.«

»Wie schön. Wollen wir nicht ein paar Ziegen halten?«

»Nein. Ich fange an mit drei Schweinen.«

Sie hörte auf zu kauen, sie musterte ihn misstrauisch.

»Wo sollen die sein? Die stinken doch.«

»Im Schweinestall. Und in der Wiese. Die fressen alles, was von den Bäumen fällt.«

»Und wer schaut zu ihnen, wenn du nicht da bist?«

»Die Nachbarin. Oder du.«

»Wie bitte? Du willst mich zur Schweinemagd machen?«

Sie hatte gemerkt, dass es ihm ernst war. Sie legte die Gabel weg.

»Es gibt viele Vorurteile gegen Schweine«, erklärte er. »Wegen der Massenhaltung. Dann stinken sie, das stimmt. Wenn aber hier drei Säulein herumlaufen, dann stinken sie nicht. Es sind lustige Tiere, sie haben Humor. Sie können es gut mit den Menschen.«

»Nicht mit mir«, sagte sie entschieden. »Ich kann es nicht gut mit Schweinen.«

»Wenn sie in der Rauchkammer hängen, stören sie niemanden mehr. Wir werden den besten Schinken und Speck der Gegend haben.«

»Wer soll für den Rauch sorgen?«

»Ich.«

»Und wenn du nicht da bist?«

»Du musst nur ein paar Scheite in den Ofen schieben.«

»Was? Ich soll auch noch deine Räuchermagd spielen? Spinnst du eigentlich?«

»Vielleicht«, sagte er. »Aber von nichts kommt nichts. Mit den Hühnern kann man nicht gut reden. Mit den Schweinen schon. Sie werden mich zwingen, hier zu sein und zu ihnen zu schauen. Das ist das, was ich will.«

Sie überlegte, dann schüttelte sie den Kopf.

»Wie Hunkeler Bauer wurde«, sagte sie. »So heißt doch ein altes Kinderbuch, oder nicht?«

»Stimmt.«

»Gut, ich mache mit.«

Sie hoben die Gläser und prosteten sich zu.

»Es ist auch endlich Zeit«, sagte sie.

»Für was?«

»Dass du vernünftig wirst und nicht mehr dauernd herumrennst.«

»Wie bitte? Wer hat das behauptet?«

»Du. Du hast soeben gesagt, du willst hierbleiben und zu deinen Säulein schauen.«

»Aber nicht nur. Ich muss auch meine Arbeit machen. Es treibt sich jemand in der Gegend herum, ein Verbrecher.«

Sie hörte auf zu essen, sie war enttäuscht.

»Hat es mit dem jungen Schwulen zu tun, der verhaftet wurde?«

»Er war es nicht. Sie meinen es zwar, aber es ist falsch. Die wirklichen Täter sind immer noch auf freiem Fuß. Sie kämpfen um etwas, was ich nicht kenne. Das macht mich halb wahnsinnig. Ich kann nichts tun als warten.«

»Du bist der unmöglichste Mensch, den ich kenne. Erst

ziehst du einem den Speck durchs Maul. Und am Schluss bekommt man gar nichts.«

»Doch, diese Nacht haben wir. Und die nächsten Nächte haben wir auch. Ich bleibe hier, ich schlafe hier. Und wenn du auch da bist, ist es schöner.«

»Du bist ein hinterhältiger Verführer«, schimpfte sie. »Gut, dass wir Schweine bekommen. Bei denen wird dir dein verrotteter Alterscharme nichts mehr nützen.«

Am nächsten Morgen, es war Montag, der 20. August, rief Lüdi an. Hunkeler stand am Festnetzapparat im Gang draußen.

»Schönes Weekend gehabt«, fragte er, »mit deinem Joujou?«

Kein Kichern, nichts. Lüdi mochte es nicht, wenn man ihn auf seinen Geliebten ansprach.

»Entschuldigung«, sagte Hunkeler, »es war nichts als freundliche Anteilnahme.«

»Gut, meinetwegen. Was ich dir sagen wollte, ist Folgendes: Gestern, Sonntagmorgen, kurz nach zehn, hat ein junger Kerl versucht, ein Bild aus dem Kunstmuseum zu stehlen.«

»Wie das? Das geht doch gar nicht.«

»Doch, beinahe hätte er es geschafft. Am Sonntagmorgen scheinen dort alle zu schlafen.«

Ein kurzes Kichern, er war wieder bei der Sache.

»Es war in einem Nebensaal der Alten Meister. Ein Gemälde von Holbein dem Älteren hängt auch dort. Aber das wollte er nicht haben. Er wollte ›Die Geburt des Johannes des Täufers‹ von einem Rheinfelder Meister haben, offenbar ein Bestandteil eines spätgotischen Altars, den man Lösel-Altar nennt. Erstaunlich, nicht? Wenn man schon ein Bild klaut, dann klaut man doch eines von Holbein dem Älteren.«

Hunkeler schwieg. Er wusste, dass es nichts nützte, Lüdi zur Eile zu drängen. Der brauchte für alles seine Zeit.

»Die Aufsicht war offenbar gerade in einem anderen Raum. Oder sie war kurz auf der Toilette. Sie bestreitet das vehement. Aber Tatsache ist, dass sie nichts mitbekommen hat.«

Wieder ein Kichern, fast gemütlich diesmal.

»Und dann?«, fragte Hunkeler höflich.

»Dann ist der junge Kerl hereingekommen und hat das Bild mit einem Stemmeisen von der Wand gerissen. Es ist auf Holz gemalt, ein Teil ist weggesplittert. Das ging ganz schnell. Er hat das Bild in einen Regenmantel gewickelt und ist mit dem Lift nach unten gefahren. Er war schon in der Drehtür zum Hof, als zufälligerweise Dr. Gebhardt aufgetaucht ist. Ein junger, deutscher Kunstwissenschaftler, ziemlich hell auf der Platte. Der wollte in seinem Bureau etwas holen. Der hat es gemerkt. Er hat ihn gepackt und umgestoßen. Aber da Dr. Gebhardt vor allem das Bild haben wollte, hat er den jungen Kerl laufenlassen. Der hat sich auf ein Fahrrad geschwungen, das er neben dem Ausgang hingestellt hatte, und ist weggespurtet. Das ist doch ein Witz, findest du nicht?«

Doch, Hunkeler fand das auch. Aber er schwieg.

»Ich meine«, sagte Lüdi, »jetzt hat man vor einigen Jahren ein millionenschweres Sicherheitssystem eingebaut. Und dann spaziert einer fröhlich mit einem Bild unter dem Arm hinaus.«

»Warum erfahre ich das erst jetzt?«

»Warum wohl. Weil am Sonntag nichts läuft. Und weil Madörin den Fall bearbeitet.«

»Ich trete ihn in den Arsch«, schrie Hunkeler.

Dann fasste er sich wieder.

»Wie sah der junge Mann aus?«

»Hoch aufgeschossen, schulterlanges Haar, eine kleine Hasenscharte auf der Oberlippe.«

»Und ein rotes Bike.«

»Woher weißt du das?«, fragte Lüdi.

Um zehn Uhr machte er sich auf den Weg nach Franken. Er ging zu Fuß, er wollte nicht auffallen mit Schweizer Nummernschildern. Das Tal war in leichten Nebel gehüllt, aus dem es unentwegt regnete. Wie im November, nur hingen die Blätter noch an den Bäumen.

Er folgte dem Bach, stapfte über eine aufgeweichte Wiese, kam an den Rindern vorbei, die sich noch nicht von der Stelle bewegt zu haben schienen. Er umging Jettingen und kam nach Franken. Das Dorf schien ausgestorben zu sein. Ein paar Kälber standen herum, im Baumgarten eines alten Riegelbaus zwei Dutzend Ziegen. Er ging vorsichtig darauf zu, die Kapuze tief in die Stirn gezogen. Er sah in der Einfahrt zur Scheune einen roten Kastenwagen mit Dachgestell, das hintere Nummernschild war verdeckt.

Er zog sich unter die Erlen am Bachlauf zurück und überlegte, was er tun sollte. Der Bach war angeschwollen und hatte ein Stück der Wiese überschwemmt. Weiter unten sah er einen Holzsteg, der zu einem halbverfallenen Bauernhaus hinüberführte, in dessen Hof ein Tipi stand.

Er watete über die Wiese, überquerte den Steg und kam zum Zelt, das gleich gebaut war wie dasjenige in Dossenbach. Er blickte sich um, ob sich etwas bewegte. Er sah nichts Lebendiges außer einer getigerten Katze, die auf einem Sims des Wohnhauses lag und reglos herüberschaute. Seine Augen suchten weiter, nach einem Hund, einem Schwein, einem Huhn. Nichts rührte sich.

Dann sah er sie doch. Zwei Rinder mit hohen, wolligen Risten, die Köpfe gesenkt, die Blicke auf ihn gerichtet. Es waren zwei Bisons, die aus der offenen Stalltür schauten.

Er wartete lange, reglos, ein Späher vor einem unbekannten Wigwam. Er hob die Blache an, die den Eingang zum Tipi bedeckte. Auf dem Boden war eine große, bunte Decke ausgebreitet, mit Dreiecken und Rhomben drauf, in einer fremdartigen Geometrie angeordnet. Darauf lagen zwei mit Glasperlen bestickte Rasseln, eine Tabakpfeife und eine Bambusflöte. Die Innenwände waren ausgelegt mit weiteren Decken, die ähnliche Muster wie die am Boden liegende zeigten. An einer Schnur hing ein nackter Tierschädel, wohl das Haupt eines Bisons. Ein Dämmerlicht war im hohen, steilen Raum. Nur von oben, wo sich die tragenden Stangen kreuzten, fiel schwaches Licht ein.

Da war es Hunkeler, als hätte er ein Geräusch gehört, das nicht zum feierlichen Raum passte. Ein Knarren, ein Ächzen, vielleicht ging eine Tür. Er blieb reglos, vertraute auf den

Nebel, auf seine Unsichtbarkeit, obschon dies lächerlich war. Er wartete auf Folgegeräusche, die ihm ihren Ursprung verrieten. Als nichts zu hören war, drehte er sich um. Nichts hatte sich verändert. Die Katze lag noch immer auf dem Sims, die beiden Bisons schauten aus der Stalltür. Aus den zwei Fenstern neben der Haustür schien Licht. Ein feiner Rauch stieg aus dem Kamin auf dem Dach, den hatte er vorher nicht bemerkt.

Er ging hinten ums Tipi herum, machte einen Bogen unter den Apfelbäumen hindurch. Er erkannte Gravensteiner, die bereits gelbe Streifen trugen, Boskoop, Glocken- und Bohnäpfel. Er kam zur Scheune, die offenstand, die beiden Türflügel hingen schräg in den Angeln. Er ging hinein. An der Mauer gegen den Stall stand eine große Scheiterbeige, kunstvoll aufgebaut. Links das Tannenholz, rechts die dickeren Buchen- und Eichenscheite. Davor auf einem Haufen das Kleingehackte zum Anfeuern. Rechts an der Außenwand waren drei Ölfässer, daneben zwei Ölkannen mit Einfüllstutzen. Eine Häckselmaschine, eine Vorrichtung zum Brechen von Flachs. Sogar ein altes Weinfass auf einem Holzgestell, die Leute hatten früher wohl Wein angebaut.

Hinten neben der Scheiterbeige sah er eine alte, braune Wolldecke, die etwas verbarg. Darauf lag eine schwarze Perücke. Er ging hin und nahm die Decke weg. Es kamen drei Bilder zum Vorschein, Formate von nicht einem Meter im Quadrat. Er hob sie auf und schaute sie an, eines nach dem andern. Auf einem kniete ein Mann, die Hände gefaltet, die Muttergottes anbetend. Auf dem zweiten war Christus zu sehen, der aus dem Grab auferstand. Auf dem dritten lag eine Frau mit Heiligenschein auf einem Bett, umgeben von betenden Männern. Er schaute genau hin, er erkannte auf allen dreien die goldene Nelke.

Er wollte sich umdrehen nach links, denn es war ihm, als ob er etwas gehört hätte. Er hatte es zu spät gehört. Er nahm kurz eine Gestalt wahr, riesengroß, wie ihm schien. Dann traf ihn ein Hieb auf die linke Schulter, so dass er zu Boden ging und für einen Augenblick das Bewusstsein verlor.

Als er wieder zu sich kam, hörte er nichts außer dem Rauschen des Regens, der auf das Dach fiel. Ein kalter Luftzug war da, der ihn frösteln ließ. Ein Schmerz in der linken Schulter, der ihn stöhnen ließ. Er griff hin.

»Aua!«, schrie er. »Seid ihr wahnsinnig geworden, ihr verdammten Arschlöcher?«

Er hörte, wie ein Motor gestartet wurde, das Geräusch schien von jenseits des Baches zu kommen. Dann war zu vernehmen, wie ein Auto wegfuhr.

»Ist niemand da?«, schrie er. »Was soll der Blödsinn?«

Er wollte sich erheben, versuchte mit der linken Hand, sich hochzuziehen. Das ging nicht, das brannte wie Feuer. Die linke Schulter war kaputt, samt dem linken Arm. Er stützte sich rechts auf, kam auf die Knie und stemmte sich hoch. Er schaute nach, wo die drei Bilder waren. Sie waren weg, nur Decke und Perücke lagen da.

Er schüttelte den Kopf. Er kam sich vor wie der letzte Idiot. Fast hätte er gegrinst, aber auch das ging nicht. Der Schmerz zog sich bis zu den linken Rippen hinunter.

Im Eingang erschien ein Mann. Er war alt, er hatte langes, weißes Haar. Er war gekleidet in eine Art Poncho, der ihm bis über die Hüften hing. Eine bunte Decke, in die Dreiecke und Rhomben gewoben waren.

»Was tun denn Sie hier?«, fragte er.

»Ihr spinnt wohl alle«, schimpfte Hunkeler. »Indianer spielen den ganzen Tag und herumrasseln und tanzen und ab und zu einem alten Mann die Schulter zertrümmern, das könnt ihr. Aber sonst könnt ihr nichts.«

»Von was reden Sie? Wie kommen Sie hierher?«

»Das frage ich mich auch. Immer den Kopf hinhalten und nichts als Schläge. Ehrlich, das stinkt mir. Was tragen Sie für einen merkwürdigen Mantel? Weben Sie selber?«

»Ja. Ich bin Reimann Ludwig. Dieser Hof gehört mir.«

»Es waren drei Bilder hier«, sagte Hunkeler. »Sie waren gegen die Wand gestellt, bedeckt von dieser Decke. Jetzt sind sie verschwunden. Sie sind vor einigen Tagen aus dem Lagerraum des historischen Museums in Mulhouse gestohlen worden. Sie gehören alle drei zum Rheinfelder Lösel-Altar, den ein paar abgerissene Stinkfußindianer wieder zusammenfügen wollen. Einer von ihnen heißt Big foot und ist der durchgedrehteste Affe, der mir je vorgekommen ist. Richten Sie ihm einen schönen Gruß aus, wenn Sie ihn sehen. Und sagen Sie ihm, dass ich ihm seinen Schädel abreißen und in seinem beschissenen Indianerzelt aufhängen werde.«

Der Mann hatte ihm interessiert zugehört. Er hatte sehr ruhige Augen.

»Warum haben Sie denn so geschrien?«, fragte er.

»Weil mir dieser Kerl die linke Schulter zertrümmert hat.«

»Ich weiß noch immer nicht, wer Sie sind«, sagte der Mann.

»Hunkeler Peter, Alt-Kommissär. Eigentlich bin ich Ihr Nachbar. Ich wohne zwei Dörfer talaufwärts.«

»Ach so, Sie sind der. Kommen Sie herein, dann schauen wir Ihre Schulter an.«

Er ging voraus. Sie kamen in einen Gang, dessen Wände mit handgewobenen Bildern bedeckt waren. Die Stubentür war offen, ein hölzerner Webstuhl stand drin, daneben eine riesige Trommel. Die Küche war ähnlich wie diejenige Hunkelers. Ein Holzherd mit Wasserschiff, in der Feuerkammer glühte ein Scheit. Ein Boiler an der Wand, darunter ein steinerner Ausguss. Die gusseiserne Tür zum alten Backofen, der an die Außenmauer gebaut war. Ein Gasrechaud mit zwei Brennern.

Am Tisch saß Irina Hausova und rauchte eine Zigarette. Sie sprang gleich auf, als sie hereinkamen, und wollte wegrennen. Aber Hunkeler stellte sich ihr in den Weg.

»Bleiben Sie da«, knurrte er, »ich tue Ihnen nichts. Von mir aus können Sie bleiben, wo Sie wollen.«

»Er hat hier nichts zu befehlen«, sagte Reimann, »wir sind in Frankreich.«

Sie setzte sich wieder, aber sie war noch immer auf der Hut.

»Machen Sie den Oberkörper frei«, befahl Reimann, »ich will sehen, ob ich helfen kann.«

Hunkeler zog sich aus. Das war schwierig, er konnte den linken Arm nicht mehr anheben.

»Eine Prellung«, sagte Reimann, als er die lädierte Stelle untersucht hatte. »Mit einem Bluterguss. Es ist vor allem der Trapezmuskel betroffen, der den Rücken mit dem Oberarm verbindet.«

»Woher wollen Sie das wissen?«, fragte Hunkeler misstrauisch.

»Weil ich den menschlichen Körper studiert habe. Wenn man die Seele verstehen will, muss man zuerst den Körper begreifen. Es wird Sie arg schmerzen, aber nach ein paar Tagen klingt der Schmerz ab.«

»Und wie soll ich die Zähne putzen?«

»Da Sie Rechtshänder sind, wird das kein Problem sein.«

»Woher wollen Sie wissen, dass ich nicht Linkshänder bin?«

»Sie haben sich mit der rechten Hand sehr geschickt ausgezogen. Helfen kann man nicht viel. Höchstens mit Dachsfett.«

Er nahm aus dem Kasten eine Dose.

»Wollen Sie, dass ich stinke wie ein Dachs?«, fauchte Hunkeler. »Was wird meine Freundin dazu sagen?«

»Dass Sie vom Dachs lernen sollen. Der zieht sich zurück in seine Höhle, wenn es ihm schlechtgeht, und wartet, bis es ihm wieder gutgeht.«

»Jawohl, Herr Medizinmann.« Hunkeler ließ sich die Schulter einschmieren. »Aua, sind Sie wahnsinnig? Wo haben Sie das alles gelernt?«

»Ich habe fünf Jahre bei den Indianern gelebt. Erst bei den Lakota, dann bei den Navajos. Halten Sie doch still, Mann.«

»Ich versuch's ja. Sind das indianische Decken, die Sie weben?«

»Ja, Navajo-Muster. Das heißt, diese Muster sind die Grundlage, von denen ich ausgehe. Ich entwickle sie weiter, wie das die Navajos auch tun. Es gibt keine Kultur, die stehenbleiben darf, wenn sie lebendig bleiben will.«

»Verstanden, Herr Doktor«, sagte Hunkeler und zog sich das Hemd wieder an. »Und was hat das alles mit der Zunft der Langfinger zu tun, die aus öffentlichen Museen Bilder entwenden?«

»Damit habe ich nichts zu schaffen«, sagte Reimann seelenruhig. »Ich weiß zwar, dass sie hinter ein paar Bildern her sind. Aber was es für Bilder sind, weiß ich nicht. Trinken Sie einen Holunderschnaps? Der hilft gegen den Bluterguss, der zieht die Flüssigkeit heraus.«

»Das ist mir egal. Aber einen Schnaps nehme ich gern.«

Er schaute zu, wie ihm Reimann ein Glas einschenkte. Er kippte es gleich.

»Die jungen Leute kommen zu mir«, erzählte Reimann, »weil sie neugierig sind. Ich gebe ihnen Tipps, wie man mit der Natur im Einklang leben kann. Was sie damit machen, geht mich nichts an.«

»Außer, dass sie das Diebesgut in Ihrer Scheune verstecken.«

»Davon hatte ich keine Ahnung. Ich würde niemandem etwas wegnehmen. Das verbietet ja auch unser Herr Jesus, nicht wahr? Nehmen Sie noch einen?«

Er zwinkerte Hunkeler zu.

»Gern. Verkaufen Sie die Decken, die Sie weben?«

»Nein. Ab und zu verschenke ich eine. Ich habe an meiner Rente genug.«

Er nahm ein paar Salbeiblätter aus einem Teller und kaute sie.

»Ich brauche fast kein Geld mehr. Weil ich mich aufs Sterben vorbereite. Wenn man tot ist, braucht man überhaupt nichts mehr. Dann ist man vollkommen.«

Wieder zwinkerte er kurz, als hätten ihn seine Sätze amüsiert. Dann verzog er sein Gesicht, als hätte er einen Schmerz gespürt.

»Die Leute hier im Hundsbachtal wissen noch einiges,

was anderswo längst vergessen ist. Sie verstehen mich, sie lassen mich machen, wenn ich im Winter draußen im Tipi schlafe. Ab und zu kommt eine Mutter vorbei und fragt nach einem Heilmittel für ihr Kind.«

Er schluckte die Salbeiblätter herunter, sie schienen ihm gutzutun.

»Ein Hehler bin ich nicht. Und ins Gefängnis gehe ich auch nicht.«

»Davon ist keine Rede«, sagte Hunkeler.

Es war eine eigentümliche Stille im Raum. Nur ab und zu ein Flackern aus dem Herd.

»Was tun eigentlich Sie hier, Frau Hausova?«, fragte Hunkeler.

Sie schien gleich in Tränen ausbrechen zu wollen. Dann überlegte sie es sich anders.

»Ich habe Ihnen gesagt, dass ich nicht zurückgehen werde«, sagte sie trotzig. »Ich kenne die Leute von der Farnsburg und aus Dossenbach. Die haben mich hierhergebracht. Ich habe einen EU-Ausweis.«

»Wohnen Sie drüben in der Kommune?«

»Nein, hier. Ich helfe ihnen bloß beim Käsen.«

»Wer hat die Bilder geklaut?«

»Das sage ich nicht. Ich verrate niemanden.«

»Das ist auch nicht nötig«, sagte Hunkeler, »es wird sich ergeben. Aber es nimmt mich wunder, was sie mit den Bildern vorhaben.«

»Auch das sage ich nicht.«

»Wie viele Menschen wohnen da drüben?«

»Ein Paar aus Basel, mit zwei kleinen Kindern.«

Hunkeler hieb mit der Faust auf den Tisch, es war die rechte.

»Seid ihr alle übergeschnappt? Wie sollen zwei Dutzend Ziegen eine Familie ernähren?«

Sie schob die Unterlippe vor, ein schönes, trotziges Kind.

»Das Haus gehört ihnen, sie haben es bezahlt. Sie haben einen großen Gemüsegarten. Im Frühling kaufen sie zwei Kühe. Und sie haben drei Schweine.«

»Ach so?«, sprach Hunkeler. »Mit drei Schweinen wird sicher alles gut. Ich wünsche viel Glück in Garten und Stall.«

Am Abend, als er Hedwigs Auto heranfahren hörte, lag er auf seinem Bett und dämmerte vor sich hin. Er hatte eine Kanne Melissentee getrunken und aus Furcht vor dem Schmerz zwei starke Tabletten geschluckt. Er lag auf der rechten Seite, eine Katze in den Kniekehlen. Die letzte, treuste Freundin ist das Büsi, dachte er. Es verlässt dich nicht in Elend und Not, wenn genügend Büchsenfleisch da ist.

Hedwig erschrak, als sie ihn liegen sah.

»Was ist los? Bist du krank?«

»Der Arm«, stöhnte er, »ein Riese hat ihn mir zertrümmert.«

»Hast du dich wieder geprügelt?«

»Blödsinn. Ich habe ihn gar nicht gesehen.«

Sie beugte sich über ihn, um ihm zu helfen. Dann schreckte sie zurück.

»Was stinkt hier so?«

»Das ist kein Gestank«, erklärte er und zog sie wieder heran, »das ist der feine Geruch des Dachses. Ich mache es wie er. Ich ziehe mich zurück in meine Höhle und warte, bis es mir wieder bessergeht. Und ich brauche eine Dächsin dazu.«

Später saß er mit ihr in der Küche und aß Haferschleimsuppe, wenn auch unter Protest. Aber sie hatte behauptet, krank sei krank, und Haferschleimsuppe sei die richtige Nahrung für Patienten. Sie bestand darauf, dass er morgen zum Arzt gehen müsse.

In der Nacht lag er unruhig. Seine Schulter schien zu brennen. Er war es nicht gewohnt, Schmerzen zu ertragen. Der Körper war da, um zu funktionieren. Jede Störung empfand er als Frechheit.

Er hörte dem Regen zu, der draußen in die Wiesen fiel. Dem leisen Schnarchen Hedwigs nebenan. Er vernahm das Rufen zweier Käuze, es schien von weit her aus dem Wald zu kommen.

Die wollten also leben wie vor zweihundert Jahren, dachte er, die jungen Leute. Kartoffeln zum Frühstück, Kartoffeln zum Mittag- und zum Abendessen. Ein bisschen Ziegenkäse dazu, Kohl und Sauerkraut. Im Winter Dörrpflaumen, Baumnüsse, Schnitze vom Bohnapfelbaum. Ab und zu ein Stück Speck. Aber wer bezahlte die Krankenkasse? Wer kam für die Kleider auf? Vielleicht würden sie bald alle in Navajo-Decken herumrennen und in selbstgeschneiderten Mokassins, Hühnerfedern im Schopf. Eine Bambusflöte statt der elektrischen Gitarre, ein Ritt auf dem Ziegenbock statt des Flugs nach Thailand. Und selbstverständlich hatten sie geerbt, sonst hätten sie die alten Häuser nicht kaufen können.

So hatte auch er es gemacht, fiel ihm ein. Er hatte in seiner frühen Zeit von Brot, Milch und Haferflocken gelebt, das war ganz gut gegangen. Und er hatte von einer ledigen

Tante geerbt. Sonst hätte er sein Bauernhaus nicht kaufen können.

Er grinste, aber da fuhr ihm wieder der Schmerz in den linken Brustkorb. Vermutlich waren dort einige Rippen lädiert.

Er würde sie im Auge behalten, die jungen Aussteiger. Ein bisschen erstaunt war er schon. Die dachten nicht mehr global. Die dachten lokal und handelten auch lokal. Und es war nur logisch, dass sie versuchten, den in alle Himmelsrichtungen verstreuten Lösel-Altar wieder an seinen angestammten Platz zu bringen. Und im Grunde war es richtig.

Am nächsten Morgen betrat er die Arztpraxis eines Jugendfreundes, mit dem er in Aarau das Gymnasium besucht hatte.

»Eine schwere Kontusion des Trapezius«, sagte der, als er ihn untersucht hatte, »plus ein Hämatom.«

»Das wären also eine Prellung des Trapezmuskels und ein Bluterguss«, sagte Hunkeler.

»Stimmt genau. Woher weißt du das?«

»Von einem Medizinmann der Navajos und der Lakota.«

Der Arzt schüttelte den Kopf, aber dann lachte er.

»Gut, meinetwegen. Dann gehst du eben zu einem Medizinmann. Ich verschreibe dir eine Salbe plus Schmerztabletten plus zehn Tage Ruhe. Am besten gehst du nach Rheinfelden zur Kur.«

»Der Medizinmann hat mir Dachsfett empfohlen.«

»Meinetwegen, das geht auch.«

»Und in Rheinfelden bin ich abgehauen.«

Der Arzt schaute nach im Computer.

»Stimmt, ich hatte dich für zwei Wochen angemeldet. Warum bist du nicht mehr dort?«

»Weil es langweilig ist.«

Nach dem Arztbesuch fuhr er an die Mittlere Straße und parkte vor seiner Wohnung. Er schaute im Briefkasten nach, ob Post da war. Es war nichts da, was ihn interessiert hätte. Er ging die paar Schritte zum Sommereck. Edi saß traurig vor einem halbvollen Glas Orangensaft.

»Vitamine den ganzen Tag«, klagte er, »Karottensaft, Selleriesaft, Tomatensaft. Alles roh. Und nichts zwischen den Zähnen. Wie soll da der Mensch froh werden? Wie geht's?«

»Es ist immer noch Morgen«, knurrte Hunkeler und griff zu den Zeitungen, die auf dem Tisch lagen. »Ich bitte um Ruhe und eine Tasse Kaffee.«

Er suchte in der *Basler Zeitung,* ob etwas zu lesen war über drei mittelalterliche Bilder, die aus dem historischen Museum von Mülhausen entwendet worden waren. Es stand kein Wort da. Nur ein kurzer Bericht über ein Gemälde im Basler Kunstmuseum, das von einem geistig verwirrten Besucher beschädigt worden war. Er suchte etwas über den toten Roger Ris. Auch darüber war nichts zu lesen. Jedoch stand auf der Lokalseite etwas über einen Commissario aus Florenz mit Namen Giuseppe Linardi, der sich auf der Basler Staatsanwaltschaft gemeldet hatte. Sein Begehren betreffe die Apollo-Statue in der Galerie Ris. Dem Vernehmen nach ziehe er deren legale Herkunft in Zweifel. Wie aus gut informierten Kunstkreisen verlaute, müsse es sich dabei um ein Missverständnis handeln, das gewiss zur beiderseitigen Zufriedenheit aufgeklärt werden könne.

Hunkeler griff zum Boulevardblatt aus Zürich. Da stand überhaupt nichts drin, weder vom Mülhauser Kunstraub noch von der »Geburt Johannes' des Täufers«. Nichts vom toten Roger Ris, nichts von Commissario Linardi. Entweder hatten sie nichts mitbekommen, oder sie hatten noch immer die Hosen voll.

»Geht's dir nicht gut?«, fragte Edi.

»Warum?«

»Du bewegst den linken Arm so eigenartig.«

»Was geht dich das an?«, fauchte Hunkeler.

»Nichts. Ich wollte ja bloß etwas sagen.«

»Warum?«

»Weil ich Wirt bin. Ich will mit meinen Gästen reden. Ich hätte da übrigens noch ein paar Rauchwürste aus dem Berner Jura, mit Knoblauch und Kümmel. Direkt vom Bauern. Sie brauchen eine halbe Stunde, bis sie schön durch sind. Mit frischem Tessiner Brot sind sie eine Offenbarung.«

»Nein danke.«

Er ging hinaus, setzte sich ins Auto und fuhr ins Elsass zurück.

Am Nachmittag um drei betrat er das Haus von Jeannot, der neben der Kirche wohnte. Er traf ihn in der Küche, zusammen mit seiner Frau. Sie hatte einen Gugelhupf gebacken.

»Setz dich«, sagte Jeannot, »iss mit.«

Er schob ihm ein Stück Kuchen hin. Hunkeler griff zu.

»Was hört man von den jungen Schweizern im Tal?«, fragte er. »Kennst du sie?«

»Es sind nicht nur junge Schweizer«, sagte Jeannot. »Es sind auch junge Leute aus Mulhouse. Die sind schon recht.«

»Si tüen niemerem nüt«, sagte die Frau, »die sind harmlos. Junge Leute, comme nous dans le temps.«

»Das kann doch nicht funktionieren«, sagte Hunkeler. »Von was wollen die leben?«

»Was weiß ich?«, sagte die Frau. »Schmeckt's? Nehmen Sie noch ein Stück?«

»Gern.«

»Die jungen Leute hier rennen alle in die Stadt«, sagte Jeannot. »Die alten Häuser und die Ställe stehen leer. Es ist doch gut, wenn Leute mit Kindern hierherkommen.«

»Was denkst du über den alten Reimann?«

»Er hat zwei Bisons auf der Weide«, sagte Jeannot. »Erst haben viele den Kopf geschüttelt. Inzwischen haben sie sich daran gewöhnt. Tout passe, hat einmal einer gesagt.«

Die Frau schenkte Kaffee nach.

»Sie wollen drei Säulein haben?«, fragte sie.

»Gern.«

»Sie sind noch zu jung. Kommen Sie in zwei, drei Wochen wieder.«

»Gut. Aber ich möchte sie sehen, damit ich mich mit ihnen anfreunden kann.«

Sie gingen zusammen durch den Kuhstall. Es war einer der alten Art mit Stroh am Boden und hölzernen Futterkrippen. Sechs Milchkühe standen da, daneben ein Dutzend Rinder.

»Baust du keinen Mais an?«, fragte Hunkeler.

»Nein, das tue ich meinem Boden nicht an.«

»Kannst du von der Fleischproduktion leben?«

Jeannot lächelte, ein bisschen missmutig.

»Was wottsch? Mit der Rente geht es knapp. Einen Gugelhupf können wir uns immer noch leisten. Ich habe drei Kinder. Sie sind zwar alle weg, sie wollen nicht bauern. Aber irgendwer wird ja einmal Hof und Land übernehmen. Vielleicht ein paar Junge aus der Stadt, wer weiß? Ich habe das Gut von meinen Vorfahren geerbt. Und ich will das Land einmal gesund weitergeben.«

Sie kamen in den Schweinestall. Eine Sau lag auf Stroh, mit großen, rötlichen Zitzen. Neun Ferkel daneben, mit rosigen Rüsseln, gewundenen Schwänzchen, listigen Augen, alles wie im Kinderbuch.

»Welche drei willst du haben?«, fragte Jeannot.

»Das ist egal. Ich kann sie nicht unterscheiden.«

»Gut, in drei Wochen also. Die Sau säugt sie noch.«

Gegen Abend rief Staatsanwalt Suter an. Er schien sehr nervös zu sein, er kam gleich zur Sache.

»Ich hoffe, Sie sind wieder gesund«, sagte er. »Ich brauche Sie dringend.«

»Aua«, sagte Hunkeler, »der Rücken. Es ist wieder schlimmer geworden.«

»Warum sind Sie denn nicht in Rheinfelden?«

»Weil die mir den Rest gegeben haben. Eine Shiatsu-Dame. Die hat mich malträtiert.«

Suter schnupfte kurz, irgendetwas war in seiner Nase.

»Ich stecke tief in der Bredouille. Ich brauche jeden Mann.«

Hunkeler überlegte. Irgendetwas war geschehen. Aber was?

»Sind Sie noch da?«, hörte er Suter brüllen.

»Ja«, sagte Hunkeler seelenruhig. Dann kam er drauf. Es musste der Commissario sein.

»Hier brennt's«, schrie Suter, »die Scheiße steht uns bis zum Hals. Wenn es irgendwie geht, müssen Sie sofort herkommen.«

»Das geht nicht, so leid es mir tut. Ich liege flach.«

Wieder das Schnupfen, sehr verärgert.

»Ein Commissario Linardi aus Italien ist da. Er behauptet, der Apollo in der Galerie Ris sei Staatsbesitz und hätte nicht außer Landes gebracht werden dürfen. Er sei aus einer Villa in Fiesole gestohlen worden, vor einem halben Jahr. Er hat Papiere vorgelegt, die das beweisen sollen. Wir sind daran, diese Papiere zu prüfen.«

»Was sagt Burckhardt dazu?«

»Lassen Sie bitte Dr. Burckhardt aus dem Spiel, ja?«

»Ich habe bloß gefragt, was er dazu sagt.«

Kein Schnupfen, nichts. Suter war wohl endgültig am Anschlag.

»Dr. Burckhardt sagt, dass die Papiere der Galerie Ris wasserdicht seien. Wir werden diese Einmischung in unsere Basler Angelegenheiten abschmettern. Das ist nicht das Problem.«

»Welches denn?«

»Dr. Burckhardt hat uns zum wiederholten Male vor jenem Tschechen namens Slupetzky gewarnt, der bei der Ermordung des Roger Ris im Schwimmbecken anwesend war. Er ist überzeugt davon, dass er hinter dem Apollo her ist.

Wir müssten die Statue unbedingt an einen sicheren Ort bringen, zum Beispiel ins Kunstmuseum. Aber Frau Higghins will ums Verrecken nicht.«

Ach so, der Herr Staatsanwalt fluchte bereits.

»Was habe ich damit zu tun?«, fragte Hunkeler.

»Sie sollen diesen Slupetzky fangen, verdammt noch mal. Was tun Sie eigentlich im Elsass?«

»Ich denke, Slupetzky ist längst über alle Berge«, sagte Hunkeler leichthin.

»Nein, eben nicht. Heute Morgen kurz vor Mittag ist in der Kirche Rötteln bei Lörrach eine Holzschnitzerei aus dem 15. Jahrhundert gestohlen worden. Die linke Armlehne eines Chorgestühls, das den Kampf mit dem Drachen zeigt. Ich habe mich kundig gemacht beim Pfarrer. Es ist ein äußerst wertvolles Kunstwerk, obschon es nicht sehr bekannt ist. Es muss von einem Kenner der Materie gestohlen worden sein. Das kann nur Slupetzky sein.«

»Hat ihn jemand gesehen?«

»Ja, die Pfarrerin. Sie hat einen untersetzten Mann mit schwarzem Haar hineingehen sehen, in Begleitung einer Frau. Irgendetwas scheint ihr aufgefallen zu sein dabei, sie weiß aber nicht, was. Sie ist dann nachschauen gegangen und hat den Raub bemerkt.«

»Wie waren die beiden unterwegs?«

»Das hat sie nicht gesehen. Sie war der Meinung, es seien Wandervögel.«

Hunkeler überlegte fieberhaft. War Slupetzky also immer noch in Deutschland?

»Kommen Sie jetzt, oder kommen Sie nicht?«, fragte Suter. »Ich habe Ihnen schon einmal gesagt, Sie sind mein bestes Pferd im Stall. Mit dem Commissario werden wir schon fertig, wir haben gute Juristen. Aber mit Slupetzky nicht, der bleibt unfassbar. Korporal Lüdi hat gesagt, dass Sie etwas wissen.«

»Ja, ich weiß, dass ich in Deutschland nicht ermitteln darf.«

»Es geht jetzt um Basel, es geht um den Apollo.«

»Es scheint ein sehr verzwickter Fall zu sein«, sagte Hunkeler bedächtig. »Dreinhauen hilft nicht. Ich wüsste auch nicht, auf wen wir dreinhauen könnten.«

»Auf Slupetzky«, brüllte Suter.

»Erst müssen wir ihn finden. Das ist nicht einfach im Dreiländereck.«

»Wie wahr, wie wahr«, stöhnte Suter.

»Was ist übrigens mit den drei Bildern aus dem Musée historique in Mulhouse?«, fragte Hunkeler nach einer Weile.

Wieder das Schnupfen. Eine kurze Pause, Suter überlegte.

»Die drei Bilder sind nicht der Rede wert«, sagte er. »Ich habe mit Luc Borer geredet. Es ist drittklassige Ware.«

»Und das Bild im Kunstmuseum, das am Sonntagmorgen beschädigt wurde?«

»Das war ein Irrer.«

»Ich würde gerne Luc Borer anrufen«, sagte Hunkeler. »Natürlich nur, wenn Sie gestatten.«

»Von mir aus, warum nicht?«

»Dann möchte ich mit Dr. Burckhardt reden, in Ihrer geschätzten Anwesenheit, wenn Sie wollen.«

»Ich habe gemeint, Sie seien krank?«

Das kam sehr giftig. Aber das war Hunkeler egal.

»Am Donnerstag oder Freitag sollte es wieder gehen. Dann komme ich auch zum Rapport.«

»Geht's nicht früher?«

»Nein, ich bedaure.«

Anschließend wählte Hunkeler die Nummer von Luc Borer. Diesmal mit Erfolg.

»Oui, Borer.«

»Bonjour Monsieur. Ich rufe an wegen der drei gestohlenen Bilder.«

»Wer sind Sie?«

»Kommissär Hunkeler aus Basel.«

»Je ne dis rien. Ich habe nichts zu sagen.«

»Aber mit Staatsanwalt Suter haben Sie geredet.«

»On est des amis, wir sind befreundet.«

»Nur eine kurze Frage. Hat irgendjemand etwas auf die Mauer geschrieben, an der die Bilder angelehnt waren?«

»Pourquoi? Das ist eine seltsame Frage. Wissen Sie, wir haben viel zu wenig Geld hier in Mulhouse. Das fließt alles nach Paris. Wir können unsere Kunstschätze nicht einmal richtig lagern.«

»Vielleicht zwei Buchstaben?«

Eine kurze Pause. Dann kam die Antwort.

»Oui. Ein L und ein R. Pourquoi?«

»Vielen Dank«, sagte Hunkeler.

LR dachte er, Ludwig Reimann? Oder jemand ganz anderer? War der weißhaarige Alte der Häuptling der Alemannen-Indianer? War die Stadtführerin die leitende Squaw, Big foot der tapfere Krieger, das Bleichgesicht Reichlin der listige Späher? Oder war alles ganz anders?

Er wählte die Nummer seines alten Aargauer Freundes Christoph Bolliger, Mediävist an der Basler Uni, vor zwei Jahren emeritiert. Sie hatten sich früher oft gesehen und ausgetauscht. Sie hatten in der Studentenzeit eine Zeitlang im Pariser Quartier Latin gewohnt und Existentialistenbärte getragen. Dann hatten sich ihre Wege getrennt. Bolliger war in Amt und Würden aufgestiegen, Hunkeler in die verachtete Zunft der Schnüffler abgestiegen. Aber was macht ein abgehalfteter Professor?, überlegte Hunkeler. Er langweilt sich. Und er ist froh, wenn er mit einem alten Schnüffler reden kann.

Der Emerit nahm ab.

»Professor Bolliger.«

»Grüß dich«, sprach Hunkeler. »Kennst du mich noch?«

»Natürlich kenne ich dich noch. Schön, dich zu hören. Grad kürzlich habe ich zu meiner Frau gesagt, was wohl der Hunki mache. Eigentlich könnten wir wieder einmal ein Bier trinken zusammen. Oder, was meinst du?«

»Gern«, sagte Hunkeler.

»Morgen? Oder übermorgen?«

»Tut mir leid, geht leider nicht. Ich liege flach.«

»Aber nichts Schlimmes, hoffe ich?«

»Nein, nur der Rücken. Ich möchte dich etwas fragen.«

»Schieß los.«

»Was fällt dir zum Städtchen Rheinfelden ein?«

»Herzog Rudolf von Schwaben, der Gegenkönig zu Heinrich dem Vierten.«

»Und was fällt dir zu Herzog Rudolf ein?«

»Eine Menge. Er ist völlig zu Unrecht vergessengegangen, bloß weil er in der Schlacht an der Elster die rechte Hand verloren hat. Das war nichts als Pech. Sonst wäre er in der Geschichte ein Großer geworden.«

»Was fällt dir zu dieser verlorenen Hand ein?«

»Das ist ja ein richtiges Fragespiel«, sagte Bolliger, der in Fahrt kam. »Nur zu, mir gefällt's. Was hast du eben gefragt? Ich bin vergesslich geworden, weißt du. Die alten Erinnerungen sind noch da. Paris zum Beispiel, wir beide im Hotel de Dieppe am Carrefour de Buci, weißt du noch? Aber was heute geschieht, vergesse ich gleich. Mal ganz abgesehen davon, dass fast gar nichts mehr geschieht. Wie geht's dir, alter Knabe?«

»Die verlorene Hand des Herzogs Rudolf von Schwaben«, sagte Hunkeler.

»Ach so, ja. Die ist schwarz, wie mumifiziert. Eine erstaunlich kleine Hand. Aus dem einfachen Grund, weil die Leute damals wesentlich kleiner waren als heute. Sie wird im Domschatz zu Merseburg aufbewahrt.«

»Ist sie wertvoll?«

»Natürlich. Sie ist eine Art Reliquie.«

»Könnte vielleicht jemand auf die Idee kommen«, sagte Hunkeler, »diese Hand zu stehlen?«

Jetzt lachte Bolliger, das alte, trockene Meckern.

»Willst du sie klauen? Nur zu, altes Haus. Ich mache mit. Wir holen sie zurück nach Rheinfelden und begraben sie auf der Rheininsel. Sonst noch was?«

»Ja gern. Was fällt dir zu Merseburg ein?«

»Die bronzene Grabplatte von Rudolf selbstverständlich, einer der wertvollsten Kunstschätze jener Zeit überhaupt.«

»Und sonst?«

»Die Merseburger Zaubersprüche natürlich. Es sind die einzigen erhaltenen Zeugen germanisch-heidnischer Religiosität in althochdeutscher Sprache. Sie wurden 1841 in der Bibliothek des Domkapitels Merseburg in einer aus Fulda stammenden Handschrift des neunten oder zehnten Jahrhunderts entdeckt. Hast du weitere Fragen?«

»Ja«, sagte Hunkeler. »Wie lauten diese Sprüche?«

»Das kann ich dir liefern, ich weiß sie auswendig.

sose benrenki
sose bluotrenki
sose lidirenki:
ben zi bena,
bluot zi bluoda,
lid zi geliden,
sose gelimida sin.
Sonst noch was?«

»Hast du eben gesagt ›lidirenki‹?«

»Ja, warum?«

»Was heißt das alles?«

»Es ist, wie gesagt, ein Zauberspruch, mit dem die Leute damals versucht haben, abgetrennte Glieder wieder zusammenzufügen. Wieder einzurenken, zusammenzuleimen, gewissermaßen. Daher das mehrfache renki. Benrenki, bluotrenki, lidirenki.«

»Zum Beispiel eine abgehackte Hand?«

»Ja natürlich. Eine abgehackte Hand würde unter den Begriff lidirenki fallen. Lidi wie Glied. Warum willst du das wissen?«

»Wie würdest du lidirenki abkürzen?«

»Was weiß ich? Vielleicht LR?«

»Sind diese Zaubersprüche bekannt? Oder kennen sie nur die Spezialisten?«

»Die sind heute jedem Gymnasiasten bekannt. Warum?«

»Ich danke dir. Du hast mir sehr geholfen.«

»Moment, leg noch nicht auf. Wir haben ja noch gar nicht richtig geredet miteinander.«

»Später vielleicht. Später trinken wir ein Bier zusammen.«

»Aber sicher. Ich nehme dich beim Wort.«

An diesem Abend blieb Hunkeler allein im Haus. Hedwig hatte mit einer Freundin etwas abgemacht. Er aß zwei Teller Mehlsuppe aus dem Beutel, dann trank er eine Kanne Melissentee. Er legte sich früh ins Bett, bei offenem Fenster, und hörte dem Regen zu. Er fragte sich, warum er sich nicht früher nach dem seltsamen Wort erkundigt hatte. Aber so war es in seinem Beruf. Es gab jeweils Dutzende Hinweise, kleine, unauffällige Details. Die Kunst bestand darin, die richtigen herauszufiltern und weiterzuverfolgen. Und das war ihm diesmal nicht gelungen.

Immerhin, zu spät war es nicht. Er hoffte es wenigstens, dass es nicht zu spät war.

Am andern Morgen hatte der Regen aufgehört. Ein Wind war aufgekommen, kalte Luft aus Nordosten, die die letzten Tropfen von den Blättern der Bäume fegte. Er sah es, als er die Hühner herausließ. Der Himmel hatte aufgeklart, der Sommer schien sich zurückzumelden, für ein paar wenige Wochen wenigstens.

Er überlegte, wo er die Schweine einquartieren sollte. Es gab vier alte Koben im Stall, alle mit einem Trog versehen. Den rechts hatte er mit Brettern und Gittern zum Hühnerstall umfunktioniert, nicht sehr fachmännisch zwar, eher notdürftig. Den Hühnern schien es egal zu sein. Sie waren froh, in der Nacht irgendwo unterschlüpfen zu können.

Er entschloss sich für den Koben ganz hinten. Ein bisschen Stroh würde genügen, um daraus einen einwandfreien Saustall zu machen. Davon lag genug unter dem Dach, zu Ballen gebündelt. Es musste mehr als zwei Jahrzehnte alt sein, es hatte schon dort gelegen, als er das Haus gekauft hatte. Aber Stroh verrottete nicht so schnell. Am liebsten hätte er gleich ein paar Ballen heruntergeholt. Aber das ging nicht, die linke Schulter schmerzte zu sehr.

Er ging zum Waschhaus hinüber, wo der alte Waschofen stand. Er überprüfte alles. Aschebehälter, Feuerkammer, Kamin, Kochkessel, alles intakt. Sogar die schweren Holzkellen lagen noch da, mit denen die Frauen die Wäsche im Seifensud gestampft hatten. Die würde er verfeuern. Ein paar Zentner Kartoffeln würde er herbeischaffen vom Bauern gegenüber, auf der alten Heukarrette, die in der Scheune stand. Alle paar Tage einen Kessel Kartoffeln sieden, damit die Schweine etwas zu schmatzen hatten. Sie sollten es gut haben bei ihm, bis der Metzger sie holte. Er selber würde es auch gut haben, zusammen mit Hedwig, mit Schinken und Speck im Kamin.

Es fiel ihm auf, dass er dabei war, in seine Jugend zurückzukehren, zu seiner Herkunft. Er konnte sich genau erinnern, wie die alte Marie im Hof zu den Schweinen geschaut hatte. An die geschwellten Kartoffeln im großen Korb, die für alle da waren, für Rösti und Schweinetrog.

Er fragte sich, wie es die jungen Leute in Franken anstellen wollten, auf die alte Art zu leben. Die alten Gerätschaften waren wohl noch alle vorhanden, man warf nichts weg auf solchen Höfen. Aber woher sollten sie wissen, wie man die Geräte gebrauchte? Gut, sie konnten Ludwig Reimann fragen, der wusste es noch. Er hatte vermutlich eine eigene Technik entwickelt, fast ohne Geld auszukommen. Von ihm konnten sie lernen. Aber was war, wenn er starb?

Hunkeler grinste. Taugte er vielleicht als Vorsitzender einer Landkommune, als Häuptling der Hundsbachtaler Navajos? Nein, das ging nicht. Er war immer noch Spürnase des Basler Kriminalkommissariats. Die jungen Leute von der Farnsburg, aus Dossenbach und Franken hatten Bilder gestohlen. Und vermutlich waren sie hinter etwas her, was auch nicht ganz koscher war. Er wusste zwar nicht, hinter was. Aber er würde es herausfinden.

Als er gefrühstückt hatte, klingelte sein Handy. Es war Mauch. »Hast du vom Raub aus der Kirche Rötteln gehört?«, fragte er.

»Ja«, sagte Hunkeler.

»Vom Raub in Mulhouse auch? Und vom versuchten Raub aus dem Basler Kunstmuseum?«

»Ja, auch. Aber das waren andere Leute.«

Er fragte sich einen Moment lang, ob er Ali Grieshabers Namen preisgeben sollte. Er tat es nicht.

»Bist du sicher?«

»Ja«, sagte Hunkeler.

»Zofingen, Nordschwaben, Rötteln, die Häufung ist schon auffällig. Immer abgelegene Orte. Und immer kleine Formate, die man gut verstecken kann. Ich habe die Polizeidirektion Lörrach informiert und um Hilfe gebeten. Dieser Tscheche hat uns genug geärgert. Ich werde auch die Police Nationale in Mulhouse informieren.«

»Warum du? Warum nicht Barbara Richner?«

»Weil sich Frau Richner hat krankschreiben lassen.«

Pause, Hunkeler staunte.

»Rebsamen geht es sehr schlecht«, fuhr Mauch weiter. »Er erträgt das Eingesperrtsein nicht. Er trinkt nichts mehr. Wir fragen uns, ob wir ihn künstlich ernähren sollen.«

»Lasst ihn laufen.«

»Ganz meine Meinung. Aber wir dürfen nicht, Hartmeier ist dagegen. Und du? Was tust du?«

»Warten.«

»Warum bist du so wortkarg? Wenn du etwas weißt, solltest du es sagen.«

Dossenbach, überlegte Hunkeler, Big foot, der Tanz im Tipi. Sollte er das alles auffliegen lassen? »Hör mal, Kollege«, sprach er, »ich weiß nichts Genaues. Ich suche immer noch den Mörder von Roger Ris. Es sind junge Leute in der Gegend, die Teile eines alten Rheinfelder Altars zusammenklauen. Aber mit dem Mord an Ris haben sie nichts zu tun.«

»Weiter bitte.«

»Daneben gibt es den Tschechen. Er scheint ein gewöhnlicher Kunsträuber zu sein. Zofingen, Nordschwaben und Rötteln gehen auf seine Kappe, gerade weil es abgelegene Orte und kleine Formate sind. Vielleicht hat dieser Tscheche mit dem Mord an Ris zu tun. Wenn du meinen Rat haben willst: Ich finde es richtig, dass du die trinationale Zusammenarbeit eingeleitet hast. Und ich bitte dich, dafür zu sorgen, dass ich mich in dieser Sache in Deutschland und Frankreich an Amtshandlungen beteiligen darf.«

»Gut, ich werde es veranlassen. Und sonst? Du willst mir doch nicht weismachen, dass du nicht mehr weißt.«

»Gut, meinetwegen«, sagte Hunkeler. »Aber die Geschichte ist ziemlich verrückt. Bei der Farnsburg oben gibt es eine uralte Linde. Sie ist hohl, es ist eine Wunschlinde. Man kann hineinkriechen und sich etwas wünschen. Man kann die eigenen Initialen ins Holz ritzen. Jemand hat die Buchstaben LR hineingeritzt und einen Kreis mit fünf Strichen. Ich habe gestern erfahren, was das bedeutet. LR ist die Abkürzung von lidirenki. Und der Kreis mit den fünf Strichen ist eine Hand.«

»Was soll das heißen?«

»Lidirenki ist althochdeutsch und heißt so viel wie Zusammenfügung von Gliedern. Und die Hand ist diejenige von Rudolf von Rheinfelden.«

Pause, es kam lange nichts. Mauch war wohl am Überlegen, ob Hunkeler noch alle Tassen im Schrank hatte.

»Weiter«, befahl er.

»Ich weiß, es klingt abenteuerlich. Aber es stimmt wohl. Rudolf von Rheinfelden hat die rechte Hand im Kampf verloren. Er liegt in Merseburg begraben. Die Hand wurde mumifiziert und wird im Domschatz aufbewahrt. Es ist die Hand, von der du ein Foto hast.«

»Nein.«

»Doch. Und das Wort lidirenki stammt aus den Merseburger Zaubersprüchen.«

»Woher weißt du das alles?«

»Ich habe einen Freund, der Mediävist ist.«

»Du meinst also«, sagte Mauch, »dass jemand hinter dieser Hand her ist?«

»Ich nehme es an, ja. Es wäre jedenfalls gut, wenn du dich in Merseburg erkundigen würdest, ob die Hand noch im Domschatz ist. Ruf mich an, wenn du es weißt. Möglichst bald.«

»Und sonst? Was ist mit diesen jungen Leuten?«

»Ich passe auf sie auf.«

Wieder eine Pause, Mauch war ein überaus vorsichtiger Mann.

»Mach keinen Fehler«, sagte er dann. »Die Lage ist ernst, das weißt du.«

»Ich weiß.«

»Was meinst du zu dieser Apollo-Statue? Wurde sie gestohlen oder nicht? Hat sie mit dem Mord an Ris etwas zu tun?«

»Dazu habe ich keine Meinung. Außer, dass sie mit dem Mord an Ris nichts zu tun hat.«

Wieder wartete Mauch eine Weile, er traute der Sache wohl nicht.

»Ich frage mich immer wieder«, sagte er, »woher du deine Sicherheit nimmst.«

»Wieso soll ich sicher sein? Ich tappe im Dunkeln wie du.«

»Nein. Ich hoffe bloß, du hast recht.«

Nach diesem Telefonat beschloss Hunkeler, nach Helfrantzkirch zu wandern und ein Brot zu kaufen. Seine Schulter schmerzte ihn trotz der Pillen, die er alle paar Stunden schluckte. Das Herumliegen brachte nichts. Vielleicht half Bewegung. Benütze deinen Körper, bevor er tot ist, dachte er. Spanne Sehnen und Muskeln, dann helfen sie sich selber. Gebrauche dein Herz, lass es pumpen, dann geht es ihm gut. Und lüfte deine Gedanken aus.

Er ging auf einem Feldweg zum Riegelhaus bei Trois Maisons, dann über die Höhe zum Fußballplatz. Zwei Tore mit Netzen, Umkleidekabinen mit einer Toilette, zwei Bänke am Spielfeldrand für die Trainer. Er hatte sich hier schon oft Spiele angeschaut, Mannschaften aus unteren Ligen, die aufeinander eindroschen wie im Dreißigjährigen Krieg. Ein paar Dutzend Zuschauer, die sich die Seele aus dem Leibe schrien. Ein paar Kisten Bier, ein Holzkohlengrill mit Bratwürsten, deren Duft die Gemüter wieder beruhigte. An schönen Tagen, wie heute einer war, sah man weit in den Jura, in den Schwarzwald und in die Vogesen hinein. Ein strategisch wichtiger Ort wohl in Kriegszeiten, von denen die Gegend einige erlebt hatte.

Weiter vorn gegen Helfrantzkirch zu lag ein Bunker aus dem Zweiten Weltkrieg. Ein urtümliches, graues Tier aus Beton, unscheinbar in die Landschaft geduckt, herrenlos, unnütz, als wäre es gar nicht vorhanden gewesen.

Hunkeler ging hin, quer über die aufgeweichte Wiese. Drei Kirschbäume standen da, mit schönen, runden Kronen. Er schaute zum Bunkereingang hinüber, der gegen Westen lag, ein enges, dunkles Loch. Daneben hatten sich Autoreifen in die Wiese gegraben. Jemand hatte da einen Wagen geparkt, hatte gewendet, war weg- und wieder hergefahren.

Er spürte, wie sein Nacken kalt wurde, sein Mund war plötzlich trocken. Er ging langsam auf den Eingang zu. Nichts rührte sich, keine Bewegung, kein Ton. Er nahm die kleine Stablampe aus der Tasche, schaltete sie ein und beugte sich zum Eingang hinunter. Alles blieb ruhig. Er richtete den Lichtstrahl ins Dunkle hinein, auf feuchte, von Moos bewachsene Mauern, auf genau sich abzeichnende Sohlenabdrücke im Lehmboden, von Frauenschuhen, von Männerschuhen. In einer Ecke leere Plastikflaschen, eine blaue Butangasflasche, aufgerissene Suppenbeutel, leere Konservenbüchsen, Erbsen und Ravioli. Er hob eine der Büchsen auf und roch daran, sie war noch frisch. Auf ihrem Boden, zwischen drei Karotten, lag eine Tube. Er nahm sie heraus. Sie hatte Mastix enthalten.

Er drehte sich sehr schnell um, er hatte ein Geräusch gehört. Im hellen Licht des Eingangs hockte ein schwarzer Vogel. Eine Krähe mit glänzendem Gefieder und starkem Schnabel. Sie drehte den Kopf ruckartig nach links und nach rechts, machte ein paar wippende Schritte. Offenbar vermutete sie in der Dunkelheit drin etwas zum Fressen. Als er den Lichtstrahl auf sie richtete, hob sie ab und flog davon.

Er steckte die leere Tube ein und warf die Büchse zurück zu den andern. Es entstand ein Geräusch, das ihn fast erschreckt hätte, so dumpf klang es. Dann verließ er den Bunker.

In Helfrantzkirch betrat er die Wirtschaft gleich nach der Kirche. Sie wurde geführt von Mademoiselle Yvonne. Alle nannten sie so in der Gegend. Alle kamen gern hierher, um nebenbei noch etwas in der angegliederten Spezereihandlung zu kaufen, ein Stück Käse, eine Flasche Wein, ein frisches Brot. Alle wussten, dass Yvonne im Hinterzimmer ihre uralte Mutter bis in den Tod hinein pflegte.

Hunkeler kaufte ein Brot und bestellte ein Wasser. Er holte vom Stammtisch die deutsche Ausgabe der *Alsace* und blätterte sie durch, ob er etwas fand, was ihn interessierte. Er las vom Regen, der die Bäche gefährlich hatte anschwellen lassen. Ein paar Ferkel waren ertrunken, ein Stück des Ufers der Ill war weggebrochen.

Vom Bilderraub in Mulhouse stand nichts drin.

»Hat in den letzten Tagen jemand beim Bunker oben kampiert?«, fragte er.

»Non«, sagte Yvonne, »nicht dass ich wüsste. Warum?«

»Es liegen frischgeöffnete Konservenbüchsen herum. Und es gibt Autospuren. Ein Wohnmobil vielleicht?«

Sie machte sich an der Kaffeemaschine zu schaffen, obschon die in Ordnung zu sein schien. Dann war ein Stöhnen zu hören aus dem Hinterzimmer.

»Non«, sagte Yvonne noch einmal und ging nach hinten.

Er saß da, das leere Wasserglas vor sich, daneben die Zeitung. Er hörte die Kirchenuhr schlagen, er zählte mit, es war ein Viertel vor zwölf. Eine Fliege setzte sich auf seine linke Hand. Er schaute ihr zu, wie sie sich putzte, sie fühlte sich gut auf seiner Hand. Dann flog sie davon, zum Schanktisch hinüber.

Endlich erschien Yvonne wieder.

»Es geht ihr nicht gut«, sagte sie, »sie kann einfach nicht sterben. Le bon Dieu wott si noni.«

»Warum sagen Sie nichts?«

»Weil ich nichts weiß.«

»Ein Mann mit einer Frau, in mittlerem Alter. Der Mann kann gut Deutsch, die Frau nicht. Sie reden Tschechisch miteinander. Was hat er für Augenbrauen gehabt?«

Sie schaute ihn an, aber sie schwieg.

»Es sind Verbrecher«, sagte er, »sie werden in Frankreich, in Deutschland und in der Schweiz gesucht.«

Mademoiselle Yvonne erschrak.

»Non«, sagte sie. »Uns hat er gesagt, sie seien aus Tschechien geflohen, weil sie keine Arbeit hatten. Er hat uns gebeten, ihn nicht zu verraten. Sonst würde er zurückgeschickt.« Und nach einer Weile: »Sie war ganz nett. Er hat große, schwarze Augenbrauen gehabt. Gestern sind sie weggefahren. Was hetter agschtellt? Was hat er verbrochen?«

»Diebstahl. Vielleicht Mord.«

»Non. So kann man sich täuschen. Mon Dieu mon Dieu.«

»Wie lange sind sie hier gewesen?«

»Einige Tage. Der Platz ist gut beim Bunker, sie haben die Toilette des Fußballplatzes benützt. Ich habe sie wegfahren sehen. Ein graues Wohnmobil mit Elsässer Schildern.«

»Ist Ihnen sonst noch etwas aufgefallen?«

Sie überlegte, dann hatte sie es.

»Er hat immer eine kleine Ledertasche bei sich gehabt. Die hat er nie aus den Augen gelassen, auch hier in der Wirtschaft nicht. Als ob etwas Kostbares dringewesen wäre.«

Als er über die Höhe zurückwanderte zum Fußballplatz, sah er einen roten Kastenwagen mit Dachgestell heranfahren. Er schaute genau hin. Richtig, es war ein Lörracher Nummernschild.

Er stellte sich mitten auf die Straße und verwarf die Hände, um das Auto zu stoppen. Doch es bremste nicht ab. Er rettete sich mit einem Sprung zur Seite. Der Wagen raste knapp an ihm vorbei. Am Steuer saß Wilhelm Reichlin, daneben Big foot und Grieshaber.

»Arschlöcher«, schrie er ihnen nach, »verdammte Rowdies. Was meint ihr eigentlich, wer ihr seid?«

Er erhob sich mühsam. Er war auf die linke Seite gefallen,

es tat verdammt weh. Er ging hinüber zum Fußballplatz und setzte sich auf eine Bank. Er hielt sich die linke Schulter, er stöhnte vor Schmerz. Er hätte gern eine geraucht. Aber nicht einmal Zigaretten waren in dieser Scheißgegend zu haben.

Er überlegte, was er tun sollte. Warum fuhr Reichlin über diese Straße? Was suchte er hier? Wusste er vom grauen Wohnmobil? Wusste er, was in Slupetzkys Ledertasche war? Vielleicht die schwarze Hand des Herzogs von Rheinfelden?

Er wählte die Nummer von Mauch. Der nahm ab.

»Hör mal«, sprach Hunkeler, »die Sache spitzt sich zu. Slupetzky ist in einem grauen Wohnmobil mit Elsässer Nummernschildern im grenznahen Elsass unterwegs. Junge Leute aus Dossenbach sind hinter ihm her, in einem roten Kastenwagen mit Dachgestell. Gib das sofort durch an die Gendarmerie und an die Polizeidirektion Lörrach.«

Mauch schwieg.

»Weißt du etwas von Rötteln?«

»Ja«, sagte Mauch langsam, »dort stand ein graues Wohnmobil mit Elsässer Nummer auf dem Parkplatz.«

»Und was ist mit der schwarzen Hand im Merseburger Domschatz?«

»Sie ist immer noch dort.«

»Was ist denn in dieser verdammten Ledertasche drin?«, schrie Hunkeler. »Warum wissen wir das nicht?«

Mauch schwieg.

»Trotzdem«, sagte Hunkeler, »wir müssen jetzt zugreifen, bevor Schlimmeres passiert. Sag das den Leuten. Es kann doch nicht so schwer sein, dieses Wohnmobil zu finden.«

Eine lange Pause. Hunkeler erschrak.

»Was ist los?«, fragte er.

»Kurt Rebsamen hat sich erhängt.«

Das kam ganz leise. So leise, dass Hunkeler es kaum hörte. Aber er hatte es doch gehört.

Er schaute über das Spielfeld, das eher eine Ackerwiese war. Auf der andern Seite die Umkleidekabinen. Dahinter die Weite der Burgundischen Pforte, rechts die blauen Vogesen. Die Sonne links oben, die alles beschien.

»Nein«, sagte er, »das darf nicht wahr sein.«

»Ist aber wahr«, sagte Mauch. »Am Gestell des Spitalbettes, mit dem Nachthemd.«

»Das ist Schwachsinn«, schrie Hunkeler. Aber es lag keine Kraft in seiner Stimme.

»Ich weiß. Ich kann mich kaum mehr auf den Beinen halten.«

»Ich unterbreche jetzt«, sagte Hunkeler. »Ich halte das nicht aus. Ich rufe dich später an.«

Er blieb lange sitzen auf jener Bank, ohne sich zu bewegen. Er dachte an den jungen Crawler im Schwimmbecken des Marina. An seinen Schrei. An die Worte der Bertha Kunz, die von einer ganz großen Liebe geredet hatte. Und er hasste wieder einmal seinen Beruf.

Zurück in seinem Haus legte er sich gleich hin. Er wartete, bis er die schwarze Katze hörte, wie sie aufs Bett sprang. Auf weichen Pfoten eine geeignete Stelle suchte, sich anschmiegte und zu schnurren begann. Er versuchte einzuschlafen. Es gelang nicht. Das war sehr selten, dass er nicht gleich Schlaf fand. Üblicherweise konnte er sogleich in den Schlaf flüchten, wenn ihm die Wirklichkeit zu schwierig wurde. Andocken nannte er das.

Er sah Kurt Rebsamen am Schwimmbecken erscheinen, entschlossen und kampfbereit. Er sah ihn hineinspringen in die warme Salzbrühe. Wie er wieder auftauchte mit der Leiche seines Geliebten in den Armen. Wie er schrie.

Warum zum Teufel hatte die Aargauer Kantonspolizei nicht besser aufgepasst? Es war doch klar, dass Rebsamen suizidgefährdet war. Drei Mann wären nötig gewesen, um ihn zu behüten, ein Mann pro acht Stunden pro Tag. Das wäre nichts als Routine gewesen. Selbstverständlich wusste auch er, wie schwierig das war. Jeder musste mal kurz aufs Klo. Jeder drohte einzunicken, besonders in den frühen Morgenstunden, wenn im Krankenhaus die Lichter ausgingen. Aber es wäre zu schaffen gewesen. Und überhaupt hätten sie ihn längst laufenlassen müssen.

Er spürte, wie seine Beine zuckten, er fand keine Ruhe. Er drehte sich abrupt auf die andere Seite, die linke, und schrie auf. Das ging noch immer nicht, die Schulter war marod. Die Katze hatte sich mit einem Sprung gerettet, sie war sanftes Zusammenliegen gewohnt. Er drehte sich zurück auf die rechte Seite und rollte sich ein.

Er stellte sich vor, er läge in einem Unterwasserkahn, der im Rhein Richtung Meer trieb. Unentdeckt, lautlos, allen Widerständen ausweichend. Der Fluss wurde breiter, die Ufer traten zurück, er glitt in den grenzenlosen Atlantik. Das Boot stieg auf an die Oberfläche. Die Wellen waren zu sehen, die gegen die Luken schlugen. Das Dach wurde weggehoben, die Dünung beruhigte sich. Er lag auf einer Insel mitten im Meer.

Er wurde geweckt durch das Festnetztelefon im Gang draußen, das Handy hatte er ausgeschaltet. Er beschloss, nicht hinzugehen. Sollten sie klingeln, so lange sie wollten. Er war bettlägerig, noch immer krankgeschrieben.

Endlich ging er doch hin. Es war Staatsanwalt Suter.

»Was tun Sie eigentlich im Elsass?«, schrie er. »Sind Sie taub geworden?«

»Taub nicht, nein«, sagte Hunkeler. »Aber ich schlucke Schmerztabletten. Die machen mich blöde.«

»Wissen Sie nicht, dass sich Rebsamen umgebracht hat? Jetzt heißt es, alle Mann an Bord. Auch die mit Rückenschmerzen. Sie sind um 17 Uhr am Rapport, oder Sie werden mich kennenlernen.«

Ach so, der Chef pfiff aus dem letzten Loch. Dafür konnte es nur einen Grund geben. Die Presse saß ihm im Nacken.

»Sind Sie noch da?«, brüllte er.

»Hören Sie, Herr Staatsanwalt«, sagte Hunkeler sehr höflich, »ich bin immer noch krankgeschrieben. Und Sie wissen das. Trotzdem bin ich bereit zur Mitarbeit. Aber an den Rapport komme ich nicht.«

»Wie denn das? Wie wollen Sie mitarbeiten?«

»Ich gestatte mir, eine eigene Spur zu verfolgen. Madörins Schwulenphobie will ich mir nicht mehr anhören.«

Ein unwirsches Schnupfen, eine Mücke war wohl im Anflug.

»Was für eine Spur?«

»Ich habe Kollege Mauch übermittelt, er sollte nach einem bestimmten Wohnmobil mit Elsässer Schildern fahnden. Es besteht der begründete Verdacht, dass Slupetzky mit diesem Fahrzeug unterwegs ist. Zweitens habe ich ihn auf junge Leute aus Dossenbach aufmerksam gemacht, die mit einem roten Kastenwagen unterwegs sind. Es besteht der begründete Verdacht, dass die jungen Leute hinter Slupetzky her sind.«

»Dossenbach, habe ich das nicht schon einmal gehört?«

»Doch. Eine junge Frau aus Dossenbach hat sich über mich beschwert.«

Wieder ein Schnupfen, die Mücke war Suters Nase bedenklich nahe gekommen.

»Bitte keine Extratouren mehr. Ich habe genug Reklamationen am Hals.«

»Mauch holt in Lörrach die Erlaubnis ein, dass ich auf deutschem Boden an Amtshandlungen teilnehmen kann. So weit ist alles in Ordnung.«

»Nichts ist in Ordnung«, brüllte Suter wieder los. »Die Apollo-Statue scheint tatsächlich Diebesgut zu sein. Rebsamen ist tot. Der Mörder von Roger Ris läuft frei herum. Wie soll ich das alles der Presse erklären? Und Sie laufen irgendwo in der Pampa herum.«

»Ich schlage vor«, sagte Hunkeler, »wir treffen uns zu einem Kaffee um 16 Uhr im Birsecker Hof. Dann kann ich mich erklären.«

Längere Pause. Suter war es nicht gewohnt, vorgeladen zu werden. Wenn jemand vorlud, dann er.

»Tut mir leid«, sagte er, »dafür habe ich keine Zeit. Wenn es sein muss, so verfolgen Sie eben Ihre eigene Spur. Aber ich erwarte dringend Resultate.«

Hunkeler rief Lüdi an und bat ihn auf dem Beantworter,

er solle ihn nach dem Rapport in seiner Wohnung abholen. Er solle bitte ein Aufnahmegerät mitnehmen.

Dann sprach er auf Hedwigs Beantworter: »Hier Peter mit dem kaputten Arm. Ich muss heute Nacht an die Säcke. Ich übernachte in meiner Wohnung in Basel. Die Säulein sind allerliebst, sie lassen dich grüßen.«

Er ging hinaus und setzte sich auf die Bank in der Wiese. Es war immer noch Ostwind, die schmalen Blätter der Weide zitterten. Die Sonne stand im Westen, ein roter Ball. Oben auf der Telefonleitung saßen Schwalben. Sie zwitscherten sich zu, sie erzählten wohl vom zu Ende gehenden Sommer.

Er schaute zu den Hühnern hinüber. Sie taten sehr geschäftig, als ob jede Sekunde kostbar wäre. Bloße Beschäftigungstherapie, dachte er, damit sie sich nicht langweilten. Die wussten genau, dass im Stall vor dem Einnachten leckere Körner auf sie warteten.

Hahn Fritz scharrte mit. Dann reckte er den Hals, krähte kurz und erbärmlich heiser, spurtete zu einem Huhn und setzte sich drauf. Er tat, was er wohl für seine Pflicht hielt.

»Hör doch auf mit diesem Schmierentheater, Freund Fritz«, sprach Hunkeler. »Dein Krähen gleicht dem Ächzen eines Greises. Deine Weiber lassen dich nur noch aufhocken, weil sie dich nicht beleidigen wollen. Die Wahrheit ist, dass wir beide bald in der Suppe landen. Schau zur Telefonleitung hoch, Kamerad, wo der Schwalbennachwuchs hockt. Schau diese Jungvögel an, ihre weißen Hemden, ihre schwarzen Fräcke. Hör dem Gezwitscher zu, wie sie sich neugierig erzählen. Sie haben eine Reise vor sich, von der wir nur träumen können. Über die Alpen werden sie fliegen, übers Meer nach Afrika hinüber. Dort wird ein neues Leben anfangen für sie. Und wir, Kollege Fritz, was werden wir tun? Ein bisschen scharren und krähen. Ein bisschen aufhocken ab und zu, aber bloß noch der Form halber. Das Einzige, was uns noch sicher ist, ist unser tägliches Futter.«

Kurz nach 20 Uhr klingelte es in seiner Wohnung an der Mittleren Straße. Es war Lüdi. Hunkeler setzte sich zu ihm ins Auto.

»Ich bitte dich, mich ins Mykonos zu fahren«, sagte er. »Hast du das Aufnahmegerät bei dir?«

»Ja. Warum?«

»Weil ich mit Burckhardt reden will. Ich will das Gespräch aufnehmen, vor einem Zeugen.«

Lüdi schüttelte den Kopf. Er war sehr bleich.

»Nein«, sagte er.

»Warum nicht? Burckhardt wird doch dort sein. Oder denkst du nicht?«

Lüdi überlegte. Es ging ihm nicht gut, er war den Tränen nahe.

»Er wird dort sein und mittrauern«, sagte er leise. »Kurt Rebsamen war eine Zeitlang sein Geliebter, bevor Roger Ris kam. Burckhardt hat den Verlust nie verschmerzt.«

»Also los, fahren wir hin.«

Lüdi blieb reglos sitzen.

»Fahr allein hin«, sagte er, »wenn du meinst, es sei nötig. Ich will damit nichts zu tun haben.«

Sie schwiegen beide.

»War es schlimm beim Rapport?«, fragte Hunkeler.

»Unerträglich. Madörin würde am liebsten die ganze Schwulenszene verhaften. Kein Anstand, keine Ehrfurcht vor der Liebe, nichts. Keine Trauer, nur blanker Hass.«

»Glaubst du mir«, fragte Hunkeler, »dass ich dich verstehe?«

Lüdi schaute ihn an, aus verzweifelten, leeren Augen.

»Warum willst du denn ins Mykonos fahren? Du störst doch nur.«

»Ich gehe davon aus, dass Burckhardt an jenem Morgen, als Roger Ris erstochen wurde, im Schwimmbecken ein Messer bei sich hatte. Er hatte es in der Badehose versteckt.«

»Warum nimmst du das an?«

»Weil es von den beiden Frauen aus Dossenbach beobachtet worden ist. Die haben zwar gemeint, es sei etwas anderes gewesen. Aber es muss ein Messer gewesen sein. Sie haben gesagt, er habe gleich das Schwimmbecken fluchtartig verlassen.«

Lüdi schüttelte den Kopf, mehrmals hintereinander. Dann war ein leises Schnupfen zu hören. Er weinte wohl.

»Adonis und Apoll«, sagte er endlich. »Adonis war der Schönste von allen. Wir haben ihn alle bewundert. Mit Apoll zusammen war es das ideale Liebespaar. Bis Dragon gekommen ist. Die Liebe kann so brutal sein. Sie kann den stärksten Mann erledigen, findest du nicht?«

Hunkeler schwieg, obschon er gern zugestimmt hätte. Lüdi putzte sich die Tränen weg.

»Entschuldige, aber das geht mir an die Leber.«

»Nichts zu entschuldigen.«

»Das würde also heißen, dass Rebsamens Unschuld bewiesen wäre, wenn deine Theorie stimmt.«

Hunkeler nickte.

»Gut«, sagte Lüdi, »fahren wir hin.«

Sie fuhren über den Rhein. Unten auf dem Wasser tanzten die Lichter. Darüber das hellbeleuchtete Münster. Eine schöne Stadt, dieses Basel, dachte Hunkeler, wenn man nicht voller Trauer war.

Das Mykonos war in einem Hinterhof an der Hauingerstraße. Eine mächtige Platane stand davor, die ersten Herbstblätter lagen auf dem Asphalt.

Ein dämmriger Raum, alles weiß, außer Stühlen und Tischen. Die waren schwarz. Leise Flötenmusik. An der Bar neben dem Eingang stand ein blonder Modellathlet in ärmellosem, weißem Shirt.

»Was soll das?«, fragte er.

»Ein Kollege«, sagte Lüdi, »alles okay, Barry.«

»Bitte sehr. Aber lasst Apoll in Ruhe. Er will heute Abend allein sein. Dort hinten ist noch ein Platz frei.«

Sie gingen nach hinten zum Fenster und setzten sich. Der Raum war voller Männer. Einige trugen schwarze Kapuzenjacken. Auf den Tischen standen weiße Blumen, Rosen, Lilien, Sommerflieder. Niemand sagte ein Wort.

Drei Tische weiter hinten saß Valentin Burckhardt. Vor sich hatte er eine Whiskyflasche, daneben eine Vase mit drei weißen Gladiolen. Er saß wie versteinert, den Blick auf die Tischplatte gesenkt.

Barry brachte Kaffee.

»Glück auf«, sagte er, »es wird alles gut werden.«

Hunkeler rührte Zucker hinein, bedächtig. Er schaute zu, wie sich die beiden Würfel in der Flüssigkeit auflösten. Das ging sehr langsam vor sich. Erst kippte der eine in den Bauch des Löffels, dann der andere. Er roch den starken, belebenden Duft, nahm einen Schluck, genoss den bittersüßen Geschmack. Er nickte zu Lüdi hinüber. Der saß wie auf Nadeln.

Er hörte, wie die Männer wieder zu reden begannen. Sehr leise, wie es sich für eine Trauerfeier gehörte. Der Duft der Blumen hing schwer im Raum. Wie in einer Leichenhalle, dachte Hunkeler.

»Stell das Aufnahmegerät an«, flüsterte er, »aber so, dass es niemand merkt.«

Lüdi tat es. Sie gingen hinüber zu Burckhardt.

»Darf ich?«, fragte Hunkeler.

Burckhardt schaute langsam auf. Sein Gesicht war aschfahl.

»Bitte sehr. Selbstverständlich dürfen Sie.«

Sie setzten sich.

»Mit wem habe ich die Ehre?«, fragte Burckhardt.

»Freunde«, sagte Hunkeler, »wir trauern mit Ihnen.«

»Adonis hat jung sterben müssen. Die Erde weint.«

Er sprach sehr langsam. Er kämpfte um jedes einzelne Wort.

»Es bleibt Ihnen Apollo«, sagte Hunkeler, »die Statue, meine ich.«

»Apollo ist eitel Tand. Die Schönheit verdirbt, wie wir alle. Ein vollendeter Körper, in Marmor gemeißelt, ist lächerlich. Der Odem ist ausgehaucht, die letzte Träne geweint. Nur toter Stein. Mein Auge ist leer.«

Burckhardt war volltrunken. Er sprach wie ein Roboter.

»Vielleicht bleibt doch etwas«, sagte Hunkeler. »Vielleicht eine Hand?«

Burckhardts Blick blieb reglos auf Hunkeler gerichtet. Kein Wimpernschlag, nichts.

»Wer sagten Sie gleich, dass Sie sind?«

»Freunde, die mittrauern.«

»Was ist das für eine Hand, von der Sie reden?«

»Sie haben an jenem Montag, als Roger Ris erstochen wurde«, sprach Hunkeler, »ein Messer bei sich gehabt. Sie haben es in der Badehose versteckt. Stimmt doch, oder nicht?«

Ein Funkeln war plötzlich in Burckhardts Augen, voller versteckter Energie.

»Adonis hat mir gehört«, flüsterte er, »keinem andern. Ich weiß mich zu wehren, wenn es drauf ankommt. Täuschen Sie sich nicht in mir, mein Herr. Ich verteidige meinen Besitz, auch mit Gewalt, wenn es sein muss. Sie haben recht, ich habe zugestoßen. Ich würde es wieder tun. Man hat seinen Stolz.«

»Sie haben mich soeben nach der Hand gefragt«, sagte Hunkeler.

Burckhardt überlegte lange. Offenbar hatte er den Faden verloren.

»Ach so, ja«, sagte er dann, »Sie haben die Hand erwähnt. Ich bin kein Geizhals. Die Apollo-Statue für meine Vaterstadt, der ich viel zu verdanken habe. Die goldene Hand für Adonis. Was sagen Sie dazu? Ist es so nicht gerecht?«

»Adonis ist tot.«

Das Funkeln in Burckhardts Augen erlosch, er blickte ungläubig. Dann packte ihn wieder das helle Bewusstsein, dem er für einen Moment entronnen war. Er rührte sich nicht, er saß da ohne sichtliche Veränderung. Langsam lösten sich zwei Tränen aus seinen Augen. Als sie groß genug waren, rollten sie über seine Wangen.

»Gehen Sie«, sagte er, »ich will Sie nicht mehr sehen.«

Plötzlich stand Barry am Tisch, er war lautlos herangekommen. Im Raum war es still.

»Es ist Zeit zu gehen«, sagte Barry, »bitte sehr.«

Er führte sie hinaus.

»Es ist zum Heulen«, sagte Lüdi, als sie wieder im Auto saßen. »Wie hast du es gemerkt?«

»Es war relativ einfach. Irgendjemand der zur Tatzeit anwesenden Personen muss es ja gewesen sein. Nach der Aussage der beiden Dossenbacherinnen war mir die Sache klar.«

»Suter wird es überhaupt nicht passen. Und andern auch nicht. Der angesehene Anwalt Dr. Valentin Burckhardt ein Mörder aus Eifersucht. Was für ein Skandal. Soll ich dich nach Hause fahren?«

»Nein, nach Rheinfelden bitte.«

»Warum Rheinfelden?«

»Weil ich mit jemandem reden muss.«

Sie fuhren durchs abendliche Kleinbasel. Einige türkische Gemüseläden hatten noch offen, rote Tomaten im Lichte der Scheinwerfer, violette Auberginen. Schmale Straßencafés, die fast die ganze Breite der Trottoirs einnahmen. Alte Bauern aus Anatolien, die gelangweilt vor einem Glas Tee saßen, Mütter aus dem Balkan mit ihren herausgeputzten Töchtern. Ein buntes Bild, lebensfroh und beruhigend alltäglich.

»Nützen wird dir das Geständnis nicht viel«, sagte Lüdi, als sie die Autobahn erreichten. »Er wird es widerrufen. Er war ja hochgradig betrunken.«

»Nein, wird er nicht. Sondern er wird ein zweites Mal gestehen. Weil er die Schuld nicht erträgt. Indirekt hat er Rebsamens Tod zu verantworten.«

»Stimmt«, sagte Lüdi, »er hat seinen ehemaligen Geliebten in den Tod getrieben. Das hält kein Mensch aus. Jedenfalls keiner, der schwul ist.«

»Hör endlich auf mit dem Blödsinn, ja?«, sagte Hunkeler scharf. »Schwul oder nicht schwul ist egal. Hier geht es um Liebe, um Eifersucht.«

»Was ist eigentlich mit der Hand, von der er gefaselt hat? Das heißt, du hast damit angefangen. Warum?«

»Das war nichts als ein Versuchsballon.«

»Aber er hat geantwortet. Was ist es für eine Hand?«

»Wenn ich Glück habe«, sagte Hunkeler, »treffe ich in Rheinfelden einen Mann, der es weiß.«

»Soll ich mitkommen?«

Hunkeler schüttelte den Kopf.

»Entschuldige, aber das kann ich besser allein. Fahre mich bitte zur alten Rheinbrücke.«

»Gern. Ich rufe dich morgen an, in der Früh. Wie geht's übrigens deinem Rücken?«

»Warum?«

»Du hältst den linken Arm so eigenartig. Als ob du dich vor jeder Bewegung fürchten würdest.«

»Warten ist manchmal das Beste. Sich nicht bewegen, lauern wie eine Kröte im Teich.«

Das Auto hielt an, Hunkeler stieg aus.

Er ging langsam über die Brücke, die nur schwach beleuchtet war. Er atmete ruhig und tief die Luft ein, die nach Fluss roch. Er wusste, dass er ein entscheidendes Gespräch vor sich hatte. Es war Zeit für die Wahrheit, länger konnte er nicht mehr zuwarten.

Auf der Mitte der Brücke blieb er stehen und schaute hinunter ins Wasser, auf dem leichtes, tanzendes Licht lag. Ein Stück abwärts, wo sich der Wirbel bewegte, schien es heller zu leuchten, als ob sich ein Lichtstrahl von tief unten emporgedrängt hätte. Eine Energie brach sich da Bahn, aus unsichtbarer Quelle gespiesen, pausenlos stetig, begleitet von einem mächtigen Rauschen.

Er drehte sich um und schaute hinüber zum Städtchen, das aus dem Wasser aufragte. Eine harmonisch bewegte Häuserfront, freundlich aus der Dunkelheit schimmernd. Er ging hinüber zum deutschen Ufer und betrat die Pizzeria Salmegg.

Gottlieb Moser saß draußen im Garten, ein leeres Weinglas vor sich. Er schien zu schlafen. Außer ihm waren noch ein alter, schwarzgekleideter Kellner da, der stehend zu träumen schien, und ein junges Paar, das friedlich knutschte. Ein wunderschöner Ort für eine Gartenwirtschaft, mit dem Fluss zu Füßen, mit Burgstell und Inseli gegenüber.

»Endlich«, sagte Gottlieb Moser, »endlich taucht der Herr

einmal auf. Ich habe jeden Abend auf Sie gewartet. Was darf es sein? Ötlinger Sonnenhole oder Badenweiler Römerberg Auslese?«

»Bitte sehr«, sagte Hunkeler, »wenn Sie mich einladen wollen?«

»Davon kann keine Rede sein. Ich bin das kulturelle Gewissen der Stadt. Ein kulturelles Gewissen lädt nicht selber ein. Es wird eingeladen.«

»Ötlinger Sonnenhole«, sagte Hunkeler.

»Ganz meine Meinung. Der Ötlinger ist eine Spur herber als dieser Römerwein. Den sollen die Bonzen trinken. Wir sind Fußvolk, nicht wahr?«

Er schien putzmunter zu sein. Er hatte wohl auf jemanden gewartet, der ihm Wein bezahlte.

»Cameriere«, rief er. »Wo bleibt der Wein? Sonnenhole bitte.«

Der Kellner kam heran und verbeugte sich leicht.

»Sehr wohl, Direttore. Darf ich Sie darauf aufmerksam machen, dass wir um 22 Uhr 30 zu schließen gedenken?«

»Das ist mir egal. Hier ist Allmend, hier kann uns niemand hinauswerfen.«

»Sehr wohl. Es wirft Sie niemand hinaus.«

Er holte den Wein, sehr ernst, sehr aufrecht.

»Was haben Sie soeben als Grund für Ihr Hiersein angegeben?«, fragte Moser. »Ich habe es vergessen.«

»Ich will ein Glas Wein mit Ihnen trinken. Erinnern Sie sich an mich?«

»Nicht genau. Ich weiß, dass ich Sie irgendwann gesehen habe. Aber wo, weiß ich nicht mehr. Eigentlich bin ich Geschichtslehrer. Sie haben mich hinausgeschmissen. Weil ich in der Schule immer eingeschlafen bin. Das hat nach dem Tod meiner Frau angefangen. Damals konnte ich nicht mehr schlafen in der Nacht. Folglich bin ich in der Küche gesessen und habe Wein getrunken bis in den Morgen hinein. Irgendwann muss der Mensch ja schlafen, nicht wahr? Jetzt schlafe ich im Museum. Ein ruhiger Ort, man wird selten gestört.«

Der Kellner brachte die Flasche, entkorkte sie, schnüffelte kurz daran und schenkte so formvollendet ein, wie es Hunkeler seit Jahren nicht mehr gesehen hatte.

»Bitte sehr, Signori«, sprach er, »es soll schmecken. Darf ich Sie darauf aufmerksam machen, dass sich davon bloß noch eine einzige Flasche in unserem Keller befindet?«

»Auf was warten Sie denn?«, fragte Moser. »Holen Sie die Flasche herauf, entkorken Sie sie, lassen Sie den Wein atmen.«

»Sehr wohl, Direttore. Aber darf ich Sie darauf aufmerksam machen, dass um halb zwölf mein letzter Bus fährt?«

»Dann nehmen Sie halt den letzten Bus. Wir haben wichtige Dinge zu besprechen, verstehen Sie? Bringen Sie auch die zweite Flasche her, wenn sie genug geatmet hat. Und gute Nacht. Der Herr hier bezahlt.«

»Sehr wohl«, sagte Hunkeler mit einem leichten Nicken zum Kellner hinüber. »Was macht alles zusammen?«

Er legte Geld hin, der Kellner nahm es.

»Sehr wohl, Direttore«, sagte er. »Die andere Flasche noch. Dann werde ich nicht mehr stören.«

Er ging sehr steif davon. Sie hoben die Gläser und tranken sich zu. Es war ein Spätburgunder mit einigem Feuer.

»Waren Sie je in Merseburg?«, fragte Hunkeler. »Haben Sie die schwarze Hand von Herzog Rudolf gesehen?«

Moser, der einen weiteren Schluck hatte nehmen wollen, hielt ein. Er starrte in sein Glas, als ob er darin eine Fliege entdeckt hätte.

»Ich weiß nicht, ob er nicht doch Korken hat«, sagte er. »Was meinen Sie?«

»Ich finde ihn einwandfrei.«

Moser schaute kurz zum Liebespaar hinüber, das sich inzwischen ineinander verbissen hatte.

»Ich war oft in Merseburg«, sagte er. »Die schwarze Hand wird im Kapitelhaus aufbewahrt. Sie ist nur selten öffentlich zugänglich, aber ich habe sie mehrmals gesehen. Warum?«

Das kam klar und messerscharf. Hunkeler fragte sich, ob Mosers Trunkenheit bloß vorgespielt war. Aber vielleicht brauchte er einen bestimmten Pegel, um klar reden zu können.

Hunkeler beschloss, aufs Ganze zu gehen.

»Ich bin Basler Kriminalkommissär, kurz vor der Rente«, sagte er. »Ich ermittle im Mordfall Roger Ris.«

»Ich weiß, Sie heißen Hunkeler«, sagte Moser, leise und sehr nüchtern. »Sie sind im Hundsloch in Dossenbach gewesen, bei Lisa Wullschleger und Wilhelm Reichlin. Sie waren auch auf der Farnsburg und in Franken. Dieser Fall ist abgeschlossen, Herr Kommissär. Der Lösel-Altar ist nicht mehr zu retten. Ein Teil hängt im Musée des Beaux-Arts in Dijon, gut gesichert. Es gibt keine Möglichkeit, an ihn heranzukommen. Ein anderer Teil hängt im Basler Kunstmuseum. Wir haben es versucht, es ist uns nicht gelungen. Immerhin haben wir drei Teile aus dem historischen Museum in Mülhausen herausgeholt. Und wir haben den verlorenen Teil der ›Auferstehung Christi‹ gefunden. Wir haben alle diese Teile fotografiert. Wir werden diese Fotos in der Johanniterkapelle ausstellen. Dann werden die Rheinfelder Bonzen endlich merken, was sie verloren haben. Einen der schönsten gotischen Altäre am Oberrhein. Wissen Sie, wer dieses Haus hier, die Salmegg, gebaut hat? Derselbe Herr Dietschy, der unseren herrlichen Altar verkauft hat. Er hat die Salmegg als Sommerhaus für seine Frau errichtet.«

Der Kellner brachte die zweite Flasche.

»Sehr zum Wohl«, sagte er. »Und wenn ich mir die Bemerkung erlauben darf: Buona notte.«

Er verbeugte sich noch einmal und ging hinein.

»Wir haben versucht«, sagte Moser, »die Seele der alten Stadt Rheinfelden zu retten. Es ist nicht geglückt. Aber wir kämpfen weiter.«

Er hatte schnell hintereinander mehrere Gläser ausgetrunken. Er schenkte sich von der zweiten Flasche ein.

»Zum Wohl«, sagte er. »Es freut mich, dass Sie sich herbemüht haben. Die jungen Leute brauchen Ihren Schutz. Sie sind oft zu unvorsichtig. Es ist eine sehr schwierige Unternehmung. Rheinfelden war für kurze Zeit der Sitz der königlichen Insignien. Daran halten wir fest. Das sind wir unserer Vaterstadt schuldig.«

Hunkeler überlegte, ob er etwas einwenden, sich vielleicht nach dem Verwahrungsort der Bilder aus Mulhouse erkundigen sollte. Er ließ es bleiben. Der Mann gegenüber würde sich nach kurzem Aufflackern seines Verstandes dem Wein ausliefern. Die zweite Flasche würde ihm den Rest geben.

»Die schwarze Hand hätten wir gerne bei uns«, sagte der Mann. »Kennen Sie die Merseburger Zaubersprüche?«

Hunkeler nickte.

»Ja. Wir haben sie im Gymnasium einmal gelesen.«

Moser schloss die Augen und rezitierte.

»sose benrenki,
sose bluotrenki,
sose lidirenki:
ben zi bena,
bluot zi bluoda,
lid zi geliden.

Das gilt noch heute. Bein zu Bein, Blut zu Blut, Glied zu Glied. So muss es sein. Wir können warten, wir haben Zeit. Irgendeinmal wird es uns gelingen, die Hand hierherzubringen und auf der Insel zu bestatten.«

Hunkeler nickte bedächtig. Das leuchtete ein, tatsächlich, das musste so sein.

»Und den Rest des Körpers«, fragte er, »lassen Sie den in Merseburg liegen?«

Moser trank ein weiteres Glas. Der Ötlinger schien ihm hervorragend zu schmecken. Seine Augen glänzten listig.

»Ja«, sagte er, »der Leichnam bleibt in Merseburg bestattet. Wir sind keine Grabräuber, wir schänden kein Grab. Möge Herzog Rudolf im Dom zu Merseburg die ewige Ruhe finden. Aber die Hand wollen wir heimführen, die Schwurhand des Königs, der uns ewige Treue geschworen hat.«

»Warum wollen Sie die Hand auf der Insel bestatten? Und nicht im Rhein? Im St.-Anna-Loch zum Beispiel? Auf der Insel wird sie nicht ruhig liegen. Dort wird immer wieder gegraben und umgebaut. Im Rhein würde sie sicherer ruhen.«

Ein schlauer Blick von Moser, der wieder zum Glas griff. Ein letztes Stück Arglist.

»Wie kommen Sie da drauf?«

»Ich habe gehört, dass Rudolfs Hand wie eine Reliquie verehrt wird«, sagte Hunkeler. »Es ist klar, dass nach ihr gefahndet würde, wenn sie gestohlen würde. Bestimmt würde auch in Rheinfelden nach ihr gesucht. Und zwar auf der Insel.«

Er griff ebenfalls zum Glas, sehr behutsam, er ließ den Wein über die Zunge rollen. Wirklich gut. Das Gespräch war auf der richtigen Fährte.

»Glauben Sie nicht«, fuhr er weiter, »dass ich die Diebe der drei Bilder aus Mulhouse nicht kenne. Ich weiß auch, wer das Bild aus dem Basler Kunstmuseum hat stehlen wollen. Das sind keine Bagatellfälle, auch wenn die Beweggründe vielleicht ideeller Natur waren. Spätestens morgen Mittag werde ich die Namen der Lörracher Polizeidirektion und der Gendarmerie bekanntgeben. Sollte die schwarze Hand in absehbarer Zeit aus dem Merseburger Domschatz verschwinden, wird der Verdacht sofort auf diese Namen fallen. Man wird in Rheinfelden nach der Hand suchen. Man wird sie finden.«

»Wenn man die jungen Leute erwischt«, sagte Moser, der drauf und dran war, in sich selber zu versinken.

»Warum sollte man sie nicht erwischen?«

»Weil sie schon unterwegs sind. Darf ich Sie bitten, hier sitzen zu bleiben? Ich kann sonst nicht einschlafen. Bloß eine Viertelstunde, dann bin ich wieder hellwach.«

Er legte beide Arme auf den Tisch und den Kopf drauf und schlief sogleich ein.

Es war kühl geworden am Fluss. Hunkeler fröstelte. Das Liebespaar drüben löste sich voneinander, erhob sich, umschlang sich sogleich wieder und machte sich auf den Weg zu einem wärmeren Ort.

Es war sehr ruhig, weit und breit war kein Auto zu hören. Nur das leise Rauschen des Wirbels draußen im Wasser. Die alte Brücke, die matt beleuchteten Laubbäume des Burgstells.

Ein leises Rascheln war zu vernehmen. Es kam von der Hausmauer drüben. Ein leichter Wind in den beiden Erlen, die am Ufer standen. Dann setzte das Rascheln wieder ein. Ein Igel erschien im Licht des Eingangs. Er stoppte, um sich zu vergewissern, ob er auf dem richtigen Weg war. Dann erreichte er einen Teller, in dem etwas war, was er mochte. Man hörte, wie er fraß.

Auf einem Stuhl neben dem Teller lagen Wolldecken. Hunkeler erhob sich und ging hin, um zwei zu holen. Der Igel fraß ruhig weiter. Es war Trockenfutter für Katzen.

Hunkeler ging zurück zum schlafenden Mann und legte ihm eine Decke über den Rücken. Er hüllte sich selber in die andere und setzte sich wieder hin.

Plötzlich war Musik zu hören. Sie kam vom Fluss draußen, von oberhalb der Brücke. Eine Geige, eine Klarinette, eine Handorgel. Die Musik schwoll an, zurückgeworfen von einem Brückenbogen. Ein Schiff tauchte auf, ein Weidling, behangen mit Lampions. Der Schiffsmann stand hinten rechts und bewegte sachte das Ruder. Er kannte den Weg, er steuerte dicht am Ufer entlang, wo keine Wirbel waren. Ein Dutzend Leute saß im Boot, junges Volk, in Decken gehüllt. Auf den Bugbrettern standen die Musikanten. O sole mio, sangen sie, o sole, o sole mio. Langsam glitt der Weidling vorbei, bis er hinter den Erlen verschwand.

Hunkeler fragte sich einen Moment lang, ob er geträumt hatte. Nein, es war nicht so. Es war ihm immer noch kalt. Zudem war er hundemüde, die Lider drohten ihm zuzufallen. Der Gast gegenüber schnarchte hemmungslos. Dann röchelte er, er drohte zu ersticken. Er erwachte und fasste Hunkeler erstaunt ins Auge.

»Was haben Sie soeben als Grund für Ihr Hiersein angegeben?«, fragte er.

»Ich will ein Glas Wein mit Ihnen trinken.«

»Ach so, ja.« Moser griff zum Glas. »Zum Wohl.«

»Ich möchte mich bei Ihnen nach der goldenen Hand erkundigen«, sagte Hunkeler sehr leise. »Ob sie endgültig verschwunden oder wiederaufgetaucht ist.«

»Warum wollen Sie das wissen?«

Er lallte jetzt, ein letzter Rest Verschlagenheit verschwamm in seinen Augen.

»Weil ich sie einmal sehen möchte.«

»Das können Sie, vielleicht schon morgen früh. Wir sind hinter ihr her, noch diese Nacht.«

Er wollte sein Glas nehmen, griff aber daneben. Er versuchte es noch einmal, es gelang.

»Ich bin der goldenen Hand schon seit einem halben Jahrhundert auf der Spur«, flüsterte er. »Obschon sie seit weit über hundert Jahren als verschollen gilt. In Merseburg ist man der Meinung, es habe sie gar nie gegeben. Ein romanisches Prunkstück der Goldschmiedekunst, mit Edelsteinen besetzt wie das Reliquiar eines Heiligen. Obschon es nie etwas anderes enthalten hat als die abgeschlagene Hand des Herzogs Rudolf. Die wirkliche, mumifizierte Hand galt als wertlos. Das Reliquiar ist mehrmals gestohlen worden im

Laufe der Jahrhunderte. Zuletzt in den dreißiger Jahren von einem Nazi-Bonzen, vermutlich in Fulda. Jetzt ist die goldene Hand aufgetaucht hier in Rheinfelden. Wir haben lange darauf gewartet. Jetzt ist sie da.«

Wieder war das Rascheln zu hören. Der Igel hatte genug gefressen und machte sich davon.

»Haben Sie die Hand gesehen?«, fragte Hunkeler.

»Nein, aber ich werde sie sehen, morgen in der Früh. Dieser verdammte Novak, der sich jetzt Slupetzky nennt, hat sie hergebracht, um sie für ein paar Millionen zu verhökern. Das lassen wir nicht mehr zu. Sie soll hier bestattet werden, unten auf dem Grunde des Rheins. Im St.-Anna-Loch. Dort holt sie keiner mehr herauf. Sie wird zermahlen werden vom Geschiebe der Kiesel. Sie wird zu Staub werden, zu goldenem Staub, der neben der Glocke der heiligen Anna ruhen wird. Sie wird wieder läuten, mit goldenem Klang.«

Er schien gleich wieder einzuschlafen, beglückt von seinen Worten.

»Wo ist die goldene Hand jetzt?«, fragte Hunkeler. »Wo ist Slupetzky?«

»Bleiben Sie bitte sitzen«, lallte Moser. »Sonst kann ich nicht einschlafen.«

Hunkeler sprang auf.

»Sie sollen mir sofort sagen, wo sich Slupetzky befindet«, schrie er. »Sie sollen mir sagen, was Sie und Ihre Freunde vorhaben. Oder ich lasse Sie auf der Stelle einsperren.«

Moser hob mühsam den Blick. Fast wäre er vom Stuhl gefallen.

»Wo wird er wohl sein? Ich denke, am Ufer des Rheins, im Elsass irgendwo. Der Rhein soll sein Grab werden.«

Er legte den Kopf auf die Arme und schlief ein.

Hunkeler überlegte, ob er ihn wachrütteln sollte. Es schien ihm aussichtslos zu sein. Er erhob sich und legte seine Wolldecke über den alten Mann. Dann ging er zurück über die Brücke. Er musste handeln, das war klar. Aber wie? Die schliefen doch alle. Und wenn er sie aus dem Schlaf reißen und ihnen etwas von einer goldenen Hand des Herzogs Rudolf erzählte, würden sie denken, er sei betrunken oder verrückt geworden.

Als Erstes versuchte er es bei Lüdi. Der nahm ab.

»Wir müssen zugreifen«, sagte Hunkeler, »sofort.«

»Wo sollen wir zugreifen?«

»Die Bande, die die drei Bilder in Mulhouse gestohlen hat, plant einen Angriff auf Slupetzky. Noch heute Nacht. Slupetzky ist im Besitz der goldenen Hand des Herzogs Rudolf. Er muss sich in einem grauen Wohnmobil am Rheinufer auf Elsässer Seite aufhalten. Das ist das, was ich sicher weiß.«

Ein leises Kichern, freudlos, ziemlich nervös.

»Und was soll ich mit dieser Botschaft anfangen?«

»Zugreifen. Sonst wird es zum Kampf kommen.«

Eine Weile war nur noch das Rauschen des Rheins zu hören.

»Du kennst doch die Lage. Im Elsass dürfen wir nicht zugreifen.«

»Dann soll es die Gendarmerie tun«, schrie Hunkeler.

»Ich kann es versuchen. Aber du weißt, was die sagen werden.«

Ja, Hunkeler wusste es. Die würden sagen, morgen sei auch noch ein Tag.

»Was soll ich tun, Herrgottsack?«, schrie er.

Lüdi überlegte ziemlich lange.

»Eigentlich schlafe ich noch«, sagte er dann. »Aber nach reiflichem Überlegen komme ich zum Schluss, dass es das Beste wäre, wenn du dich mit Mauch zusammentun würdest. Er hat doch die Verfahrensleitung, oder nicht?«

»Danke, mein Engel.«

Hunkeler versuchte es bei Mauch. Auch der nahm ab.

»Bist du noch wach?«

»Ja«, sagte Mauch, »ich lese ein Buch über Rheinfelden. Es scheint dort einmal einen wunderschönen, gotischen Altar gegeben zu haben, in der Johanniterkapelle.«

»Hör gut zu«, befahl Hunkeler. »Ich weiß, wo sich Slupetzky heute Nacht aufhält. Im Elsass am Rheinufer.«

»Woher weißt du das?«

»Das werde ich dir alles erklären, im Auto, wenn du mich abholst. Wie lange brauchst du nach Rheinfelden, mit Blaulicht, meine ich?«

»Über die Stafelegg nicht ganz eine halbe Stunde.«

»Also fahr los. Ich warte bei der Autobahnausfahrt.«

Er steckte das Handy wieder ein. Er überlegte, was er alles falsch gemacht hatte. Es fiel ihm einiges ein. Er hätte seine Kollegen früher informieren müssen. Er hätte Gottlieb Moser früher ausfragen sollen. Er hätte bei Lisa Wullschleger härter insistieren müssen. Er hätte dies und das.

Vermutlich war er auch jetzt wieder dabei, Fehler zu machen. Er hätte wohl ganz offiziell Hauptmann Mauch von der Aargauer Kantonspolizei informieren und sich dann zurückhalten müssen. Die Hände in den Schoß legen, Daumen drehen oder weiß der Teufel was.

Was er mit Mauch vorhatte, war äußerst delikat. Gewiss würde es Ärger geben, wenn bekannt wurde, dass zwei Schweizer Polizisten auf eigene Faust im grenznahen Elsass ermittelten. Hunkeler war bereit, diesen Ärger in Kauf zu nehmen. Besser als nichts tun, dachte er.

Er sah drüben auf dem Burgstell unter den Laubbäumen zwei Gestalten auftauchen. Es war das Paar aus der Salmegg. Sie gingen an ihm vorbei, ohne aufzublicken. Sie schlotterten beide, sie waren elend durchfroren.

Er ging durchs schlafende Städtchen. Die Straßenbeleuchtung brannte noch, die meisten Schaufenster waren dunkel. Ein Brunnen war zu hören, ein lauschiges Plätschern. Eine Katze rannte über die Gasse und verschwand in einem Hof. Dann schlug eine Turmuhr. Es war halb zwei.

Er ging durch das Obertor und kam auf die Zürcherstraße. Ein Auto fuhr vorbei mit offenen Seitenfenstern und aufgedrehten Lautsprechern, arabischer Rap oder Ähnliches.

Er wartete keine fünf Minuten, bis Mauchs Wagen auftauchte.

»Stell das Blaulicht ab«, sagte Hunkeler, »wir verlassen den Aargau.«

Er erzählte, was er wusste.

»Ich befürchte, dass es schlimm kommt«, sagte er. »Slupetzky hat bestimmt eine Pistole bei sich. Er wird sich verteidigen. Big foot hat ein Beil. Wilhelm Reichlin wird dabeisein, vielleicht auch Ali Grieshaber. Die kennen nichts, sie werden ihr Leben riskieren.«

Sie erreichten den deutschen Zoll. Eine Frau winkte sie durch.

»Fahr über den Rhein und jenseits nach rechts in Richtung der Schleusen von Kembs.«

Mauch tat es und folgte der Straße, die am Flussdamm entlangführte. Bei der Abzweigung zur Piste du Rhin, einer Wirtschaft am gestauten Wasser, ging er vom Gas.

»Nein«, sagte Hunkeler, »hier ist er nicht. Hier gibt es zu viele Liebespaare, die sich im Auto lieben. Fahr weiter zu den Schleusen.«

»Wenn es schiefgeht, sind wir beide erledigt. Wir haben hier gar nichts verloren.«

»Wir wollen ein Verbrechen verhindern. Das ist unsere oberste Pflicht. Und nicht das Befolgen von Paragraphen. So verstehe ich meinen Beruf.«

Mauch zuckte mit den Achseln.

»Mir ist es egal«, sagte er. »Sollen sie mich doch in Rente schicken.«

Sie fuhren über die schmale Straße durch den Auwald. Ein Teich tauchte auf, ein Sumpf mit Schilf und Binsen.

»Ich vermute ihn nördlich der Schleusen«, sagte Hunkeler. »Dort gibt es unwegsames Gebiet, wo kaum einer hinkommt. Es zieht sich bis nach Ottmarsheim hinunter, wo die nächste Brücke über den Rhein führt. Vielleicht ist er auf der schmalen Insel zwischen altem und neuem Rhein. Dann haben wir Pech gehabt, dann finden wir ihn nicht. Ich hoffe immer noch, dass uns Paul Wirz von der Gendarmerie St. Louis zu Hilfe kommt.«

»Ach was. Der liegt im Bett und schnarcht.«

»Nicht, wenn ihn Lüdi erreicht hat.«

Sie fuhren langsam, mit offenen Fenstern. Sie rochen die kühle Nachtluft, die nach Teich und Wald duftete. Sie sahen die beleuchteten Türme der Schleusen aufragen.

Als sie Kembs-Löchle erreichten, sahen sie einen Radfahrer heranspurten. Er hatte kein Licht, es war ein rotes Bike. Im Sattel saß Ali Grieshaber. Er kurvte knapp vor dem Auto hinüber zu den Schleusen. Er trug eine Ledertasche auf dem Rücken.

»Verdammt«, fluchte Hunkeler, »wir kommen zu spät.«

»Soll ich ihm folgen?«, fragte Mauch.

»Nein, der hängt uns locker ab. Er fährt über den Radweg nach Deutschland hinüber. Aber pass jetzt auf.«

»Ich passe schon lange auf«, sagte Mauch griesgrämig. »Nur nützt es nichts.«

Als sie auf den Uferdamm hinaufkamen, sahen sie weit vorn etwas brennen.

»Dort sind sie«, sagte Hunkeler, »dort brennt etwas. Dort leuchtet auch ein Blaulicht.«

Mauch ging vom Gas.

»Ich würde vorschlagen, dass wir umkehren. Ändern können wir nichts mehr.«

»Nein, fahr weiter«, befahl Hunkeler. »Ich will wissen, was geschehen ist.«

Sie rollten weiter über den Kiesweg, sehr langsam. Schwäne leuchteten auf im Licht der Scheinwerfer, eine Menge Wildenten, schlafend auf einem Bein. Draußen glitt ein Tanker flussaufwärts. Die Wohnung im Heck lag dunkel. Nur im Steuerhaus brannte ein Licht.

»Kannst du Leimgruber erreichen?«, fragte Hunkeler.

»Ja, auf dem Handy.«

»Ruf an. Er soll Leute aufbieten und die alte Brücke in Rheinfelden bewachen. Er soll Taucher aufbieten. Ali Grieshaber will die goldene Hand ins St.-Anna-Loch werfen. Leimgruber weiß, wo das ist. Er soll es verhindern.«

»Es wird immer absurder«, sagte Mauch und griff zum Handy. »Warum wollen sie die Hand haben, bloß um sie ins Wasser zu werfen?«

Er rief an, er musste eine ganze Weile klingeln lassen.

Hunkeler versuchte, sich zu entspannen. Er spürte wieder den Schmerz im Arm. Er dachte ans Bett in seinem Haus, an die Wärme der Katzen. Warum tat er sich das an? Er grinste bitter zu Mauch hinüber.

»Wir alten Arschlöcher«, sagte er, »wir kommen wieder einmal zu spät.«

Es war das graue Wohnmobil, das brannte. Die Flammen waren schon halb erstickt durch die Feuerlöscher, als sie ankamen. Ein Wagen der Gendarmerie St. Louis stand da, eine Ambulanz mit drehendem Blaulicht. Zwei Männer schoben auf einer Bahre den stöhnenden Big foot hinein.

»Er hat einen Durchschuss im linken Lungenflügel«, sagte der Arzt. »Mit Glück wird er durchkommen.«

Daneben stand Paul Wirz mit einem Kollegen. Gemeinsam schauten sie zu, wie die Ambulanz wegfuhr. Vom Wohnmobil war nur noch das Gerippe zu sehen.

»Lüdi hat mich geweckt«, sagte Wirz. »Ich bin gleich losgefahren. Aber suche einmal ein Auto in diesem Niemandsland. Ich bin zu spät gekommen. Ich wusste erst, wo sie sind, als das Wohnmobil explodiert ist. Eine Stichflamme, hoch in die Nacht hinein. Ich habe gleich die Ambulanz angerufen.«

»Es war Dynamit«, sagte Hunkeler, »sie haben Dynamit. Bist du unterwegs einem Radfahrer begegnet?«

»Ja. Aber ich habe nicht nach einem Radfahrer gesucht, sondern nach einem Wohnmobil. Was sind es für Leute?«

»Der eine heißt Ali Grieshaber. Das war der auf dem Fahrrad. Er wohnt auf der Farnsburg oben. Junger Mann, langes Haar, kleine Hasenscharte. Ein anderer heißt Wilhelm Reichlin. Jung, hager, sehr bleich, wohnhaft in Dossenbach/Dinkelberg. Die musst du sofort zur Fahndung ausschreiben. Vom Riesen, der soeben weggefahren wurde, weiß ich nur den Übernamen, Big foot. Der ist auch in Dossenbach wohnhaft. Sie waren in einem roten Kastenwagen unterwegs. Hast du ein solches Auto gesehen? Es wird vermutlich von Reichlin gefahren.«

»Nein. Vielleicht ist es über Ottmarsheim abgehauen. Wart mal, ich gebe die Fahndung durch.«

Er telefonierte. Sein Kollege hatte die Löscharbeit eingestellt, die Löschtanks waren leer. Es gab nichts mehr zu tun, als auf den Technischen Dienst zu warten.

»Der Riese hat zwanzig Meter flussabwärts gelegen«, sagte Wirz. »Er hatte viel Blut verloren, er war nicht ansprechbar.«

»Vielleicht ist Slupetzky noch in der Nähe«, sagte Mauch. »Und seine Frau auch.«

»Vielleicht. Vielleicht hatten sie Bikes bei sich. Es gibt mehrere Fahrradspuren. C'est de la merde.«

»Er wird nach Rheinfelden fahren«, sagte Hunkeler, »so schnell gibt er nicht auf.«

»Woher könnte er es wissen?«, fragte Mauch.

»Die wissen mehr als wir«, sagte Hunkeler und kickte einen Kiesel weit in den Fluss hinaus. »Die wissen alles. Wir wissen nichts. Habt ihr noch irgend etwas Brauchbares im Wohnwagen drin gefunden?«

»Nicht dass ich wüsste.« Wirz zeigte auf das glühende Wrack. »Aber geh mal suchen. Vielleicht findest du etwas.«

»Es könnte sein«, sagte Hunkeler, »dass eine Goldscheibe drin liegt aus dem 7. Jahrhundert. Bei welcher Temperatur schmilzt Gold?«

Niemand wusste es.

»Verdammter Schwachsinn«, sagte Hunkeler.

»Commissaire Bardet ist unterwegs hierher«, sagte Wirz. »Schließlich war es versuchter Totschlag. Ich nehme an, er will dich sehen, wenn du schon da bist.«

»Nein danke. Ich will keine Scherereien. Lüdi hat dich informiert, okay. Aber Schweizer Polizisten auf dem Tatort müsst ihr ja nicht unbedingt gesehen haben.«

Wirz grinste ihn an.

»Das geht nicht, Kollege, das müssen wir melden. Korrekt war es nicht, aber richtig war es schon. Nur sind wir leider alle zu spät gekommen.«

Er streckte Hunkeler die Hand hin.

»Bonne nuit. Und kommt gut heim.«

Mauch startete den Wagen, Hunkeler stieg ein. Sie fuhren schweigend durch die Nacht. Mehrmals wurden sie überholt von Elsässer Autos, die nach Basel zur Frühschicht rasten.

Hunkeler kämpfte mit dem Schlaf. Der Schmerz im linken Arm hielt ihn wach. Er schob sich zwei Tabletten in den Mund und würgte sie hinunter.

»Hast du eine Zigarette?«, fragte er.

»Du weißt doch, dass ich nicht mehr rauche.«

»Dann eben nicht.«

Er überlegte, ob er Hedwig anrufen sollte. Er suchte die Uhr auf dem Armaturenbrett. Es war halb vier.

»Bald wird es dämmern«, sagte er. »Bald werden die Vögel singen. Es gibt hier Nachtigallen, wenn sie nicht schon in den Süden geflogen sind. Wie in der guten alten Zeit, als wir noch das Tanzbein schwangen. Weißt du noch?«

»Natürlich weiß ich das noch. Meinst du, ich sei blöd im Kopf?«

»Du nicht, nein. Aber ich.«

Er grinste hinüber, Mauch grinste zurück.

»Soll ich dich nach Basel bringen?«, fragte Mauch.

»Nein, nach Rheinfelden bitte. Und du kommst mit.«

»Muss das sein?«

»Selbstverständlich. Du bist der Verfahrensleiter.«

In Rheinfelden parkten sie unweit des Rheins.

»Nimm den Feldstecher mit«, sagte Hunkeler, »und zwei Decken.«

»Wer ist hier eigentlich Verfahrensleiter, ich oder du? Aber bitte, wenn du willst.«

»Ich will verhindern, dass es zu einer weiteren Schießerei kommt, verstehst du? Die werden nicht loslassen, Slupetzky nicht und Burckhardt auch nicht.«

»Ist der nicht außer Gefecht mit seinen Promillen?«

»Nein, der ist zäh. Er wird sich chauffieren lassen. Er wird dasein.«

Sie betraten die Brücke und gingen hinüber zum Burgstell.

»Hier warten wir«, sagte Hunkeler, »auf einer Bank.«

Sie hüllten sich in die Decken und setzten sich. Alles war ruhig, nur das Gurgeln des Wirbels war zu hören. Die Nacht war noch kühler geworden, der Wind hatte aufgefrischt. Die Blätter der Bäume fächelten.

»Einer von uns beiden muss wach bleiben«, sagte Hunkeler. »Ich oder du?«

»Du«, sagte Mauch und rollte sich auf der Bank zusammen.

»Früher konnte ich ganze Nächte durchmachen«, sagte Hunkeler. »Dann zwei Tassen Kaffee, und ich war wieder fit. Früher konnte ich pfeifen wie ein Zigeuner. Den Mädchen hat's gefallen. Jetzt weiß ich nicht einmal mehr, welche Melodie ich pfeifen sollte, wenn ich überhaupt noch pfeifen wollte. Vielleicht O sole mio? Oder was meinst du?«

Mauch meinte nichts mehr. Er schnarchte friedlich.

»Dann eben nicht.«

Hunkeler versuchte mit aller Kraft, nicht einzuschlafen. Es gelang ihm nicht.

Es war bereits hell, als er erwachte. Er hörte die Vögel singen. Vor ihm stand Mauch, daneben Leimgruber.

»Schon wieder du«, sagte dieser. »Geh heim und schlaf deinen Rausch aus.«

»Regionalpolizist Leimgruber«, sprach Mauch, »ich verbitte mir diesen Ton. Ich bitte um ein bisschen mehr Respekt vor unserem Basler Kollegen. Die Lage ist ernst.«

»Warum eigentlich? Es ist alles ruhig.«

»Wo sind Ihre Leute? Wo sind die Taucher?«

»Die Taucher warten im Gummiboot auf dem Inseli. Sie sind stinksauer. Sie sagen, sie hätten anderes zu tun als sich am Morgen früh den Ranzen abzufrieren. Die Leute habe ich verteilt, drei Männer. Auch sie sind nicht gerade begeistert.«

»Sie müssen vor allem auf zwei junge Leute achten. Der eine klein und hager, der andere langhaarig, mit einer Hasenscharte. Stimmt doch, oder?«

Hunkeler nickte.

»Die beiden wollen etwas ins St.-Anna-Loch hinunterwerfen, was sehr kostbar ist«, sagte Mauch. »Sie und Ihre Leute müssen das verhindern. Die beiden dürfen die Brückenmitte nicht erreichen.«

»Was wollen sie denn hinunterwerfen?«

»Die goldene Hand des Herzogs Rudolf.«

»Was geht mich das an? Sollen die doch hinunterwerfen, was sie wollen.«

»Es geht auch und vor allem um den Mord im Marina«, erklärte Mauch. »Der verdächtige Tscheche wird aller Wahrscheinlichkeit nach auftauchen. Und Dr. Valentin Burckhardt ebenfalls.«

»Der ist schon da«, sagte Leimgruber. »Der sitzt drüben am deutschen Ufer in seinem Bentley.«

»Wie bitte?«

»Ja. Ich bin zum deutschen Zoll hinübergegangen und habe

ihn gesehen. Er hat drei Kapuzenmänner bei sich. Wie sieht der Tscheche aus?«

»Vielleicht trägt er eine Perücke«, sagte Hunkeler. »Vielleicht hat er sich Augenbrauen aufgeklebt.«

»So etwas Verrücktes«, sagte Leimgruber. »Spinnen die alle?«

»Es geht um sehr viel«, sagte Mauch, »also passen Sie auf. Wir beide gehen jetzt ins Schiff zum Frühstück. Von dort aus haben wir Sichtkontakt. Und wir bleiben in Funkkontakt.«

Mauch und Hunkeler betraten das Hotel Schiff, gleich neben der Brücke. Der Wirtsraum lag zum Rhein hin. Ein paar frühe Hotelgäste saßen da, Geschäftsleute wohl. Hinten in der Ecke schlief Gottlieb Moser vor einem Glas Rotwein.

Sie setzten sich an einen Fenstertisch mit Blick auf Fluss und Brücke. Mauch bestellte eine Kanne Kaffee, Hunkeler eine Kanne Schwarztee. Sie bedienten sich am Buffet. Eier und Speck, Käse aus dem Emmental, Tannenhonig aus dem Schwarzwald. Ab und zu schauten sie auf die Brücke hinaus, ob sich dort etwas bewegte. Ein Fischer war dort, der flussabwärts die Rute auswarf, immer wieder, ohne etwas zu fangen. Es war Wachtmeister Handschin aus Laufenburg. Von den übrigen Polizeimännern war nichts zu sehen.

Um acht traten zwei Grenzwächter aus dem Schweizer Zollhaus. Die ersten Autos fuhren heran, Handwerker, ein Tankwagen mit Heizöl. Radfahrer, die sich zu einer Radtour auf den Dinkelberg aufmachten. Hausfrauen mit großen Taschen, die drüben billig einkaufen wollten.

Ein Holländer mit Wohnwagen erwischte die Kurve vor dem Burgstell nicht richtig. Er setzte zurück, um es aufs neue zu versuchen. Dabei touchierte das Heck des Wohnwagens die Mauer. Der Holländer und seine Frau stiegen aus, um sich den Schaden zu besehen. Wachtmeister Handschin stellte seine Rute gegen die Brückenmauer, ging hin und unterhielt sich mit dem holländischen Ehepaar. Er gab ihnen wohl Ratschläge, wie die Kurve am besten zu durchfahren war.

Eine alte Frau mit Einkaufstasche tauchte von drüben auf. Sie humpelte am holländischen Auto vorbei. Sie trug schwer an der Tasche, sie kam nur mühsam voran. Sie schaute sich den Holländer genau an, seine Frau, den Schaden am Wohnwagen. Dann humpelte sie weiter Richtung Schweizer Ufer.

»Gib mir mal den Feldstecher«, sagte Hunkeler.

Er nahm ihn, setzte ihn an und stellte ihn genau ein. Ein eigenartiges Bild tauchte vor seinen Augen auf. Eine alte, humpelnde Frau mit weißem Haar und übergroßen Augenbrauen. Es war ein Männergesicht.

»Das ist Slupetzky«, sagte er. »Gib das durch.«

»Wer? Der Holländer?«

»Nein, die alte Frau.«

Mauch griff zum Funktelefon.

»Achtung, es geht los«, sagte er. »Der Tscheche ist auf der Brücke. Er geht Richtung Schweizer Ufer.«

Wachtmeister Handschin trat ein paar Schritte vom Wohnwagen weg und setzte sein Telefon ans Ohr.

»Wer?«, fragte er. »Der Holländer? Sollen wir zugreifen?«

»Nein, nicht zugreifen«, brüllte Mauch, »es ist nicht der Holländer. Es ist die alte Frau mit dem weißen Haar. Nur beobachten und abwarten.«

Gottlieb Moser hatte sich erhoben in seiner Ecke. Er ging zum Fenster, hellwach, putzmunter.

Hunkeler rannte hinaus und bog um die Ecke beim Zeitungskiosk. Er hatte die Brücke vor sich, den Wohnwagen in der Kurve, das Burgstell links. Zwanzig Meter vor ihm humpelte ihm Slupetzky entgegen. Er schien ihn zu erkennen. Er zögerte, drehte sich um und humpelte Richtung Deutschland zurück.

»Halt, stehenbleiben, Polizei!«, rief Hunkeler.

Er sah, wie sich rechts auf dem Rhein sehr schnell ein Weidling näherte. Er wurde flussabwärts gerudert mit kräftigen Ruderschlägen von Ali Grieshaber, der im Heck stand. Vorne im Bug war Wilhelm Reichlin. Er streckte mit beiden Händen eine goldene Hand empor, die im Licht der Morgensonne aufglänzte.

Die Szene war so überzeugend feierlich, dass Hunkeler stehenblieb und zuschaute. Er spürte, wie ihn jemand am linken Oberarm packte. Es war einer der beiden Grenzwächter.

»Aua, Sie Arschloch«, schrie Hunkeler, »sind Sie wahnsinnig geworden?«

»Nur mit der Ruhe, Manno«, sagte der Grenzwächter, »hier wird nicht nach der Polizei geschrien.«

»Kommissär Hunkeler aus Basel, Sie Idiot. Lassen Sie mich sofort los, sonst verpasse ich Ihnen eine.«

»Stimmt das? Können Sie sich ausweisen?«

Hunkeler hielt ihm mit der rechten Hand seinen Ausweis unter die Nase.

»Die Taucher«, brüllte er zu Handschin hinüber. »Sie sollen sofort losfahren.«

»Entschuldigung«, sagte der Grenzwächter, »das habe ich nicht ahnen können. Sie könnten ruhig ein bisschen freundlicher sein.«

Hunkeler rannte los. Beim Wohnwagen wäre er beinahe hingefallen, da noch vier kleine Kinder ausgestiegen waren.

Der Weidling war unter dem Brückenjoch hindurchgefahren. Er hielt genau auf den Wirbel zu. Reichlin stand immer noch im Bug, die funkelnde Goldhand emporgestreckt. Links dümpelte das Taucherboot, mit gedrosselten Motoren. Vom deutschen Ufer her keuchte Burckhardt heran, begleitet von drei Kapuzenmännern. Slupetzky stand in der Mitte der Brücke auf der Brüstung, als wollte er hinunterspringen. Er hielt eine Pistole in der Hand. Leimgruber wollte ihn herunterreißen, aber der Tscheche gab ihm einen Tritt mitten ins Gesicht.

Der Weidling hatte den Wirbel erreicht. Er wurde kurz durchgeschüttelt, als hätte ihn eine gewaltige Faust gepackt. Ali Grieshaber hielt dagegen mit dem Ruder, mit ganzer Kraft, mit vollem Gewicht. Der Weidling beruhigte sich. Langsam fing er an zu drehen im Sog des Wirbels. Wasser leckte über den niederen Rand in der Mitte. Dann lag das Schiff still, als wäre es angekommen im Heimathafen.

Reichlin stand immer noch im Bug. Grieshaber hatte das Ruder aus dem Wasser genommen, er hatte seine Schuldigkeit getan.

»Requiescas in pace«, rief Reichlin, »König Rudolf von Rheinfelden.« Dann warf er die goldene Hand ins Wasser. Es quoll empor, mit ungeahnter Wucht und ergoss sich über den Weidling, als hätte es ihn willkommen heißen und mit hinunterziehen wollen.

Da flog ein Seil vom Taucherboot hinüber. Ein Haken verfing sich im Bug, setzte sich fest. Die Motoren heulten auf, das Seil spannte sich zitternd. Langsam wurde das Schiff den Wogen entrissen.

Auf der Brückenmauer stand immer noch Slupetzky. Er stand wie versteinert. Leimgruber hatte sich ihm wieder genähert und wollte ihn an den Beinen packen.

»Nicht springen«, rief Hunkeler.

Er rannte los, aber er kam zu spät. Slupetzky sprang, schlug auf, schrie und ruderte mit den Armen, bis er wegtauchte und verschwand.

Sie fanden sich alle zusammen und schauten hinunter, wo noch eine weiße Perücke trieb. Dann wurde auch sie hinuntergezogen.

Leimgruber war da mit seinen Männern, Mauch, der Grenzwächter, der Hunkeler gepackt hatte, Gottlieb Moser mit weinroten Augen. Sie schauten ins Wasser hinunter, sie waren geschockt.

Der Holländer, der offenbar nichts mitbekommen hatte, kam angeschnauft.

»Was ist eigentlich los«, schimpfte er, »kann man da nicht mehr durchfahren?«

»Doch, selbstverständlich«, sagte Leimgruber, »fahren Sie los, geben Sie Gas.«

Gegen das deutsche Ufer zu stand Valentin Burckhardt an die Brüstung gelehnt, umgeben von den Kapuzenmännern. Dann löste er sich von ihnen. Er schritt auf Hunkeler zu, auf wackligen Beinen zwar, aber entschlossen.

»Ich bitte Sie, Herr Kommissär Hunkeler«, sprach er laut, so dass ihn alle hörten, »mich zu verhaften wegen Mordes an

Roger Ris. Es war die Eifersucht, ich bin nicht angekommen dagegen. Jetzt, wo Herzog Rudolfs goldene Hand auf dem Grunde des Rheins ruht, will ich im Kerker ruhen. Ich ertrage die Freiheit nicht mehr.«

Am Samstag, dem 25. August, kurz nach Mittag spazierte Hunkeler mit Hedwig durch ein Elsässer Dorf. Sie hatten vor, Jeannot einen Besuch zu machen. Es war ein schöner Spätsommertag. Die ersten reifen Äpfel lagen im Gras, beharkt von knallgelben Wespen. Rosen in den Gärten, Rittersporn und zwei Meter hohe Malven.

»Die will ich erst sehen«, sagte Hedwig, »so eine Sau kommt mir nicht ungeschaut ins Haus.«

Sie kamen über den Bach, der nur noch wenig Wasser führte. Der wilde Sommerflieder hatte sich von der Überschwemmung erholt. Bienen und Schmetterlinge klebten an den lila Blüten.

Jeannot saß mit seiner Frau beim Kaffee, sie hatte Apfelkuchen gebacken. Sie setzten sich dazu, aßen und tranken mit.

Dann gingen sie in den Schweinestall. Die Sau lag auf frischem Stroh, ihre Zitzen waren abgeschwollen. Die neun Ferkel waren gewachsen, die Schwänzchen noch etwas mehr gewunden, die Augen listiger und frecher.

»Welche drei willst du haben?«, fragte Hunkeler.

Hedwig wartete lange, bis sie sich entschieden hatte.

»Das da«, sagte sie, »das ist Hilda. Das da ist Hanna. Und das da ist die Stephanie. Aber ich gebe sie nicht mehr her. Darauf kannst du dich verlassen.«

Nachbemerkung

Die schwarze Hand des Herzogs Rudolf von Rheinfelden, die er im Jahre 1080 in der Schlacht an der Elster in Sachsen verlor, ist erhalten. Sie wurde während der Drucklegung dieses Romans restauriert. Demnächst wird sie wieder zu sehen sein im Domschatz von Merseburg, wo Herzog Rudolf begraben liegt.

Die Geschichte des Lösel-Altars aus der Johanniterkapelle zu Rheinfelden hat Kurt J. Rosenthaler geschrieben. Sie ist abgedruckt in *Rheinfelden Kultur, Odyssee eines Kunstwerks*, Editions Spiserhus, Rheinfelden.

Im Frühjahr 2007 sind dem Bauern auf der Farnsburg neun Bisons aus dem Gehege entlaufen. Da sie nicht mehr eingefangen werden konnten, mussten sie von Jägern erlegt werden.

Im Übrigen sind Handlung und Personen des Romans frei erfunden. Jede Ähnlichkeit mit realen Personen oder Begebenheiten ist zufällig.

Der Autor dankt Kriminalkommissär Herrn Markus Melzl für die Durchsicht des Manuskripts.

H. S.

»Der Diogenes Verlag will durch lesbare Literatur unterhalten, durch Neues vor den Kopf stoßen, aber auch Altes neu entdecken; das ›Neue um des Neuen willen‹ übersehen und so das Modische vom Modernen unterscheiden. So viel wirklich Neues kann es gar nicht geben. Echte Avantgarde, sagt Karl Kraus, ist nichts anderes als der mutige Rückschritt zur Vernunft – und an das Neue, das nur aussieht wie das Alte, muss man sich erst gewöhnen.«

DANIEL KEEL